約翰・狄克森・卡爾 John Dickson Carr（1906-1977）

卡爾是美國賓州聯合鎮人，父親是位律師。從高中時代起卡爾就為當地報紙寫些運動故事，也嘗試創作偵探小說和歷史冒險小說。1920年代末卡爾遠赴法國巴黎求學，他的第一本小說《夜行者》（It Walks by Night）在1929年出版。他曾經表示：「他們把我送去學校，希望將我教育成像我父親一樣的律師，但我只想寫偵探小說。我指的不是那種曠世鉅作之類的無聊東西，我的意思是我就是要寫偵探小說。」

1931年他與一位英國女子結婚定居英國。在英國期間，卡爾除了創作推理小說外也活躍於廣播界。他為BBC編寫的推理廣播劇"Appointment with Fear"是二次大戰期間BBC非常受歡迎的招牌節目。美國軍方因而破例讓他免赴戰場，留在BBC服務盟國人民。1965年卡爾離開英國，移居南卡羅來納州格里維爾，在那裡定居直到1977年過世。

卡爾曾獲得美國推理小說界的最高榮耀——愛倫坡獎以及終身大師獎，並成為英國極具權威卻也極端封閉的「推理俱樂部」成員（只有兩名美國作家得以進入，另一位是派翠西亞・海史密斯Patricia Highsmith）。卡爾擅長設計複雜的密謀，生動營造出超自然的詭異氛圍，讓人有置身其中之感。他書中的人物常在不可思議的情況下消失無蹤，或是在密室身亡，而他總能揭開各種詭計，提出合理的解答。他畢生寫了約80本小說，創造出各種「不可能的犯罪」，為他贏得「密室之王」的美譽。著名的推理小說家兼評論家艾德蒙・克里斯賓（Edmund Crispin）就推崇他：「論手法之精微高妙和氣氛的營造技巧，他確可躋身英語系國家繼愛倫坡之後三、四位最偉大的推理小說作家之列。」

CARR

約翰・狄克森・卡爾作品選

1. Hag's Nook （1933）

2. The Eight of Swords（1934）

3. The Arabian Nights Murder（1936）

4. The Crooked Hinge（1938）

5. The Problem of the Green Capsule（1939）

6. The Case of the Constant Suicides（1941）

7. Death Turns the Tables（1945）

8. He Who Whispers（1946）

9. The Sleeping Sphinx （1947）

10. The House at Satan's Elbow（1965）

CARR 01

卡爾作品集

女巫角

Hag's Nook

著 約翰・狄克森・卡爾 John Dickson Carr

譯 鮑俠鄰

密室之王卡爾作品集 1

女巫角

Hag's Nook

作　　者　約翰．狄克森．卡爾 John Dickson Carr
譯　　者　鮑俠鄰
發 行 人　蘇拾平
封面設計　徐璽
出　　版　臉譜出版
發　　行　城邦文化事業股份有限公司
台北市信義路二段 213 號 11 樓
電話：(02)2396-5698 / 傳真：(02)2357-0954
郵政劃撥：1896600-4
城邦文化事業股份有限公司
城邦網址：http://www.cite.com.tw
香港發行　城邦（香港）出版集團
白港北角英皇道310號雲華大廈4 / F，504室
電話：25086231 / 傳真：25789337
新馬發行　城邦（新、馬）出版集團
Cite(M) Sdn. Bhd.(458372 U)
11, Jalan 30D/146, Desa Tasik, Sungai Besi,
57000 Kuala Lumpur, Malaysia
電話：603-9056 3833 / 傳真：603-9056 2833
57000 Kuala Lumpur, Malaysia
初版一刷　2003 年 1 月 25 日

ISBN　986-7896-30-0
定價：250元
（本書如有缺頁、破損、倒裝，請寄回本社更換）

CARR

導讀

最華麗的謀殺

——密室殺人之王約翰・狄克森・卡爾

唐諾

在推理小說的眾詭計之中，「密室殺人」這一樣應該就是最神奇、最魔術的一種，呃，最哈利波特的一種。

密閉的房間，而且上鎖，窗戶也是閉鎖著的，煙囪（發生密室殺人案件的房間一開始通常配備了煙囪）不容人進出或看煙灰的模樣沒人進出過，偏偏一具屍體就直挺挺擺在房間之中，現場或雜沓或整潔有序，致命的凶器則通常是消失不見的，但也有就是房裡明晃晃擺設著的某沉重鈍器（工藝品、火鉗、書檔云云），還可能就是留在屍身上非常挑釁的一把精緻尖利的縷花小刀，當然，一定沒留在現場的是行凶的那個人——不僅凶手的本尊不在，就連他侵入的痕跡基本上也是隱匿的。他究竟是如何一陣煙而來、再一陣煙飄然而逝呢？

絕對是最迷人的一種殺人的方法——如果殺人的冷血行為也可以用「迷人」二字來說的話。正因為迷人至此，我們於是可以公然讚歎欣賞而不用有現實人生的道德負擔。基本上，「密室殺人」並非現實犯罪世界的產物，殺人不過頭點地，現實世界中如果有這麼精緻這麼聰明的凶手，通常他不會需要動用到殺人這終極性的高風險解決手段，在走到這最情非得已的一步之前，他應該就有能力想出一堆因應如此困局的方法來才是。在女子網球界流傳著兩句缺德的話：「女子網球球手得笨到只會專心打網球不想其他，卻至少得還有兩分聰明夠她學會雙手反拍。」密室殺人凶手的現實困難則是，凶手要笨到只會用殺人一途來解決問題，卻同時又得絕頂聰明到嚴絲合縫、分毫不失誤的佈置出完美密室，而且還是在有著巨大時間壓力和心理壓力的不利情況下完成的。很明顯，他這兩大不可或缺的特質比女子網球球手要矛盾要撕裂，也因此，他遂遠遠比頂尖女子網球球手罕見，如三角形的第四個邊，如騎白馬到妳家窗下唱小夜曲的王子，如正直誠實的律師。

也就是說，密室殺人不是現實世界的實踐產物，而是源自於一些本來就無需殺人的窮極無聊聰明頭腦，它不是謀殺的工具，而是炫耀的藝術品，我們真的不用杞憂這會教唆殺人被誰移植到現實世界來對付自己的親朋好友，就跟你不用擔心米開朗基羅的大衛像被用來砸死人一樣，儘管這座白大理石雕像的體重絕對有壓扁人的能耐。

然而，密室殺人並不真的是哈利波特，它只是像而已，這裡頭沒有魔法，也不可以有魔法。被害人、凶手和破案偵探儘管不是現實的血肉之軀，但仍屬理性王國的子民，所有的行為及其結果都得受嚴格的理性所管轄，尤其不可以違犯最素樸的物理學基本原理及其現象。恰恰因為得在如此限制之下遂行欺騙，密室殺人的詭計，反而是推理小說中最物理學的，它高度專注於物理學和我們感官背反之地，在這一點點狹窄的縫隙中騰挪，利用我們感官的有限天然缺憾以及由此衍生的常識死角玩花樣，比方說，密室殺人中常見的「消失的凶器」或「自動扣回去的門」，最普遍的運用道具就是冰塊，有氣質點來說，利用的就是物理學毫不稀罕的常溫之下水的三態變化現象，小學生都知道，沒神秘可言。

所以，推理王國中大名鼎鼎的基甸・菲爾博士在一場著名的演講中如此宣稱：「所謂密室，本質上是一種幻象。」——之於什麼而言是幻象？之於我們視覺為主的感官而言是幻象。「眼見為憑」，To See is To Believe，這不分中西大概是人類流行最久、最戒除不掉的偏見，表面上信而有徵的偏見從來就是欺騙的溫床，是害人詭計的培養皿，密室殺人的詭計佈置者只是其中最優雅、最無害人之心的一種，真正可怕的我們得到現實世界的政治圈裡、商場裡去找。

歸化英式推理的美國人

好，大名鼎鼎的基甸・菲爾博士何許人也？老實說，他也是個「幻象」——這是推理世界的一名神探，無父無母，而由了不起的推理小說大師約翰・狄克森・卡爾所憑空創造出來。菲爾博士在推理世界神探的萬神殿中，絕對擁有著一個不見古人亦不見來者的第一名頭銜，那就是沒有任一名神探比他破過更多的密室謀殺案，這於是為他的書寫者卡爾掙得了「密室之王」的封號。

基本上，密室殺人是英式古典推理的典型詭計，但約翰・狄克森・卡爾原來卻是個美國人，生於一九〇六年，活到一九七七年，簡單把他的生年如此攤開來看，對英美推理歷史有基本概念的人就曉得了，卡爾稍晚於S・S・范達因，大致和艾勒里・昆恩同期，也就是說，卡爾書寫的年代正正好就是達許・漢密特和雷蒙・錢德勒聯手進行「美國革命」、讓美國推理轉向悍厲罪惡大街的風起雲湧時日，但冷硬派的這場本土性革命原本是西岸的，從語言、犯罪形式、角色人物到社會背景，以舊金山和洛杉磯為書寫土壤，暫時和有著濃郁深厚歐洲思維傳統和生活形態的東岸新英格蘭地帶氣息並不相投合，更嚴重的是，對東岸高傲的知識階層而言，冷硬派這種滿口髒話、動不動就拔槍相向的野蠻遊戲，只適合落後地帶的粗魯不文之人，哪裡是有教養的聰明飽學之士所當為。所以說太陽遠還是長安遠？東岸知識階層的答案無需猶豫，那當然是只隔小小大西洋一水的英國式古典推理比較近。

卡爾是東岸賓州人，索性還歸化為英國籍。

其實，與其說卡爾歸化為英國人，倒不如直接講他歸化為英式推理王國的忠誠公民還準確些，他是把一生志業賦予了一次實地的朝聖之旅——國族既不是人分類分割的唯一判準，更不見得是人身分自覺的排行首位選項。渾然多面的整體世界，有各種觀看的位置，有各種理解和逼近的方式，每一種位置和方式都讓世界呈現了不同的分割分類樣態，由此繪製成不同的世界地圖。卡爾擁有的那張地圖，根據的是他熱愛的推理小說書寫傳統。

得其所哉成為英國推理小說家的卡爾，若我們再把他一九〇六—一九七七的生年重新放入較源遠流長的英式古典推理時間表中，那我們知道他趕上了以長篇為主的第二黃金期高峰，並第一線參與了古典推理由極盛轉入衰弱的歲月，在如此起伏跌宕的英倫空氣之中，卡爾聰明且深情款款的給自己找到了兩個看似背反的有趣書寫位置，宛如兩根大樑般的撐起了他獨特無倫的推理大師地位。

就純粹的推理小說書寫而言，卡爾像蜜蜂或貓熊一類的單食性動物——在詭計千奇百怪如繁花盛開的古典推理書寫中，卡爾頑強的幾乎只取一瓢而飲，那就是「密室殺人」。卡爾一生寫成了七、八十部推理小說，幾乎每一部都包藏了一個以上的密室殺人詭計，如此專情，讓他以一個如此後來者的不利身位，成功占領了密室殺人這業已開發達半世紀的詭計，讓他成為密室殺人的同義辭。

然而，這位寫小說時埋首於密室不抬頭的小說家，卻同時是推理世界中博聞強記、對推理大河傳統如數家珍的史家人物。臉譜出版公司伴隨《福爾摩斯全集》一併推出的《柯南・道爾的一生》這部傳記，正是卡爾對這位前代推理巨人的致敬之作。此書也為卡爾贏得故土美國的愛倫坡大獎。

專情密室、任性傳統，卡爾這宛如兩道平行線的交會點，我個人以為，大概就是上述基甸・菲爾博士的演講，出自於他的名著《三口棺材》書中。這場旅館午餐桌上的虛擬即席演講，菲爾博士以「封閉密室」為題，從推理史、從歷代名家之作、從書寫技藝、從詭計分類、甚至從蓄意或偶然、他殺或自殺等等每一種可能的角度攻打這座牢牢閉鎖的密室，遂成為絕唱——好消息是這份講辭是推理史上的密室論述經典文獻，壞消息是它也宣告了密室論述的到此結束。

對台灣只讀中文譯作的推理迷而言，讀這份講辭還可以有另一種樂趣，從菲爾博士未言明的諸多詭計原型中，我們還可以湊合著回答：這是〈花斑帶〉、這是〈鵲橋奇案〉、這是《羅傑亞洛伊謀殺案》、這是《美索不達米亞謀殺案》、這是《格林家殺人事件》云云。原來我們陸陸續續的、零零碎碎的也讀了不少代表性的密室殺人推理小說了。

有恃無恐的小說

密室，一開始是真的實體，是如假包換的一間上鎖的房間，但很快的，它就成為一種概念，成為不必真有硬實高牆四面圍擁的封閉性空間概念——一旦密室成為概念，很多有觸類旁通能力的人也就會了，這就像思維被鑿開了個缺口一般，人的想像力涼風般不可遏止的吹了進來，於是密室不必一定再有磚牆石壁、再有火爐煙囪、再有立入禁止的銅鎖鐵柵，它一樣可以舒適的展開在開敞的天光雲影之下。

這裡，我們多心的提醒一下，密室的封閉性，不真的是「不能」侵入，而是「沒有」被侵入，至少在命案發生的前後這段時間看起來沒被侵入——這我們以前談過，理論上，沒有一道鎖可能不被打開，沒有一個房間是絕對的封閉，主人進得去，盜賊於是乎也一定進得來，老子莊子這麼說，一套開鎖工具、滿身神奇技藝的紐約善良之賊羅登拔也這麼講。

推理史上的密室，經此一概念化之後瞬間華麗了開來，想遂行如此神奇謀殺的凶手賊子幸福無比的發現，原來上鎖的房間遍地皆是，俯拾可得，不必三年五載苦苦候著那人獨自一個進到房間鎖好門窗——它可能是一處無人跡、不留下腳印的美麗海灘，可能是山裡頭被忽然好一場大雪包圍的暖暖木屋，它可能是個小孤島，可能是沙漠，可能是一道橋樑，可能是夾岸兩片水泥牆的黝黯巷道，可能是唯一聯外吊橋毀壞（天候或人為）的某一山莊別墅，它更可能就是我們每天都會利用到的某種交通工具，公共汽車、火車、渡輪、捷運、飛機，以及有人一樣概稱為車廂的上下樓層電梯等等。

哪裡有人獨居獨處，哪裡就可能執行密室殺人，難怪中國的聖人要諄諄警告人君子慎獨，西方的上帝耶和華也在《聖經．創世紀》裡慨歎：「那人獨居不好。」

其實，經此概念化所帶來的想像延伸，只是密室殺人之所以華麗的必要開展而已，我個人以為，真正讓密室殺人成為推理世界最華麗的謀殺方式，是它的有恃無恐，因為它根本性的先解決了最終合理性的問題，那就是我們開始就說過的，密室殺人是推理謀殺詭計中最物理學的，這像根釘子般把它牢牢捶進了最信而有徵且可驗證的堅實大地裡頭，讓它在表象的另一端可以放心的飛翔，無懼星空黝黑神秘，不怕迷路回不來。

在人類思維眾多領域的正經人士正常人士中（意思是瘋子和騙子不在考慮範疇內），我以為物理學者是最敢胡思亂想、而且最敢把近乎胡言亂語的各種想像臆測鄭重公諸於世的一種人，尤其是二十世紀初相對論和量子力學問世之後，物理學的主流論述便一大腳跨過了玄學和神學，充斥著一堆無實體、無秩序、無從驗證、矛盾並陳、任誰試圖在心中拼湊點模糊圖像都不可能的重要學說和解釋，物質如此，能量如此，粒子也如此，空間和時間那更無垠無涯如此。如今，物理學的著作幾乎已成了地球表面最難看懂的書，可堪比擬的大概只有台灣教改出來的建構數學和鄉土語言課本。

這就是物理學家的有恃無恐，不像神學家或歐陸的唯心哲學家，他們深知自己本來就是畫鬼神之人，聆聽他們講話的人本來就充滿誡心，所以神學論述特別強調科學的發見和驗證，唯心哲學家則神經質於語言的邏輯，總是把論述弄得像座封閉而且秩序森嚴的語言迷宮，完整到令你直覺的反倒不敢相信，因為我們習慣相處的世界並不長這樣子。

卡爾便是最了解密室殺人「物理驗證／神祕想像」二元背反特質的人，無怪乎他能以一個後來者、外來者的不利身分，成功竊取密室王國的國王寶座——卡爾的推理小說，表象上黏貼了最多神秘古老的符號，借用了各個民族的神話傳說，喜歡用這類的死亡咒詛來嚇唬讀小說的人，這我們光從他為自己的小說命名就可以看出來。他也是如此的有恃無恐。

抵達演化右牆

推理女王艾嘉莎・克麗絲蒂曾透過她書中神探之口一針見血的指出：「之所以要把殺人弄得這麼複雜，可見答案一定非常非常簡單。」這話說密室殺人尤其準確。

簡單的答案，給了密室殺人最華麗的表現，但也構成了密室殺人的發展邊界，事情往往都是這樣子。

密室殺人借用基本物理現象和人的感官錯覺來遂行欺騙，但它不真的是物理學論述，不能亦步亦趨跟著物理學往深奧的解答之路走去。密室殺人和物理學最根本的差別在於，密室殺人的閱讀者是一般性的尋常之人，不像物理論述可以只在少數幾個人之間對話，二十世紀物理學所流傳的一些過甚其辭的神話，像說「真正懂量子力學的，全世界不出十個人。」、「聽懂愛因斯坦相對論的，普世不足半打。」云云，密室殺人小說若把生存基礎放在這麼稀少的奇特族群上頭，那老實說也用不著費勁去殺了，很快的便全部餓死絕種了。

因此，完美密室的構成，其真正的勝負關鍵不在於「說得通」，而在於「聽得懂」。它非回歸到一般性的經驗和常識世界不可，它只能使用一般性的、不礙眼的輔助道具，它得有簡單的答案。

後來密室殺人走向所謂「機關派」的絕路，並理所當然讓「機關派」成為失敗密室的同義辭，便在於機關派從根本處違背了「簡單」、「聽得懂」的密室殺人最高守則——我們也許可以同意，借助一堆細繩、掛鉤、卡榫、滑輪、奇怪打結法、定時自動裝置、新通訊器材甚至罕見的記憶合金等等，的確可以九牛二虎製造成密室，但我們這些挑剔的推理小說閱讀者可沒說我們願意接受這九牛二虎的解答。

國內的推理傳教士詹宏志曾俏皮的說：「沒寫過密室，算什麼本格推理作家呢？」這是實話；但更悲情的實話是，好的密室殺人詭計，大致已被卡爾吃乾抹淨了，不在他老兄死後，而在他尚在世的時日。詹宏志引用名推理史家朱利安．西蒙斯的看法，指出卡爾最好的小說多集中在一九三五到一九四五的黃金十年之中，意思是說，連王者的卡爾都已經捉襟見肘不夠用了。

有志於推理書寫的人會不會很沮喪呢？甚或懊惱吾生也晚的為什麼誕生在如此夕暉晚照的時光呢？就像李維—史陀在《憂鬱的熱帶》書中的感慨，若早個十年，我就能趕上某某部族未滅絕的時候；若再早個五年，就連某某部族我也來得及進行調查；再之前三年，更連某某部族也都還在……

逝者如斯，不舍晝夜。我們生而為人，沒能趕上的事多了，愛情，革命，一幢建物，一隻珍禽異獸，一座已被踐踏的八千公尺高峰，一次巨額的樂透獎金，一個傳說中的先代親人。

不僅僅是華麗的密室殺人而已。這怎麼辦好？不能怎麼辦，但也許我們就心平氣和當個愉快的讀者、當個樂在其中的欣賞者鑑賞者，聽著名古生物學者古爾德的忠告，所有的演化都有「右牆」，皆有最終不可踰越的極限，就像棒球場上你不能講安祖・瓊斯的精采接殺超越了半世紀前的威利・梅斯，就像音樂世界裡你不能講披頭四合唱團超越了巴哈莫札特。當個好的欣賞者，享受每個在演化右牆邊緣驚心動魄的演出，總比當個失魂落魄、只想視前代巨人為寇讎卻無計可施的野心挑戰者強。

好，協議達成，現在就讓我們來讀徘徊在密室殺人演化右牆的約翰・狄克森・卡爾。

CARR

論「封閉密室」

約翰・狄克森・卡爾

我認為在偵探小說裡最有趣的故事莫過於封閉密室，這全然是我個人的偏好。我喜歡凶手嗜血成性、邪惡古怪，而且殺紅了眼還不罷手。我喜歡情節生動鮮明、充滿想像力，因為在現實生活中我找不到如此叫人目眩神迷的故事。有些見不得任何流血事件的人會堅持依他們自己的嗜好來界定規則，他們會用「大不可能」這字眼作為譴責的標記。因此不清楚狀況的人就被他們唬住了，以為「大不可能」等同於「拙劣」。拿這字眼來咒罵偵探小說可說是最不恰當的事。

一旦上鎖房間的秘密解開後，為什麼我們還會半信半疑？這絕非是疑心病太重在作祟，而單純只是我們會莫名所以地大失所望。由於呈現出來的效果太過神奇，我們不知不覺也期待它形成的過程充滿驚異。於是當我們知道那根本不是魔法時，我們就大罵其無聊透頂，說這整個故事不可信、不大可能，或是太荒謬了。

這種心態實在不公平。再者，對於故事中凶手的部分，我們最不該譴責的是他怪異的行徑。整件事該檢驗的重點是，這殺人詭計真能執行嗎？假如可以，那它以後會不會真的執行便不需列入討論。某人從某個上鎖的房間逃出來，是嗎？既然他可以為了娛樂我們而違反自然的法則，那他當然有權利行為暴戾乖張！各位，當你們要出言批評時，請記住我說過的話。你們儘可根據個人品味，提出「結局乏味無趣」等等的感想，然而如果要然責備故事情節大不可能、胡扯一通時，就得三思而後行了。

現在我先來區分幾個不同類型，再粗略描述密室殺人的各種方法。在門窗皆關閉的前提下，要討論逃脫的方法之前，所謂有秘密走廊通往密室這類的低級伎倆，讀者是無法接受的，因此凡是自重的作者甚至不需聲明絕無秘密通道之事。至於一些犯規的小動作也不必討論了，像是壁板間的縫隙，寬到可伸進一隻手掌；或是天花板上的栓孔居然被刀子戳過，塞子也神不知鬼不覺地填入栓孔，而上層的閣樓地板上還灑了塵土，佈置成似乎無人走過的樣子。這動作雖小，卻同樣是犯規行為。無論秘密洞穴是小到如裁縫用的頂針，或大到如穀倉門，基本準則絕不改變，通通都是犯規。

有一種密室殺人，案發現場的房間真的是完全緊閉，既然如此，凶手沒從房間逃出來的原因，是因為凶手根本不在房裡。理由是：

一、這不是謀殺，只是一連串陰錯陽差的巧合，導致一場看似謀殺的意外。先是，房間尚未上鎖之前裡面可能發生了搶劫、攻擊打鬥，有人掛彩受傷，家具也遭到破壞，情況足以讓人聯想到行凶時的掙扎拼鬥。後來，受害人因意外身亡，或是昏迷於上鎖的房間內，但所有事件卻被當作發生於同一時間。在這種例子中，致命原因通常是腦部破裂。一般的推測是棍棒造成的，實際上卻是家具的某個部位，也許是桌角或是椅子突出的邊緣，不過最常見的物件，其實是鐵製的壁爐罩。總之，自從福爾摩斯的冒險故事《駝者》問世以來，這個殘忍的爐罩著實殺害了不少人，，而且在某種程度上，這些死亡事件都貌似謀殺。此類型的情節中，包括解開凶手之謎在內，解答部分最令人滿意的作品，要屬卡斯頓・勒胡的《黃色房間的秘密》，堪稱是史上最佳的偵探故事。

二、這是謀殺，但受害人是被迫殺他自己，或是誤打誤撞走入死亡陷阱。那可能是一間鬧鬼的房間所致，也可能被誘引，較常見的則是從房間外頭輸入瓦斯。不管是瓦斯或毒氣，都會讓受害人發狂、猛撞房間四壁，使得現場像是發生過困獸之鬥，而死因還是加諸於自己身上的刀傷。另一種從中延伸的變體範例，是受害人將樹枝形燈架的尖釘穿進自己的腦袋，或是用金屬絲網把自己吊起來，甚至用雙手把自己勒死。

三、這是謀殺，方法是透過房間內已裝置好的隱藏機關，它藏在家具上頭某個看似無害的地方。這個陷阱的設計可能是某個死去多年的傢伙一手完成，它可以自動作業，或是由現任使用者來重新設定。譬如說，話筒裡面藏著手槍機械裝置，一旦受害人拿起話筒，子彈就會發射貫穿他的腦袋；還有一種手槍，扳機上面繫著一條絲線，一旦水結冰凝固時，原先的水就會膨脹，如此隨即拉動絲線。我們再舉鬧鐘（這是很受歡迎的凶器）為例，當你為這種鬧鐘上緊發條時子彈便會射出來；或者，我們有另一種精巧的大型掛鐘，上端安放了可怕的鏗鏘鈴聲裝置，一旦吵鬧聲響起，你想要靠近去關掉它時，一觸碰便會擲出一把利刃，當場劃破你的下腹；此外，有一種重物可從天花板擺盪下來，只要你坐上高背椅，這個重物的威力包準敲得你的腦袋瓜唏吧爛；另有一種床，能釋放致命的瓦斯；還有會神秘消失的毒針……當我們研究了這些五花八門的機關陷阱之後，才真正的進入了「不可能犯罪」的領域，而上鎖的房間可就算是小兒科了。這種情況可能會永續發展，甚至還會出現電死人的機關……

四、這是自殺，但刻意佈置成像是謀殺。某人用冰柱刺死自己，然後冰柱便融化了！由於上鎖房間裡找不到凶器，因而假定是謀殺；或者，某人射殺他自己，所用之槍縛繫於橡皮帶尾端——當他放手時，槍械被拉入煙囪而消失不見。此伎倆在非密室的情況下，可改成槍枝繫著連接重物的絲線，射擊後槍枝被迅速拉過橋樑欄杆，隨即墜入水中；同樣的方式，手槍也可以猛然拂過窗戶，然後掉入雪堆裡。

五、這是謀殺，但謎團是因錯覺和喬裝術所引起。譬如房門有人監視的情形下，受害人被謀殺橫屍於室內，但大家以為他還活著。凶手裝扮成受害人，或是從背後被誤認為受害人，匆忙地走到門口現身。接著，他一轉身卸下所有偽裝，搖身一變換回原本的面貌，並且立刻走出房間。由於他離去時曾走過別人身邊，因而造成了錯覺。無論如何，他的不在場證明已成立，因為後來屍體被發現時，警方推定的案發時間是發生在冒牌受害人進房之後。

六、這是謀殺，凶手雖是在房間外面下手的，不過看起來卻像是在房間裡犯下的。我把這種犯罪歸類，通稱為「長距離犯罪」或「冰柱犯罪」，反正不管它們怎麼變化，都是基本雛形的延伸。冰柱彷如子彈一般從房間外面發射進來，然後它融化地無影無蹤。我相信，美國女推理作家安娜・凱薩琳・葛林在其偵探小說《僅有簡寫字母》中率先使用此詭計。某些詭計能發展成各支流派，她居功厥偉……冰柱的實地運用，得拜義大利佛羅倫斯市望族麥第奇之賜，在一篇令人讚賞的〈佛朗明石〉故事裡引用了一首關於戰爭的諷刺詩，內容提及西元第一世紀的羅馬衰亡錄，冰柱在其間提供了亡國的原因。藉由十字弓的助力，冰柱被發射、投擲、拋出：在漢米頓・柯里克（《四十張臉孔》書中的迷人角色）的冒險故事裡，也有異曲同工的元素：可溶解的投射彈、鹽塊子彈，甚至還有凍結血液所製成的子彈。

冰柱犯罪理論證明了我的觀點：屋內的凶案可以是屋外的某人幹的。這裡還有一些其他可能，受害人被刺，凶器可能是內藏薄刃的手杖，它可以穿過夏季別墅周遭盤繞的編織物，一擊得手就收回：或者，受害人可能被刀刃所刺，由於刀身過於細薄，因此他毫無知覺自己受傷，然後當他走入另一個房間時才猝然倒地斃命：抑或是，受害人被引誘探頭出窗，從下面無法爬到這扇窗户，但是從上方呢，冰塊卻能夠下墜，並狠狠重擊他的頭。腦袋被砸得開花，但凶器卻找不到，因為它老早就融化了。

我們還可以列舉出利用毒蛇或是昆蟲來殺人的手法。蛇不但能隱匿於衣櫃和保險箱，也可以靈巧地藏躲在花盆、書堆、枝形吊燈架以及手杖中。我記得一個非常誇張的個案——把琥珀製的菸斗柄，刻成古怪的蠍子形狀，受害人正要把它放入嘴裡，雕刻物居然活過來，變成一隻活生生的蠍子。不過若說到上鎖房間命案中最驚人的長距離謀殺手法，各位，我向你們推薦一篇偵探小說史上最精采的短篇故事，就是梅爾維爾·大衛森·卜特斯的《都多爾夫殺人事件》——這位從長距離之外行兇的刺客即是利用太陽。太陽光穿過上鎖房間的窗戶，照射在都多爾夫擺於桌上的酒瓶，由於瓶內裝的是未加工的白酒，因而形成了凸透鏡效果，而掛在牆上的槍經由光線一射，正好點燃了雷管。因此躺在床上的可憎傢伙，胸膛自然被轟得血肉模糊。除此之外，還有幾篇非常出色、同樣齊名的第一流傑作，如湯瑪斯·柏克的《歐特摩之手》、卻斯特頓的《走廊上的男人》、傑克·傅特瑞爾的《十三號囚房的難題》。

七、這是謀殺，但其詭計的運作方法，剛好和第五項標題背道而馳。換句話說，受害人被推定的死亡時間比真正案發時間早了許多。受害人昏睡（服了麻醉藥，但沒有受傷）在上鎖房間裡。所以用力撞門也叫不醒他。這時凶手開始裝出驚恐的模樣，先強行打開門，接著一馬當先衝進去，刺殺或切斷被害人的喉嚨，同時讓其他在場的人覺得自己看到了其實沒看到的東西。發明這種詭計的以色列·詹格威應可獲得無上的榮耀，因為後人仍舊在沿用他的創意，只是形式各有不同。這種詭計（通常是刺殺）曾用在船上、陳年老屋、溫室、閣樓，甚至是露天户外。在這些地方，受害人先是失足絆倒，然後昏迷不醒，最後才是刺客俯身靠近他……

煙囪在偵探小說中是不受到青睞的逃脫途徑，當然秘密通道除外。我來舉一些重要的例子，例如中空的煙囪後頭有個秘密房間；壁爐的背面可以像帷幔一樣展開；或是壁爐可以旋轉打開；甚至在砌爐石塊下藏著一間密室。此外，許多帶有強烈毒性的玩意兒都能穿過煙囪管掉下來。不過凶手爬上煙囪而逃亡的案例倒是少見，一來是幾乎不可能辦得到；二來是這種舉動比起在門窗上面動手腳，還更加卑鄙無恥。

在門和窗這兩種首要類型中，門顯然是較受歡迎的。以下是一些經過變造，以使門像是能從內反鎖的詐術範例：

一、將插於鎖孔裡的鑰匙動些手腳。這種傳統方法相當受到歡迎，但是到了今天，由於其各種變化的手段都廣為人知，所以很少人真去使用。可以拿一支鉗子夾住鑰匙柄，並且轉動它。我們就用過這種方法打開葛里莫書房的門；還有一種非常實用的小技巧，只需一根兩吋長的細薄金屬條，某一端繫上極長的結實細繩。在離開房間前先將金屬條插入鑰匙頭的小洞，一端朝上，另一端朝下，如此便可行使槓杆作用。細繩垂落於地，然後從門底下拉至房間外頭。接著從門外關起房門，只消拉動細繩，在槓桿原理的作用下，鑰匙轉動而將房門上鎖，這時再抖動細繩使金屬條鬆脫，等它落地後你就可以從門底下把它拉出來。於相同的原理下，可以有各種不同的應用，但細繩絕對是不可或缺。

二、不破壞鎖和門栓的情形下，輕鬆移開房門的鉸鏈。這種手法乾淨俐落，大部分男學生都熟悉箇中技巧，尤其是想偷上鎖櫥櫃裡的東西時便可派上用場，不過前提是鉸鏈得裝置在門外才行。

三、在門栓上動手腳。細繩再度出場：這一回用到的技巧是衣夾和補綴用針，衣夾附著於房門內設計成槓桿裝置，藉此在門外關上門栓，這時再從鎖孔拉出細繩即可。我得向推理作家范達因筆下的神探菲洛・凡斯舉帽致敬，他為我們做了最佳示範；還有一些手段比較簡單但效率不高的方式，但一條細繩是少不了的。你可以在長細繩的一端打個不牢固的結——只要猛然一拉，繩結就會鬆脫——並且扣成一個環套。此環套纏繞於門栓的握柄，細繩部分則向下垂落，且穿過門底下。此刻房門已被關上，這時往左右兩邊任一方拉動細繩，即可門上門栓。接著再使勁抽動細繩，繩結便從握柄上鬆脫，然後就可以拉出細繩。美國推理作家艾勒里・昆恩也曾示範了另一種手法，他利用死人玩了這一招。但是他的謎團解說過於單調枯燥，聽起來又太離奇古怪，因此對精明的讀者來說，此詭計的安排著實不公平。

四、在可滑落的栓鎖上動手腳。通常的作法是，於栓鎖的下方墊著某樣東西，然後從門外關上房門，再抽掉墊在裡頭的支撐物，讓栓鎖滑落且上鎖。說到這個支撐物，隨時能派上用場的冰塊顯然是最佳工具，用冰塊撐起栓鎖，等它融化之後栓鎖便會掉下來。另外在某個案例中，光憑關門的力道夠大便足以讓門內的栓鎖自己滑落。

五、營造出一種錯覺，簡單卻有效。凶手殺了人之後，從門外將房門上鎖，並把鑰匙帶在身上。然而大家還以為鑰匙仍插於房內的鎖孔裡。凶手就是第一個裝出驚慌失措並且發現屍體的人，他打破房門上層的玻璃鑲板，把鑰匙藏於自己手中，然後「發現」鑰匙插在鎖孔上，再藉此打開房門。若需要打破普通木門上的壁板時，這種伎倆也行得通。

至於上了鎖的窗戶，有好些種有趣的範例，譬如早期的假釘頭，到近代用來唬人的鋼製窗套，都能在窗戶上面動手腳；你還可以打破窗戶，小心地扣住窗子的鎖鉤，然後離去的時候只需換上一塊新的窗玻璃，再以油灰填塞接合即可。由於新的窗玻璃和舊有的非常相似，使得窗戶像是從內部反鎖。

——整理自約翰・狄克森・卡爾作品《三口棺材》

CARR 01
卡爾作品集

女巫角

Hag's Nook

CARR

CHAPTER 1

第一章

老字典編輯的書房有他的小屋那麼長。搭了屋椽的書房比起房門的高度要低陷個幾呎。下午將盡時分的太陽照著一棵紫杉，樹蔭則遮蔽了書房背面的格子窗。

那墨綠色茂盛的草地、長青樹叢、灰色教堂尖塔和白色蜿蜒的道路，英格蘭鄉間深沉慵懶的美有一抹詭異的情調。對一個美國人來說，想起自己家鄉一條條飛快的水泥高速公路，被一些紅色加油站及車流廢氣填得滿滿的，這裏就格外賞心悅目。這鄉間讓人感覺人們即使在路當中散步也不會顯得格格不入。泰德・藍坡望著灑進格子窗的陽光，還有紫杉樹上暗紅色閃閃發亮的小果子，有著唯有大不列顛群島才能對外地人勾起的一種心情。感覺大地古老迷人，還有「討喜」這麼一個英國味兒字眼引發的所有匆匆掠過的印象所帶來的實在感。法國有如時尚一般善變，彷彿整個國家頂多跟前一季流行的帽子式樣一般老。在德國，連古老傳說都像忙碌的鐘錶機件似地清新無比，好像紐倫堡出產的玩具上了發條那樣。然而英格蘭這塊土地似乎比在地的那些爬滿長春藤的高塔還要不可思議地古老。暮色下的鐘像是在塔裏懸了幾世紀。而鬼魅穿梭其間，連羅賓漢猶擺脫不去的，是偌大的一片靜寂。

泰德・藍坡朝房間那頭的主人看了一眼。基甸・菲爾博士龐大的體積塞滿一張深深的皮椅。他一邊正彈著煙斗把菸草填進去，一邊好像愉快地思索著煙斗剛才對他說的什麼話似地念念有詞。菲爾博士不算太老，但無疑地，他屬於這老房間的一份子。他的這位訪客認為，這房間就像狄更生小說裏的一幅插畫。橡木的樑及樑與樑之間被煙燻黑的石灰泥底下的書房寬敞又陰暗。墳塚般大大的橡木書架上端有些菱形玻璃窗。你會覺得這屋裏所有的書都蠻友善的。聞起來是沾了灰塵的皮革和舊報紙的味道，儼然這些堂皇的舊書已將它們的大禮帽一掛，準備長住下來了。

菲爾博士連裝煙斗這一點兒活兒也做得微微喘息。他塊頭很大，走路通常要拄兩根楞杖。襯著書房前方窗戶透進來的光，他那摻了一撮白毛、滿頭蓬鬆的黑髮波浪迭起，像一面軍旗似的。這霸道而無邊無際的亂髮一輩子都領在他前頭飄舞。他的臉又大又圓又紅潤，在幾層雙下巴上頭某處扯著一個笑容。然而那張臉上引你注意的，是他眼中閃耀的目光。他眼鏡掛在一條寬寬的黑緞帶上。當他低下他的大頭時，小眼睛從眼鏡上方看過來，閃閃發亮。他好像是兇勇好鬥，又好像是調皮地在竊笑。不知怎地，他有辦法同時結合兩者於一身。

「你一定要去拜訪菲爾一下，」梅爾森教授跟藍坡說過。「第一、因為他是我最老的朋友；其次、因為他是英國了不起的一個人物。這人在我所見過的人當中，擁有最多冷闢、毫無用處又極吸引人的情報。他會一直勸你吃東西、喝威士忌，到你暈頭轉向為止。不管什麼樣的話題他都說個不停。不過一講到昔日英格蘭的輝煌和各種體育活動的時候，就更要滔滔不絕了。他愛好聽樂隊表演、看多愁善感的通俗劇、喝啤酒，還有看胡鬧的喜劇。他是個很棒的小老頭。你會喜歡他的。」

無可否認，這位東道主整個人有一股熱忱和單純，絕不矯揉造作，讓藍波才見面五分鐘就感到賓至如歸。這個美國佬得承認，甚至還沒見到他的面，已感覺分外窩心了。梅爾森教授在藍波啟航之前早給基甸・菲爾寫了一封信，並收到他幾乎沒法辨讀的回信。信上點綴了一些爆笑的小圖畫，又拿出幾行有關禁酒令的詩作結尾。此外，藍坡抵達查特罕之前，已和他在火車上不期而遇。林肯郡的查特罕距倫敦大約一百二十多哩，離林肯鎮本身只有一小段路。藍坡傍晚時分上火車時心情頗低落。灰暗的倫敦，加上那些煙霧和遲緩的交通，實在孤寂。信步穿越那髒兮兮的車站，滿是砂礫和火車頭蠻橫的吐氣聲，視野又被匆匆忙忙的通勤人潮攪得支離破碎，很落寞。候車室看起來骯髒陰沉。那些過客趕在火車進站以前，跑去濕氣撲鼻的吧檯，搶著灌杯飲料。看來，過客們比候車室還要骯髒陰沉些。在跟自己同樣乏味、無精打采的燈下，這些人顯得疲憊而頹敗。

泰德・藍坡才剛踏出校門，因而極度擔心自己世面見得不夠。他玩過歐洲不少地方，但全是父母嚴密看管下，循著那些一般咸認很有意義的行程在走，叫他看哪裏他就看哪裏。這種旅行簡直就在參觀活生生的偷窺秀，可是內容卻是明信片上見過的，反而還得邊聽一些長篇大論。獨自一人，他又覺得慌亂沮喪，滿懷怨氣。對著眼前這叫人厭惡的景觀，他開始覺得，這兒比起中央車站差遠了。由美國水準以上的小說家們筆下看來，拿中央車站這樣比較，根本就糟蹋了它。

「唉，管他的！」

他咬牙切齒一番，到書報攤買了本驚悚小說，然後朝他那班火車逛過去。英鎊從來都很難纏，五花八門的硬幣看得人頭昏，非十進位的幣值劃分又那麼不規則。湊個錢數就像玩拼圖一樣，急不得。既然只要他耽擱一點點時間，就會嫌自己粗魯笨拙，通常再小額的消費他也會掏鈔票來付賬，讓對方去絞腦汁。到頭來，他滿載著找回的零錢，以至於每走一步身上都鏘啷鏘啷地響。

是說，當他碰上那個穿灰色衣服的女孩時。

他真的「碰」上她。都怪他渾身上下聽起來太像一個流動收銀機，很不自在。他正試圖將手捅進兩個口袋裏，從底下把銅板兜上來，有點像螃蟹那樣搖搖擺擺地走。結果太投入了，渾然不覺自己往哪裡去，「砰」一聲撞上一個人，嚇了一大跳。又聽到有人倒抽一口氣，還有從他手臂膀下方傳來「噢」的一聲。

口袋裏的東西溢出來了。他隱約聽見一大堆銅板叮叮噹噹地掉到月台的木頭地板上。尷尬而情急之下，他發現自己握住了兩隻嬌小的手臂膀，同時低頭正望著一張臉。假使那一刻他講得出什麼話，肯定也只有「嘎！」這個字。接下來他恢復鎮定來端詳那張臉。月台旁頭等車廂射出來的燈光正好打上去，臉小小的，眉毛高高吊著，充滿狐疑。她揶揄地瞇起眼瞅著他，好像從遠處極目眺望的神情，再善意地嘟著嘴。其實她帽緣根本就拉得很低，襯著那烏黑亮眼的頭髮，俏皮逗趣。她的藍眼珠也深得幾近黑色。粗線織的灰外套領子豎起，但未遮過她嘴部表情。

她遲疑了一下，然後開口笑著說，「嘿，好有錢喔！呃，請你放開我的手好不好？」

他急急忙忙朝後退一步，對銅板散了一地在意得很。

「天哪！不好意思！我真是飯桶。我……妳掉了什麼東西嗎？」

「我看看……我的錢包，還有一本書。」

他彎身將它們揀起。即使後來，當火車已沒入那飄著香氣又還算涼爽的黑夜往前飛馳時，他仍記不起他們是怎麼聊上的。黯淡的候車棚煤煙瀰漫，還充斥著行李搬運車轆轆的回聲，原不是攀談的好地點。但不知怎地，這裏感覺卻對極了。沒什麼精采對話——事實上場面頗冷。他們只是站在那兒，虛應地搭著腔。忽然藍坡靈思泉湧。他發現他剛買的書和他從女孩手中打落的是同一個作者寫的。由於此作者是艾德嘉•華勒斯先生，這巧合對一個外地人來說本是毫不起眼的，不過藍坡將它大書特書了一番。每次一擔心女孩要落跑，他就拚命抓住這個話題。他已風聞英國女子是何等冷漠而拒人於千里之外，因此納悶女孩與他交談是否僅僅礙於禮貌。然而禮貌之外，似乎瞅著他的那湛藍的眼底還有點兒什麼。她像男人一樣自在地斜倚著車廂邊上，手塞在毛茸茸的灰外套口袋裏，身材小巧標緻，嘴角翹翹的，帶著笑意。一時之間他有種感覺——她跟他一樣寂寞。

他一邊講到自己要去查特罕，一邊問起女孩的行李在哪。她站挺了，一抹陰霾閃過。帶著那尾音短促、快而含糊的腔調，輕柔沙啞的嗓音變得遲疑。她低聲說：

「旅行袋都在我哥哥那裏。」再作遲疑，「他……我看他要錯過這班火車了。汽笛響了。你最好上車吧。」

汽笛嗚嗚聲單薄地穿透候車棚而去，聽來好空洞，彷彿什麼被劃破撕開了似的。一輛火車頭結結巴巴吐著氣，車頭燈一明一滅地。

「嘿，」他大聲說，「如果妳是搭另一班車——」

「你最好趕快！」

這下子藍坡也像那汽笛聲一樣虛弱乏力了。他匆忙喊道，「去他的火車，我可以坐別班。實際上我哪兒也不去了。我——」

她得提高嗓門。藍坡眼看著她綻開笑容——明朗、誇大、滿足的笑容。「傻瓜！我也要去查特罕。說不定我會在那兒跟你碰頭哩。去吧！」

「妳確定？」

「當然。」

「喔，那就沒關係了。要知道——」

她指了指火車。開動了，他一躍而上，正從某個通道窗戶引頸外眺，想看她一眼的時候，他清清楚楚聽見那個沙啞的聲音落在他後面嚷了些什麼。那聲音嚷著一句怪異的話。它嚷道：「假如你遇到鬼，要留給我啊。」

搞什麼鬼嘛！藍坡凝視著漆黑的火車車廂一列列疾馳而過，看上去車站幽暗的燈光好像隨著火車的擺動在閃爍。他試著瞭解那最後一句話。用詞倒不是叫人心煩，而是有點兒，呃，怪誕。只有這兩個字差可形容。整件事是個惡作劇嗎？難道這就是英國式幽默嗎？有那麼半晌，他的頸項熱了起來。唉，討厭！是不是惡作劇，你直覺得到。查票員此刻經過通道，看到他這位顯然是美國來的年輕男士，胡亂把臉伸向窗外一團煤灰中，還歡欣鼓舞地當是高山清涼空氣一樣，大口將它吸入。

沮喪的情緒消失無蹤。這班空蕩蕩、搖搖晃晃的小火車讓他感覺好像獨自乘坐快艇一般。現在倫敦不那麼巨大威武，這鄉間也不再是個沉寂的所在。他在異鄉像飲了烈酒般振奮，突然感到與一個人好接近。

行李咧？他僵住片刻才想起，搬運工人已經把它放到這車廂前後的某個小包廂了。還真不錯。他感覺得到地板在腳下振動。火車前後左右顛簸晃動，摻雜著喀拉喀拉的噪音。綿長的一聲汽笛被逐漸加快的列車拋在後頭。這才是展開一趟冒險的架勢。「假如你遇到鬼，要留給我啊。」沙啞而富磁性的聲音掠過月台，總好像是躡手躡腳說著話似的……

想來，若她是個美國人，藍坡就會問她姓名。如果她是美國人……然而他倏地醒悟到，他不希望她是美國人呀。那一對間距寬寬的藍眼珠，比起絕對的美感標準稍嫌太方了些的那張臉，紅紅的、翹翹地微笑的嘴，在在展現異國情調，卻又如倫敦政務中心白廳街一磚一瓦的堅實感那樣，散發著道地英國風。他喜歡她講話吐字的模樣，好似語帶嘲弄般。她看上去清爽宜人，像個鎮日徜徉鄉間的人。從窗邊轉回頭，藍坡有一種強烈慾望要撐著車廂內小包廂的門框上緣吊單槓。他會的——要不是在座有個叼著一隻大煙斗、極為拘謹又非常鬱鬱寡歡的人，目光呆滯地正朝旁邊的一扇窗望出去，休閒帽頂端一角還像戴圓形軟帽那樣蓋過耳朵。此人太像漫畫裏的典型英國佬了，使得藍波簡直就等著他一邊叫出「啥，啥，啥啥！」一邊氣喘吁吁、步履沉重地沿著通道踱去，只不過這火車上不作興從事這樣激烈的運動罷了。

這美國人不久之後就會重溫對此人的記憶。但眼前他只覺得開心得不得了，肚子餓，而且想喝點東西。他想起前面有一節餐車。在吸菸區的車廂找到行李後，他沿著窄窄的通道摸索覓食。火車現在隆隆地駛過市郊，在激動的汽笛聲中唧唧嘎嘎上下擺盪，照亮了的長長圍牆自火車兩側一閃而過。藍坡很意外，餐車幾乎客滿。空間有些侷促，盡是啤酒和沙拉油的氣味。爬進座椅，同桌面對著另一位用餐客人，他想，這兒灑了一桌的麵包屑和油漬未免太多了點兒吧。旋即責怪自己老土。桌子順著火車在晃，金屬鑲邊的木質桌面燈光搖曳。他瞧著對座的人，正很技巧地避開自己鬍子，向一大杯金尼氏黑啤酒開攻。大喝一回之後，他放下杯子，開口了。

「晚安！」他親切地說。「你是小藍坡，對吧？」

就算這陌生人接下來說：「我知道你剛從阿富汗來。」藍坡都無法更吃驚了。一陣開懷的悶笑牽動他多重雙下巴。他那特有的愉悅悶笑聲——「嘿嘿嘿」直像滑稽歌舞劇中的壞人發出來的一樣。小眼睛炯炯有神地越過繫了黑色寬緞帶的眼鏡上方注視著這美國人。那張大臉變得更加紅潤了。一團亂髮隨著悶笑——還是隨著火車韻律，或兩者皆有份——起舞。他帶勁兒地伸出手。

「我是基甸・菲爾，曉得吧？鮑伯・梅爾森給我來信講過你的事。你一走進車廂，我知道就是你。為此我們得喝瓶酒。得來個兩瓶，你一瓶，我一瓶，好吧？嘿嘿嘿。服務生！」

他在座位上威風地喚著，聲音宏亮威嚴得像個封建貴族。

「我太太啊，」菲爾博士點了一桌子菜之後接著說，「假如我跟你未打到照面的話，我太太絕不會饒我的。她已經夠手忙腳亂地了，要就是最講究的那間臥房牆上灰泥剝落啦；要就是新買的草坪旋轉式灑水器始終失靈，卻偏偏在主任牧師來訪的當兒好了，像淋浴似的潑了他滿頭滿臉啦。嘿嘿。喝點酒。我不清楚這是哪一種葡萄酒，我也從不問，是葡萄酒就行了。」

「敬您！」

「謝了，小老弟。容我——」菲爾博士說，顯然勾起他美國之行朦朧的記憶，「開門見山說話啊。你是鮑伯・梅爾森的高徒，是吧？我記得他說你唸英國史。你考慮攻讀博士學位，然後教書？」

儘管博士的眼神充滿善意，藍坡頓時覺得自己好青澀、好蠢。他喃喃地回了幾句話，沒正面回答。

「好，好！」對方應著。「鮑伯對你頗為讚許，可是他說你『想像力太過豐富』，他是這麼說的。哼！管他呢！我倒說，管他的。你知道嗎，我去你們荷弗津學院講學的時候，或許學生們沒從我這兒學到多少英國歷史，可是他們對我歡呼咧，小老弟，當我描述那一場場戰役時，他們大大喝采咧。記得——」博士吁著氣繼續說道，他寬大的面龐像燦爛的落日般通紅。「我記得教了他們唱一一八七年第一次十字軍東征將領布雍之卡德費部隊的飲酒歌，我親自帶頭唱。之後他們全都唱了起來，還踏地跺腳的。一位抓狂的數學系教授忍著一肚子氣，踩著重重的步子上樓來，兩手揪扯自己頭髮，好像都打結了。這個老兄的自制力令人讚佩。他說：『能不能麻煩大家不要把樓下教室的黑板從牆上給震下來呢？這樣有一點不妥，呃啊，呃啊，嗯，相當不妥。』『不會呀，』我說。『這首是〈十字軍頌酒歌〉喔。』『糟糕透頂，』他說。『你以為我聽到〈不到破曉誓不歸〉會不知道嗎？』結果我還得為他講解這整個典故……沛恩，嗨！」博士中斷談話，一邊朝走道揮舞他的餐巾，一邊用低沉的大嗓門喊著。

藍坡一轉身，竟看見先前在火車通道注意過的那位叼著煙斗、很拘謹又特別悶悶不樂的人。

帽子已經摘了，露出白髮粗硬、剃得很貼的平頭，和一張棕色的長臉。在走道上顯得步履蹣跚，眼看著好像隨時要跌跤。他不是很禮貌地嘟囔了些什麼，在餐桌旁停下。

「這位是沛恩先生，這位是藍坡先生，」菲爾博士介紹道。沛恩看似多疑的雙眼向這美國人望去，嚇人一跳地翻了個白眼。「沛恩先生是查特罕的法律顧問。」博士解釋說。「欸，沛恩，你的受監護人都到哪兒去啦？我想叫小史塔伯斯來跟我們喝一杯。」

沛恩削瘦的一隻手微顫地舉向棕色下巴，摩搓著。他聲音乾澀，說話像在訓誡人一樣有些吃力，嗓子又彷彿在上發條似地帶點兒梭梭聲。

「沒來。」律師簡短回答。

「嘖嘖，嘿，沒來啊？」

藍坡想，火車空隆空隆的晃盪豈不會把沛恩的骨頭都震散了。他眨眨眼，繼續撓著他的下巴。

「沒有。我猜——」律師突然指著酒瓶說，「他早就喝多了。或許藍——呃，藍坡先生可以給我們解這個迷津。我知道，小史塔伯斯對於去女巫角逗留那短短一個鐘頭，始終是老大不願意的，但有關那監獄的傳聞也不至於真讓他卻步吧。當然，還有時間。」

藍坡想，這肯定是他所聽過最令人一頭霧水的胡言亂語。「去女巫角逗留那短短一個鐘頭」、「有關那監獄的傳聞」面前這羸弱的棕色男子，鼻翼滿是深深的皺紋，翻著白眼，仍以稍早前瞪著通道窗外的那淺藍色的空洞眼神盯住藍坡。美國人喝了酒已感到臉上發燙。這一切究竟是什麼鬼名堂嘛？

他說，「請——請你再說一遍？」同時把酒杯推開。

沛恩又聲音嘎啞地說，「也許我誤會了。不過火車正要開的時候，我想我看見你跟史塔伯斯先生的妹妹在談話。我以為——」

「跟史塔伯斯先生的妹妹，對，」美國人說著，逐漸感覺喉頭鼕鼕地在跳。他盡量表現鎮定。「我並不認識史塔伯斯先生。」

「喔，」沛恩嘴裏咯咯作響地說。「這樣啊。那——」

藍坡注意到菲爾博士慧黠的小眼睛從那副充滿喜感的眼鏡後面看出來，仔細觀察著沛恩。

「呃，沛恩，」博士表示意見，「他該不是怕撞見正要被送去吊死的人吧？」

「才不呢，」律師說。「抱歉，諸位。我得去吃飯了。」

CHAPTER 2

第二章

往後藍坡常憶起，那次剩餘的行程帶著他滲透了鄉間。當城鎮的華燈隨時間推移而熄滅，火車頭的汽笛聲襯著漸漸晴朗無雲的天空也變得稀稀落落時，他隨車正朝神秘清幽的地方疾馳而去。菲爾博士除了「哼」的一聲掃開這話題之外，沒再提到有關沛恩的事。

「別管他，」他咻咻地喘息，不屑地說。「他什麼事都吹毛求疵。最糟的是，他是個學數學的。呸！學數學的。」菲爾博士重複地說，怒氣沖沖地瞪著他的生菜沙拉，彷彿在萵苣葉子上會找到一條潛伏在那兒的二項式定理似的。「他不該多嘴的。」

至於藍坡認得那位素未謀面的史塔伯斯的妹妹一事，老字典編纂家壓根兒未大驚小怪。藍坡對此頗為感激。相對地，藍坡則避免針對方才聽到的奇怪言論發問。他一杯下肚感覺不錯，放輕鬆靠後坐好，聆聽他的東道主講話。

雖然對於酒混著喝這方面不容他置喙，當菲爾博士灌下濃濃的黑啤酒，又倒上葡萄酒，待飯局接近尾聲又再追加啤酒時，他還是看得有一丁點兒心驚膽顫地。但每來一杯，他都勇敢地跟進。「這啤酒啊，」博士說，他渾厚的嗓音響徹整個車廂，「關於啤酒，你看《阿爾維思莫》詩篇是怎麼說的：『凡間的人美其名曰麥酒，然眾神反而直呼它為啤酒。』哈！」

他漲紅著臉，任憑雪茄的煙灰掉到領帶上，坐在那兒侃侃而談。直到服務生來餐桌旁很低調地徘徊輕咳，才勸動他離座。他拄著兩支枴杖喧嚷著，笨重地走在藍坡前頭。轉眼他們已到一間空的包廂安頓下來，在角落的位子面對面坐下。昏黃的燈光下鬼影幢幢，這方寸之地比車外景色暗沉得多。菲爾博士臃腫地擠在那陰森的犄角，背後襯托著褪色的紅椅套和座椅上方模糊難認的圖案，活像個放大了的小妖怪。他變得沉默，也同樣感受到這一絲不真實的成份。北邊吹來的一陣涼風轉強了。有月亮。車輪飛快的嘎嘎聲所不及的遠處，一座座山丘老邁而疲乏。草木稠密，樹卻都淪為一束束萎謝了的枝椏。藍坡終於出聲了，他忍不住要講話。火車來到一個小村子，吱軋軋地停下來進站。這一下，除了火車頭長嘆了一口氣之外，真是一片寂靜。「您能不能告訴我，」美國佬說，「沛恩先生提到『去女巫角逗留一個鐘頭』那番話是什麼意思？」

菲爾博士從出神狀態中被喚回來，顯然嚇了一跳。他彎向前，眼鏡上映著月光。寧靜中他們聽得見火車頭粗啞地哈著氣，和蚊蟲短促有力的嗡嗡聲。火車頓了幾下，又抖了一回。一盞煤油燈懸在那兒盪著，閃著。

「唔？什麼，天啊，小子！我以為你認識桃若絲•史塔伯斯啊。我原來不想問的——」顯然指的是那個妹妹。小心應對啊！藍坡說：「我今天才認識她，對她毫不了解。」

「那你從來沒聽說過查特罕監獄囉？」

「從沒聽過。」

博士咂舌。「那算你運氣，和沛恩還談上幾句話，真難為你了。他以為你是熟人……你知道，查特罕今天已經不是監獄了。自一八三七年起就沒再用了，現在越來越荒廢。」

一台行李搬運車轟隆轟隆經過。一片漆黑，有那麼片刻博士神情嚴肅，藍坡看到他大大的臉上閃過一個不尋常的表情。

「你知道他們為什麼把它廢棄了嗎？」他問道。「有霍亂哪。霍亂——還有別的。但他們說，另外那個大家所避諱的原因比霍亂更糟。」

藍坡拿出一根菸點上。當時他無法分辨自己的心情。反正心裏刺刺的、緊緊的。事後回想起來，感覺就像肺出了毛病一般。黑暗中，他深深吸入一口清涼濕潤的空氣。

「監獄，」博士接著說，「尤其是當年的監獄，都是地獄一樣恐怖的所在。而他們將這一座監獄建在女巫角附近。」

「女巫角？」

「那是以前的人絞死女巫的地方。當然啦，其他一般的罪犯也都絞死在那兒。咳咳。」菲爾博士清了半天喉嚨，震天價響。「我強調女巫，因為這是大眾最感興趣的一環。

「你知道，林肯郡屬於沼澤地帶。古時候的英國人把林肯叫做林丘，就是沼澤地上的鎮。羅馬人叫它林屯地區。查特罕離林肯鎮有一段路。林肯現在變得很摩登了，我們查特罕則不然。我們土壤肥沃，有濕地，有沼地，有水禽，還有帶著濕氣的和風。我們那兒的人天黑後反倒看得見一些白天看不到的東西。怎麼樣？」

火車再一次吱吱嘎嘎地上路。藍坡勉強笑了一下。這位胖嘟嘟的紳士剛才在餐車那兒還嘻嘻哈哈地狂飲，就如牛肉最精力旺盛的部位那樣，整個人開懷有勁。此刻看來卻收斂而帶點兒奸詐。

「看得見東西啊？」他重複一遍。

「這座監獄，」菲爾往下說，「是繞著一個絞刑架蓋的。史塔伯斯家族上下兩代都是那裏的典獄長。在你們美國叫做牢頭。史塔伯斯家族的繼承人註定總是斷頸猝死。想來就教人汗毛直豎。」

菲爾劃了一根火柴點雪茄。藍坡一看，他在笑。

「我不是要講鬼故事嚇你，」他呼嚕呼嚕地抽了幾口雪茄之後補上一句。「我只是替你做好心理準備。我們不像美國人那麼乾脆、務實。這兒整個鄉間都充斥著鬼魅的迷信。空氣中都嗅得到。因此，若你聽說有關提著燈的佩姮，或是林肯大教堂上面的淘氣鬼，或任何特別有關那座監獄的傳說，可別見笑喔。」

一陣沉默。然後藍坡說：「我不會笑的。我這輩子一直想找一幢鬼屋瞧瞧究竟。當然，我不信的啦，但興趣並未因而減低。關於那監獄倒底有什麼傳說？」

「想像力太過豐富，」博士注視著雪茄上懸著的煙灰，喃喃自語地說。「鮑伯・梅爾森是這麼說的。明天再全盤告訴你。我留了剪報。小馬汀・史塔伯斯可是得花一個鐘頭待在典獄長室，打開保險櫃看一看裏頭是些什麼的。你曉得，史塔伯斯家族擁有查特罕監獄所在的這塊地，差不多兩百年了。這塊地現在仍是他們的，鎮上從未接管。而土地所有權則屬於學法律的那些人所謂的長子限定繼承——不許賣的。史塔伯斯家老大二十五歲生日那天晚上就得到監獄去，打開典獄長室裏的保險櫃，賭賭運氣。」

「賭什麼？」

「我也不知道。沒人曉得裏頭是什麼。繼承人不能說，直到他把鑰匙交到他兒子手上的那一天才行。」

藍坡挪動了一下。腦海裏浮現一個陰暗的廢墟，一扇鐵門，和一名男子手裏提盞燈，轉動一把生鏽的鑰匙。他說，「老天！聽起來——」但找不到恰當字眼，他竟苦笑。

「英國就是這樣呀。怎麼啦？」

「我只是想，假使在美國，新聞記者、攝影機和人潮早就團團圍住那個監獄，湊熱鬧去了。」

他知道自己說錯話了。他老是這樣。與這些英國佬相處，就像和一位你自認為熟悉的朋友握手一樣，忽然對方的手一溜煙地就抽走了。雙方總有什麼地方不起共鳴，即使講著相同的語言，也無法掩飾這道鴻溝。他看見菲爾博士在眼鏡背後瞇起眼睛瞧著他。然後，好險，這位老字典編纂家笑了。

「早跟你說了，這兒是英國嘛，」他答道。「沒人會去打擾他。大家對於史塔伯斯家族屢屢斷頭送命的這件事，都蠻忌諱的。」

「那你說呢？」

「怪就怪在這兒，」菲爾博士點了點頭說，「他們多數真是這麼個死法。」

兩人對此話題未再多說什麼。晚餐的酒似乎使生龍活虎的博士遲緩下來。要不然就是他陷入了某種唯有待在角落，在雪茄一口一口規律地燃亮、轉暗中才能進行的沉思。他拿了一條老舊的花格子呢長圍巾披在肩頭，大把的亂髮向前飄盪。要不是他眼皮底邊目光微露，從黑色緞帶繫著的眼鏡背後透出一絲慧黠，藍坡還滿以為他睡著了呢。

抵達查特罕時，這美國人心中的不真實感全面襲捲而上。此刻火車尾的紅燈已順著鐵軌漸行漸弱，巍巍顫顫的一聲汽笛也一同逝去。月台上空氣冷冽。火車經過，一隻狗遠遠朝著它吼，緊接著群犬齊上，吠聲旋又怯怯地告終。藍坡尾隨他的東道主，兩人喀嚓喀嚓地踩著碎石地從月台走上來，腳步聲響得驚人。

一條白色的路蜿蜒在樹與平坦草地之間，一片沼地霧氣瀰漫，一潭黑水在月下發光。一排灌木兒著濃重的山楂味兒。玉米田一抹淺綠，綿亙在起伏有緻的原野上。蟋蟀斷斷續續地叫，草葉上露水透出芬芳。菲爾博士在此，戴頂吊兒啷噹、帽沿低低的軟帽，圍條格子呢披肩，撐著一根枴杖，笨重地走著。他上倫敦只是一天來回，他解釋道，沒有行李。藍坡搖晃著提了一只沉重的皮箱，大步走在他旁邊。看到前方有個人影，他一時嚇住了。這人影身穿難以形容的一件大衣及一頂便帽，疾步前進，煙斗裏跳出的火星飛向腦後。然後藍坡明白了，是沛恩。雖然蹣跚，這位律師走起路來速度頗快。孤僻的傢伙！藍坡就差沒聽見他邊走邊自言自語地咆嘯著，但他沒工夫想沛恩的事。藍坡來到異鄉的天空下歷險，心花怒放，甚至星星都顯得新鮮而陌生。身處於古老的英國，他感到渺小而不知所措。

「監獄在那兒。」菲爾博士說。

他們爬上一段小坡，相繼在坡頂歇下來。這片地向下傾斜延伸，形成由灌木叢分割的開闊田園。遠處林木遮蔽下，藍坡看得見村莊的教堂尖塔。嵌著銀白色窗台的農莊，在夜晚土壤的濃郁清香中休眠。靠近農舍左邊立著一幢紅磚房子，鑲了白色窗框。橡木大道再過去一點，可見樸實無華、修矮了的園林。「地主的宅邸。」菲爾博士撇著頭說。但這老美正望著右手邊的海岬。查特罕監獄的石牆以黯淡天色襯底，駝著背弓在那兒，如巨石林般猙獰有力，與附近景色格格不入。

石牆已相當寬，但月光造成的錯覺使它們顯得更加雄渾。藍坡想，「弓」這個字用對了。牆有一部分看上去堆高糾結，翻過小山坡頂。石材裂縫裏鑽出的藤蔓彎彎地指向那一輪月亮。獠牙似的長釘沿著牆頭排開，可見到一個個崩陷的煙囪。整個地點看來潮濕得很，又因蜥蜴常出沒而黏乎乎的。彷彿周圍沼澤地都悄悄蔓延而入，並滯留牆內。

藍坡突然說，「我簡直感覺得到臉上蚊蟲亂飛了。你望著監獄有沒有這種感覺啊？」

他講話好像很大聲。不知哪兒的青蛙如饒舌的病人一般嘎嘎地在叫。菲爾博士舉起一根手杖指著說：「看到沒有」怪事，他用了同一個字眼，「那邊那個駝背一樣弓著的地方，在那一批蘇格蘭樅樹邊上？跨著一個小峽谷蓋的，那就是女巫角。早年絞刑架還擺在山坡邊緣的時候，他們會為那些圍觀民眾安排一個特別節目。他們給受刑人的脖子繫上一條很長很長的繩索，拿他朝懸崖邊兒扔出去，運氣好的話，就能把人頭扯下來。從前，你知道，絞架根本沒有蹬腳的機關。」

藍坡不寒而慄，滿腦子的畫面：燠熱的一天，綠油油、茂密的鄉間明亮耀眼，白色的路散發熱氣，路邊還有罌粟花。人們熙熙攘攘，梳著小馬尾、穿著束緊小腿的短褲，低聲交談。牛車載著衣著暗沉的一群老百姓，咯吱咯吱地爬坡。女巫角上還有人沒頭沒腦的像個鐘擺一樣盪來盪去。藍坡驚覺，現已作古的這夥幽魂交頭接耳的聲音，說不定真的充斥在這鄉下哩。回過身，發現博士兩眼直盯著他在瞧。

「他們建這監獄時，如何處理女巫角的？」

「保持原狀。但他們認為那樣太容易越獄。牆蓋得矮，門又多。因此他們就在絞架下方挖了一口井一樣的地洞。地本來就濕，洞一下子便儲滿了水。任誰想逃脫，一跳，保證掉到井裏。而且他們絕不會救他起來。這可不好玩，死在下面那堆玩意兒當中。」

博士拖著腳在走，藍坡也拿起皮箱繼續前進。待在這兒說話並不舒坦，聲音迴響太大。何況你渾身不自在，覺得有人在偷聽……

「這監獄啊，」博士唰唰地走了幾步，說，「就這樣註定厄運連連了。」

「怎麼說？」

「每次他們行刑之後，切斷絞刑犯的繩子，就任他落到井底。等到霍亂一流行起來啊……」

藍坡胃裏一陣翻攪，簡直要吐。他知道天氣雖寒，他穿得倒夠暖了。林木間淡淡地掠過一抹耳語。

「我住得離這兒不遠，」對方說，一副剛才的談話十分稀鬆平常的模樣。他甚至相當自在，好像在導覽當地的景點似地。「現在我們來到村莊的外圍了。從這邊可以很清楚地看到監獄絞架的這一面，還有典獄長室的窗戶。」

往前半哩，他們偏離這條路，穿過小徑來到一棟歪歪斜斜、死氣沉沉的房子。樑是灰泥糊的橡木，下面則是長春藤攀附的石屋。月光映在菱形窗玻璃上，蒼白虛弱。綠葉子緊挨著門生長，雜亂的草坪上露出點點白色雛菊。某種夜間活動的禽鳥抱怨人擾牠清夢，在長春藤之間啁啾地叫。

「我們就不叫醒我太太了，」菲爾博士說。「她一定在廚房裏給我留了一份冷飯，配很多啤酒。我——怎麼啦？」

藍坡嚇了一大跳。菲爾也嚇得微喘，因為藍坡聽見濕漉漉的草叢中有枴杖滑過的聲音。老美隔著草坪，望向不到四分之一哩以外，查特罕監獄高過女巫角附近蘇格蘭樅木的一邊。

藍坡感到溼熱，冒出一身汗。

「沒事兒，」他扯著嗓子喊。接著卯上全力說道，「呃，我不想打攪你們咧。我本該搭別班車的，可惜抵達這兒時間合適的火車只有一班。我蠻可以去查特罕鎮上找家旅館，或是客棧什麼的——」

老字典編纂家咯咯地笑了。那聲音在此情境格外令人心安。他嚷道，「胡說！」然後重重拍了拍藍坡的肩膀。藍坡這下心想，「他會認為我在害怕。」就連忙答應了。菲爾博士找大門鑰匙的當兒，他又瞄了監獄一眼。

老太太們的那些傳說讓人有先入為主的臆想。可有那麼一剎那，藍坡肯定看到有個影子正從查特罕監獄的牆那頭探頭探腦的。同時藍坡得到一個噁心的印象，就是，那個東西濕濕的……

CARR

CHAPTER 3

第三章

藍坡這會兒坐在菲爾博士書房內，度過他在紫杉居的第一個下午，看什麼都不免從奇幻的角度著眼。這幢厚實的小屋，裝的都是油燈和舊式管線，讓他感覺身處於，好比說，紐約東北方郊外愛笛榮達克山區的一個狩獵小木屋。彷彿不久他們就都要帶上車門，返回紐約。而到了住處公寓前面，自有門房會為他再次打開車門。

反觀這裏——那陽光照射的花園中騷動不安的蜜蜂、那日晷和鳥屋、那老木料及新窗簾的氣味，此景為英格蘭獨有。培根蛋有一種風味是他過去未曾全然領會的；煙斗的菸草也是這樣。此地鄉間看起來不帶人工味兒。若你只逢夏天小住一下的話，鄉間看起來不會是這樣的。這兒也一點都不像城市裏那些佈置了灌木叢的大廈頂樓花園。

你看菲爾博士，戴了一頂寬邊白帽，在他的地盤上閒逛，昏昏沉沉卻很友好的樣子，聚精會神地啥也不做。再看菲爾太太，一個嬌小、忙來忙去、開開心心而老是打翻東西的女士。一早有那麼二十來次，你會聽到小小的嘩啦一聲，旋即聽她罵一聲「討厭！」然後忙著繼續清掃，直到下一次小小意外發生為止。此外，她習慣把頭伸出家裏所有的窗戶，一扇接一扇地，問她先生一些問題。你原以為她在前屋，誰知道後窗忽然像咕咕鐘彈出咕咕鳥一樣，露出她的頭來，愉快地朝藍坡招手，然後問她先生哪個東西放在哪裏。她先生總是有點兒訝異，而且永遠答不上來。她會退回去，下次又在屋子側邊的窗戶出現，手裏舉個枕頭或抹布什麼的。這情形讓藍坡聯想到瑞士的一種溫度計，上面旋轉的小人偶不停繞著一個山間小屋進進出出地顯示溫度。

每天早上和下午的一部分時間，菲爾博士多半投入撰寫他那部鉅著：《英國上古時代飲酒習俗考》。工程浩大，為此他先花了六年蒐集資料，深入研究。他熱愛追溯一些奇特而冷門的術語起源，諸如「乾到滴酒不剩」、「按杯緣刻度足量暢飲」、「一仰而盡」，還有牽涉到健康、手套、腮腺炎、狂歡作樂，及其他關於嗜飲杯中物的種種怪名詞。即使只是跟藍坡隨意聊聊，菲爾博士都會慷慨激昂地反駁起許多作者的論調。比方說湯姆・納許一五九五年的嘲諷論述《一窮二白的皮爾斯》，及喬治・蓋斯恭一五七六年著的《為挑食的酒鬼所設計的精緻飲食，以徹底懲戒常見的生啤酒狂飲爛醉之陋習》。

早晨時光過去了，草地上黑鸝鳥的叫聲和懶洋洋的日光百般凸顯出查特罕監獄的邪惡氣息。午後良久，藍坡走向博士書房。他的東道主正把菸草添入煙斗內。菲爾博士穿著一件老舊的射擊夾克，他的白帽子掛在石質壁爐台的一角，而他不斷偷瞄眼前桌上擱著的報紙。

「有客人要來喝茶，」博士說。「主任牧師會來，還有小馬汀・史塔伯斯和他妹妹——就是住在地主宅邸的那兩兄妹。郵差跟我說，他們是今早回到村裏來的。說不定史塔伯斯的堂弟也會來，你會覺得他是個毫無生氣的傢伙。我猜你想多聽一些有關監獄的事吧？」

「嗯，如果不算是——」

「洩漏秘密?喔，不會。這檔子事人人都知道。我自個兒也頗想見小馬汀。自從他們的父親過世以後，他去美國待了兩年，地主宅邸由她妹妹當家。這方面她強得很。老提摩西死得很奇怪。」

「斷頸嗎?」藍坡問。對方猶疑了一陣。

菲爾博士壓低嗓門講話。「就算他脖子沒斷，全身其他地方也斷得差不多了。那個人被狠狠地摔爛。太陽下山後不久，他外出騎馬，結果他的馬把他甩掉——這顯然發生在他從女巫角那邊的查特罕監獄小山丘下坡的路上。當晚很遲很遲大家才找到他，躺在矮樹叢下。馬在附近，驚恐不已地嘶著。是老詹肯司——他的一位佃農——發現的，他說那匹馬的叫聲是他有生以來聽過最可怕的聲音之一。老提摩西是次日斷氣的，而且自始至終神智完全清醒。」

藍坡來此屢次懷疑，他的東道主可能一直在尋他這老美開心，現在不然了。菲爾博士費力道出這段令人毛骨悚然的過去，因為他有心事，講出來才好紓解心理壓力。眼珠轉動之間，及座椅中不自在地挪來挪去之下，他的疑惑——甚至疑懼——表露無遺。在午後陽光下變得陰暗的安靜房內，他嘶嘶喘氣的鼻息很大聲。

藍坡說，「我想，這件事讓許多古老迷信都重見天日了。」

「對。話說回來，我們這兒從來都多得是迷信。不，不，不，這檔子事所牽涉的遠比幾個復活了的迷信更糟。」

「你是說——」

「謀殺。」菲爾博士說。

他傾身向前，眼鏡背後的雙眸睜得大大的，紅通通的臉看來好無情。他開始飛快地講：「聽好，我什麼也沒說喔。這話或許聽來有點兒冠冕堂皇，但此事跟我無關。哼咳。驗屍官馬克禮醫師說，老提摩西頭蓋骨下端曾受到過重擊，可能是墜馬造成的，也可能不是。依我看，與其說是墜馬，他更像被蹂躪過。我指的可不只是被馬隨便踏了兩下而已喔。還有一點，那是十月份一個陰濕的夜晚，而他的確倒在一塊溼地上。但這些都不足以解釋為何屍體會那樣濕淋淋的。」

藍坡定睛看著他的東道主，手指不覺已緊緊扣在座椅扶手上。

「可是您說他還有意識。他有沒有說什麼？」

「當然啦，我個人不在場。我是聽教區主任牧師——還有沛恩——說的。你記得沛恩吧？嗯，老提摩西有說話。不但說了話，而且根本處在一種窮凶極惡的狂喜狀態。天剛破曉，大家知道他沒多少時間了。馬克禮醫師說，他在胸前架起的一塊板子上寫了些字。大家企圖阻止他說話耗神，但他執意不從。『這是給我兒子的指示，』他說——我跟你講過，馬汀當時人在美國——『未來他還有個考驗要面對，不是嗎？』」

菲爾博士停下來點煙斗。他憤憤地把火苗杵到煙斗的凹槽內，好像煙斗一點著就能真相大白似的。

「他們遲疑著，不請教區主任牧師桑德士先生來，因為提摩西是個久未悔改的人，又對教會深惡痛絕。但提摩西常說，雖然他一直看桑德士不順眼，但人家說什麼也是個正人君子。因此大家清早把桑德士帶了來，看看那老兄願不願意為垂死的人祈禱。他單獨進去見提摩西。過了半晌，抹著一頭汗走出來。『天哪！』牧師好像在禱告一樣感嘆地說，『他神經錯亂了。誰要跟我一起進去？』『他有沒有意願悔改信主呢？』提摩西那陰陽怪氣的侄子問道。『有，有，』牧師說，『可是問題不在這裏。問題是，他講話的神態不大對勁了。』『他說了什麼？』侄子問。

『那個我不能說，』牧師說，『要是能說就好了。』

「大家都聽見提摩西在臥室裏興高采烈地嘶叫，雖然他被單架綑得動彈不得。他嚷著下一個要單獨見桃若絲，接下來是他的律師沛恩。最後還虧沛恩吆喝道，他快不行了，因此窗外天正大亮的時刻，大家才都走進有著罩蓬床、橡木雕飾的大房間去。這時提摩西幾乎已無法言語了，但他清清楚楚吐出一個字：手帕，而且似乎露齒在笑。主任牧師做禱告時，其他人都跪了下來。當桑德士伸手劃十字時，提摩西嘴角吐出白沫，抽搐了一下就死了。」

漫長的一陣沉寂。藍坡聽見屋外黑鸝鳥喳喳在叫。紫杉枝頭的日照拉長了，變得慵懶無力。

「這事真怪，」老美終於附和。「但假若他沒說什麼，你簡直毫無理由懷疑這是謀殺啊。」

「我沒理由嗎？」菲爾博士邊想邊說。

「好罷，或許沒有……當晚──我是說他斷氣的那個晚上──當晚典獄長室的窗戶曾透出亮光。」

「有沒有人在進行調查呢？」

「沒有。就算出價一百英鎊也叫不動任何一位村民願意在天黑以後靠近那裏。」

「喔，是啊！這兒的觀念很迷信的──」

「不是觀念迷信的問題。」菲爾博士搖著頭，斷然地說。「起碼我不認為是。當晚我也親眼看到窗戶那兒的亮光。」

藍坡緩緩地說，「那你所說的馬汀・史塔伯斯今晚就要去典獄長室待滿一個鐘頭囉。」

「是啊，如果他沒有臨陣脫逃的話。他向來是個容易緊張的傢伙，屬於愛空想的那種人，而且稍稍一碰這監獄的事就變得有點兒神經質。他最近一次來查特罕已是一年前的事了。他是回家來聽人宣讀提摩西的遺囑的。遺產繼承的規定之一，當然啦，是他必須依慣例將那守夜的試煉傳承下去。除此之外，他完全置身事外，把地主宅邸丟給妹妹和表弟赫伯特看管，自己回美國去了。他只有——只有逢年過節才回英國。」

藍坡直搖頭。

「你跟我講了很多，」他說；「我簡直沒差親眼目睹這一切。可我不懂的是這些傳統之所以存在的原因。」

菲爾博士摘下眼鏡，換上一副看來貓頭鷹兮兮的老花眼鏡，旋即俯身於書桌邊一疊文件上，兩手捂著太陽穴。

「我這裏有本官方日誌，像航海日誌一樣，逐日登錄查特罕監獄一七九七至一八二〇年間的典獄長安東尼‧史塔伯斯先生，及一八二一年至一八三七年間典獄長老馬汀‧史塔伯斯先生的種種。原件保存在地主宅邸，是老提摩西允許我抄寫一份副本的。將來有一天實在應該結集出書，算作當年刑罰方式的一種見證。」

過了老半天，他仍低著頭，徐徐抽著煙斗，眼睛若有所思地瞪著墨水池。「要知道一直到十八世紀後半葉以前，整個歐洲很少有用來拘禁人的監獄。罪犯不是立刻絞死，或先烙印截肢再放人，就是直接驅逐到殖民地去。也有例外，比如債務人。但一般說來，已受審判跟尚待審判的人所受的待遇沒有兩樣，一律丟給那個邪惡的體系來修理。

「有個名叫約翰・霍爾德的人開始鼓吹囚禁式的監獄。查特罕監獄甚至比一般咸認最古老的密爾班克還早啟用。這是由將要關進此監獄的受刑人親手建造的，用的是史塔伯斯家族地產採石場上的石頭。喬治三世國王特別為了這個目的委派一支身著紅色制服的騎兵隊，在他們長長的毛瑟槍桿下才讓監獄蓋成的。他們隨意開火，誰偷懶就綁起區區兩隻拇指將他全身懸吊在那兒，或祭出其他手段加以虐待。懂吧，每塊石頭都是血跡斑斑的一個見證。」

趁他暫停的這個空檔，一句老歌詞不經意地流過藍坡腦海。他出聲吟誦：「大地哀鴻遍野……」

「是啊，想必是高亢而悲戚的哭號。典獄長的職銜自然給了安東尼・史塔伯斯。長久以來他們家族一直掌管這邊的事務。我想，安東尼的父親曾擔任過林肯市副市長。」菲爾博士大聲吸了吸鼻子說，「監獄建造期間，不分晝夜，無論晴雨，安東尼每天都要騎一匹雜色牡馬來監工。受刑人逐漸因瞭解而痛恨他。他們總是見他背對著天空及那一線黑色沼地，頭戴那頂三角帽，身穿藍色駱毛斗篷，騎在他的馬上。

「安東尼有一隻眼睛在一場決鬥中被轟掉了。他可是個公子哥兒，但吝嗇得很只顧自己。他這人小氣、殘酷，動不動就寫些鴉鴉烏的詩，還因家人嘲弄他就記仇。我確定他曾說，既然家人執意取笑他寫的詩，他將要他們為此付出代價。

「監獄於一七九七年完工，安東尼搬進去住了下來。規矩就是他立下的，叫歷代長子到典獄長室去看他留在保險櫃裏的東西。不消說，監獄一受他恐怖統治，就連地獄也要遜色幾分。這整件事我已刻意含蓄描述。他那隻獨眼和奸笑……幸好，」菲爾博士說著，一邊把手當成吸墨紙似的，將手掌平放在文件資料上——「小子，幸好他把後事早做了交代。」

「他後來怎麼了？」

「基甸！」一個語帶責備的聲音說。緊接著書房外傳來一陣敲門聲，害得藍坡驚愕不已。「基甸！吃飯了！」

「呃？」菲爾博士呆呆地抬起頭說。

菲爾太太表達她的不滿。「吃飯啦，基甸！我要你別碰那個撈什子的啤酒了。當然天曉得，奶油糖霜蛋糕對健康已經夠不利的了。還有這書房裏空氣真差。我看到主任牧師和史塔伯斯小姐已經來到巷口了。」只聽見她大吸一口氣，旋即總結地吆喝了一句，「吃飯！」

博士嘆口氣起身。他們又聽見菲爾太太匆匆忙忙穿過走道，反覆叨唸著，「討厭，討厭，討厭！」直像汽車的排氣管一樣。

「留著有空再談吧。」菲爾博士說。

桃若絲・史塔伯斯踏上院子裏的小徑，跨著她瀟脫的步伐，走在一位光頭、高大、正拿著帽子搧涼的男士旁邊。藍坡感到一陣不安。放輕鬆！別那麼孩子氣！他聽見她輕快、揶揄的嗓音。她穿著黃色高領套頭毛衣、咖啡色的裙子和一件外套。她手插在外套口袋裏。陽光在她自然散落的濃密黑髮上閃爍。當她撇過側臉時露出一個標緻的輪廓，那姿態多少像隻鳥的羽翅般，靜靜地懸在那兒。他們從草坪這一頭走來，長長睫毛下深藍的眼珠定定地看著他。

「我想，你認識史塔伯斯小姐，」菲爾博士說。「桑德士先生，我給你介紹藍坡先生，從美國來的。他住我們這兒。」

不由分說，藍坡的手就被這位身材魁梧的光頭男士憑著一腔基督徒精神，熱情有勁地握住了。湯瑪士・桑德士先生面帶職業微笑，兩頰剃得油光淨亮的，他是人們會稱讚他一點都不像神職人員的那種神職人員。他額頭上汗水直冒，溫和的藍眼睛倒像個童軍領隊的眼睛一般機靈。桑德士先生四十歲，但看上去年輕得多。他讓你感覺他服事他的信仰如此地理所當然，有如他在球場上為——比方說，伊頓公學，或是哈洛、溫徹斯特等，姑且不管他的母校是哪一所——效忠一樣。他像剃了頭的僧侶一樣，粉裏透紅的頭皮周邊有一圈蓬鬆的金髮。他還掛了一條粗大的懷錶錶鏈。

「很高興認識您，」牧師熱絡地大聲說。「我——呃——也很高興曾在大戰期間結識許多你的同胞。隔海的表親，是吧，遠洋的表親。」

他淡淡地、職業性地笑了一下。這老美對他那股專業慣性的親切圓融感到吃不消。他嘟囔了幾句便轉向桃若絲・史塔伯斯……

「幸會，」她伸出一隻冰涼的手說。「又見面了，好開心！你跟我們共同的朋友哈里斯一家人分道揚鑣時，他們都好嗎？」

藍坡正要問，「誰？」卻及時看出她眼神中期待他接腔的無辜模樣。加上一個愛笑不笑的表情，把那眼神烘托得更鮮活了。「啊！哈里斯他們哪，」他說。「好得很，謝謝，好得很。」他靈機一動，還瞎矇了一句，「小茉莉在長牙。」

好像沒人關心這個訊息。他對自己妄加增添的具體細節有一丁點兒心虛。他才要進一步針對哈里斯一家人胡謅些詳細資料，菲爾太太忽然像隻咕咕鳥一樣再度露臉，衝到前門來招呼大家。她糊裡糊塗說了一串話，主要大概是有關啤酒、奶油糖霜蛋糕、主任牧師真是周到之類的話，還詢問主任牧師被可惡的草坪灑水器噴得全身溼透，有沒有好一點？又追問他確定沒著涼、沒得肺炎嗎？桑德士先生敷衍地咳了幾下，才表示他確定沒事。

「哎呀……討厭！」菲爾太太說著說著，走進一堆綠葉叢中。「近視這麼深，瞎得跟個蝙蝠一樣，親愛的桑德士先生……寶貝丫頭啊，」她湊向女孩問道，「妳哥哥哩？妳說過他要來的呀。」

一片陰霾瞬間回到桃若絲‧史塔伯斯臉上，就和藍坡昨晚看到的一樣。她遲疑了一下，一手擱在另一手的手腕上，作勢要看錶，但很快又放了下來。

「喔，他會來，」她說。「他在鎮上——買點東西。待會兒會直接過來。」

屋後的花園裏，茶几已放妥了，擺在一株大萊姆樹的樹蔭下，幾呎外有一條潺潺小溪。走去的路上，藍坡及丫頭落在其他三人後面。

「小嬰兒艾得維，」藍坡調侃地說，「得了腮腺炎——」

「還天花呢。噁，你討厭！我以為你要揭我的底。圈子這麼小——唉，他們怎麼知道我們見過？」

「有個莫名其妙的律師看見我們在月台上談話。不過我還以為妳才要掀我的底呢。」

這巧合使他們轉頭，會心地彼此互望。他再一次看到她眼睛亮了起來。他很興奮又覺手足無措，頗像菲爾博士的口氣說了聲「哈！」同時察覺草地上斑駁的影子在晃動。兩人笑開了。她接下去低聲說：「我無法形容——昨晚諸事不順，我心情低落透頂了。倫敦又這麼大而無當。我好想找個人說說話喔，結果被你撞上，看來又蠻友善，我才會開口的。」

藍坡興奮地想給誰來幾拳發洩一下。在腦海裏，他以勝利姿態出手了。他感覺自己底氣十足。

他有些缺乏機智地說（但一味地只知奚落的讀者，你得承認他說得倒是非常自然）：「我很高興妳開口了。」

「我也是。」

「也高興？」

「也高興。」

「哈！」藍坡得意洋洋地大大舒了一口氣。

前頭揚起菲爾太太扁扁的嗓音。

「——杜鵑花、漏斗花、矮牽牛、天竺葵、蜀葵、忍冬，還有薔薇！」她尖聲嚷著，好像要喊住火車似的。

「我近視這麼嚴重，看不清這些花，不過我知道它們都在這兒。」她露出一個燦爛但有些曖昧的笑容，攬住隨後才到的這二位，催促他們入座。「喔，基甸，寶貝，你不會是要喝那撈什子的啤酒吧？」

菲爾博士早已屈身探向小溪流。他吃力地喘著氣，取出幾個滴著水珠的瓶子，然後拄著一根枴杖把自己撐直了。

「聽著，藍坡先生，」牧師用一種輕鬆而包容的態度說，「我常想，」他繼續下去，好像正在提出一項可怕的控訴，卻藉著狡猾的笑容試圖減輕其嚴重性一般。

「我常想，我們可敬的博士壓根兒不可能是英國人。他下午茶時間喝啤酒的野蠻習性，天哪，不——呃，可不是英國作風耶。」

菲爾博士抬起一張通紅的臉。

「牧師，」他說，「喝茶才不是英國作風呢，我跟您說。您該讀一下我的書末尾的附錄，第九章第八十六條註解，談到茶啊、可可啊、和那個叫做冰淇淋蘇打的難喝無比的飲料。你會讀到，茶是一六六六年從荷蘭引進英國的。從荷蘭，是英格蘭的死對頭喔。而在荷蘭，他們可是十分輕蔑地稱它做稻草水。連法國佬都不敢恭維茶的味道。派頓評它為：本世紀很遜的一項流行，還有鄧肯博士在他的著作《論烈酒》——」

「而且還當著主任牧師的面！」菲爾太太發著牢騷。

「咦？」博士應著，一邊打斷自己的話，以為她怪他出言不遜。

「寶貝，妳說什麼？」

「我在說啤酒啦，你還大喝特喝地。」菲爾太太說。

「唉，管他去的！」博士狠狠地說。「抱歉，抱歉，失言了。」他轉向藍坡。「小伙子，你要不要陪我喝一點啊？」

「哦，好，」他十分領情。「謝謝，我來一點。」

「從那冰涼的泉水裏撈出來的，你們兩個包準要得肺炎的，」菲爾太太嗔怒地說。她對肺炎這檔子事好像有根深蒂固的偏執。「真不知道會變成怎樣哩——桑德士先生，再來點茶。蛋糕在你手邊——人人都是說著說著就染上肺炎。再說那個可憐的小伙子今晚還要在那風涼的典獄長室熬上一夜。說不定他會得肺——」

四下頓時安靜下來。然後桑德士指著天竺葵的花圃，開始故作輕鬆地談談花草，似乎企圖藉著轉移大家視線來分散他們的念頭。菲爾博士加入討論，同時皺著眉頭不悅地看了看他太太。她渾然不覺自己觸犯了那個禁忌話題。然而壓抑感已襲上萊姆樹下聚會的這夥人，怎也揮之不去。一道粉紅色柔和的夕陽餘暉悄悄步上花園，不過天光還要持續幾個鐘頭才暗。樹枝濾過銀色的光點，西邊一派明亮和煦的景況。所有人，甚至菲爾太太，都盯著茶具一語不發。有張藤椅發出吱嘎一聲。遠處聽得見幾座鐘在叮噹爭鳴。

藍坡想像著一群牛，看來有點孤零零的，走在一片遼闊草原上，在神秘的暮色下被趕回家。幻景裏的空氣中迴蕩著一種極低沉的市井喧鬧氣氛。

桃若絲．史塔伯斯猛地起身。

「我真傻！」她說，「差點兒忘了。我得趁菸草鋪打烊以前到村子上買香菸。」她假裝沒事的樣子，朝大家笑著。可誰也唬不過，那笑臉是張面具。她故意漫不經心地看看錶。「菲爾太太，今天好好玩。妳一定要快一點來宅邸坐坐喔。」又好像臨時起意向藍坡說，「你要不要陪我一塊兒走走？我們鎮上你還沒去過吧？我們有一座很不賴的哥德式教堂，桑德士先生也這麼說。」

「的確是這樣。」牧師支支吾吾地說。他以父執輩萬分關切的眼神看著他們兩人，然後揮揮手。

「走，去吧。如果菲爾太太不介意的話，我還要添杯茶喝。這裏好舒服。」他向女主人微笑說，「教人懶洋洋，挺慚愧地。」他大搖大擺地往後一靠，神情宛如某些人緬懷昔日時感嘆道：「啊，我也曾年輕過！其實藍坡直覺地知道，牧師一點也不放心他倆同行。老美突然想到，這倚老賣老的老禿頭（此乃藍坡的氣話）在牧師的職責之外，對桃若絲．史塔伯斯是不是心懷不軌啊。唔，打死他——這麼一想，方才他們走進前院小徑時，牧師俯身護著她肩頭的那個樣子，太過慇勤了些……

「我得走了。」丫頭急得有點透不過氣來地說。他們匆促的腳步聲窸窸窣窣掠過草地。

「我剛才真恨不得能站起來疾走幾步。」

「我知道。」

「走路的時候，」她仍用那上氣不接下氣的聲音解釋道，「會感覺心曠神怡。你會覺得事情不需要牽腸掛肚地念著，好像馬戲團雜耍的人同時拋接幾個球生怕掉了一個……喔！」

他們沿著陽光曬不到的巷子往下走，腳步聲被草遮掩了。與馬路交接處，有幾排灌木擋著，但他們仍察覺前頭有一種砂石地上擦來擦去的腳步聲和低低的談話聲。有個人的聲音，音調驟然提高，顫抖著，穿透和暖的空氣而來，既刺耳又難聽。

「它這個字，你一定知道的。」那聲音說。

「就是絞刑架。好啦，現在你知道啦。」

那聲音笑了起來。桃若絲・史塔伯斯停下來，一臉——襯著墨綠色的灌木，她的臉輪廓特別清晰——一臉的恐懼。

CARR

CHAPTER 4

第四章

「我得快一點才能買到菸。」丫頭馬上表示。

她拉高了原本細小的聲音，有意讓人聽見。「老天！都過六點了——不過他每天都會留一盒我那牌子的香菸給我。如果我沒去的話……哎！嗨，馬汀！」

她走到馬路上，招手示意藍坡跟上去。方才喃喃低語的人聲霎時凍結了。靜立在路當中，一手平舉的是一個纖弱的年輕男子，正扭過身來面對他們。他有一張一看就是平日很有女生緣、被寵慣的、怯生生的臉，還有一頭黑髮，嘴角帶著一抹不屑的表情。他有點醉了，在稍稍晃動。藍坡看到他背後白色塵土上，印出歪歪扭扭一道足跡。

「嗨，小桃！」他魯莽地說。「你真會鬼鬼祟祟嚇人。什麼事？」

他極力在學美國腔說話。他一手搭在旁邊那人胳臂上，擺出一副很正經的模樣。他的搭檔顯然跟他有親戚關係。馬汀五官清秀，那搭檔則較不起眼，一身衣服疊得厚厚的，帽緣也不像馬汀那樣帥氣地別起一個弧度。可他們分明長得很像。他很窘迫，手也顯得太大。

「去——去喝過茶了嗎，桃若絲？」他笨拙地找話說。「抱歉我們來晚了。我們——我們有事耽擱了。」

「是哦，」丫頭無動於衷地說。「我來介紹一下，這是藍坡先生，這是馬汀・史塔伯斯先生，這是赫伯特・史塔伯斯先生。馬汀，藍坡先生是你們同胞呢。」

「你是美國人哪？」馬汀明快地問。「酷斃了。美國哪裏？紐約？酷斃了。我剛從那邊回來。我是從事出版業的。住哪裏？住菲爾家？那個怪老頭。喂，跟我去宅邸，我請你喝點酒。」

「馬汀，我們要去喝茶的呀。」赫伯特楞楞地，耐著性子說。

「哎，去他的什麼茶。聽我說嘛，跟我去宅邸——」

「馬汀，你最好別去喝茶了，」他妹妹說；「還有，拜託別再喝酒了。我是不在乎，可你明明知道原因。」

馬汀看看她。「我要去喝茶了，」他伸長了脖子說，「還有，還有，我還要再來一小杯。小赫，走呀。」

他已把藍坡忘在一邊了，這老美對此頗感慶幸。馬汀理一理帽子，撣了撣衣服肩頭和袖子，不過他身上一點兒灰也沒有。他站直了，清清喉嚨。呆頭呆腦的赫伯特扯著馬汀往前走的時候，桃若絲悄悄地說：「別讓他去。還有晚飯以前你要負責讓他酒醒過來。聽到沒？」

馬汀也聽見了。他轉過身，頭撇向一邊，兩手抱胸。

「妳覺得我喝醉了，對不對？」他審視著她問道。

「馬汀，求求你，好不好！」

「哼，我要讓妳瞧瞧倒底我醉了還是沒醉！小赫，走。」

藍坡加快腳步趕上丫頭，並排朝另一頭走開去。行至轉彎處，藍坡聽見那對堂兄弟在吵嘴。壓低聲音在說話的是赫伯特。馬汀則讓帽沿遮過眉角，高聲叫嚷著。

有一會兒他倆靜靜地走著。剛才那一段插曲與灌木叢的芳香一對比，實在格格不入。然而草原上環繞著他們的風卻把這些紛擾掃光了。西天泛黃，如玻璃般晶瑩剔透。樅木的黑色樹影背光高聳著，連低窪的池沼都映著金光。這裏屬低地，坡度朝高地緩緩爬升。隔著好一段距離可見白面的羊群，活像孩子們的諾亞方舟模型上的玩具一樣。

「你絕不能就這樣認為，」丫頭直視前方，非常輕聲地說——「你絕不可以認為他就是這樣。他不是的。只是此刻他心事重重又設法藉酒裝瘋來掩飾自己，結果變成這副胡言亂語、囂張乖戾的德性。」

「我知道他心裏有事。不能怪他。」

「菲爾博士告訴你啦？」

「只講了一點點。他說這是個公開的秘密。」

她雙手緊握。「哎呀，糟就糟在這兒。不是秘密。這件事人盡皆知，而人人又都避而不談。逼得你去獨自面對，你懂嗎？他們無法在公開場合談它，因為不作興這樣。大家也不能跟我談，連我自己也是提都不便提……」

她停了一下，然後轉過來氣沖沖地說，「你好心說你懂。其實你根本不懂！從小到大這件事都……我還記得馬汀和我很小的時候，母親把我們一個一個舉到窗前，好看看那座監獄。她已經死了，父親也是。」

他溫柔地說，「關於那個傳說，妳會不會想太多了？」

「我就跟你說——你不懂的嘛。」

她口氣單調平板，而他則感到心頭挨了一刀。他絞盡腦汁在想話說，但無論想到什麼都嫌不妥。搜尋和她的一個共鳴點，好比在一間鬧鬼的屋裏找盞燈一樣難。

「我不夠實際，」他呆呆地說。「一離開書本或橄欖球去面對現實世界，我就傻眼了。可我相信無論妳告訴我什麼事，只要跟妳有關，我一定懂的。」

一串鐘聲傳遍這塊低地。有種緩慢、悲哀、古老的餘音迴蕩空中，又與空氣結而為一。最後一線天光映照在前方遠處橡木間的教堂尖塔上。鐘樓上，成群小鳥吱吱喳喳飛走，忽高忽低的鐘聲與金屬磨損後悶悶的音色交織在一塊兒。一隻烏鴉嘎嘎叫著……他倆在一條寬闊溪水上的石橋邊歇腳。桃若絲・史塔伯斯轉身向他。

「你能這麼說，我已別無他求。」

她嘴唇慢慢鬆開，淺淺地笑了。微風撫順了她的黑髮。「我最不喜歡講求實際了，」她情緒忽然激動起來，接著說。「自從父親離世以後，我不得不實際一點。赫伯特像匹可靠的老馬，但他跟那邊那乾草堆一樣缺乏想像力。還有葛蘭比上校夫人、露蒂莎・馬克禮、愛玩碟仙的沛恩太太，和永遠抽不出空來讀她那些新書的波特森小姐。還有魏厄非・丹寧每週四的九點正都要跑來對我獻慇懃，可九點五分就謅不出新話題了，卻偏要再接再厲，暢談他早在三年前去倫敦看的一齣戲。要不然就是拼命示範網球擊球動作，害你覺得他準是得了狂舞症。喔，對，還有桑德士先生。聖喬治，保佑寶貝的英格蘭吧。對他而言，假如今年哈洛中學把伊頓公學給打敗了，我們國家可就要落在他們社會主義分子的手裏而一路沉淪囉。咻！」

她一口氣講完，仍慷慨激昂地甩著頭，直到必須把一頭亂髮向後腦攏一攏為止。然後她有點難為情地笑了。「不曉得我這樣大肆發表意見，你作何感想？」

「我想，妳說的完全正確！」藍坡熱切回應。她挖苦桑德士先生的那一段話，對他簡直是個享受。「碟仙免談，網球免談。我希望哈洛中學把伊頓公學打個落花流水——嗯咳！我是說，妳說的全都對。還有，社會主義萬歲。」

「關於社會主義，我什麼也沒說啊。」

「喔，那，現在說一點嘛，」他大方提議。「再講嘛，說什麼都好。諾曼・湯姆斯加油！天佑——」

「可是你講這做什麼啊，傻瓜？你怎麼啦？」

「因為這樣桑德士先生會不高興呀，」藍坡解釋道。這理由對他來說挺不賴的，即使有點牽強。又有一個念頭閃過他腦海，他疑惑地問：「每週四晚間來看妳的那個魏厄非是何方人士啊？」總之，魏厄非這名字夠遜。聽起來好像是留著一頭波浪形卷髮的那種男人。

她從橋邊石垣上滑下來，小小身軀的氣力好像有些釋放出來了。她真誠而奔放的笑聲——前一晚他已見識過的——也放開來了。

「唉！我們再不快一點，一輩子也買不成那盒香菸……你說得我意興風發。要不要跑一跑？不過，別跑太快喲，有四分之一哩遠的路程呢。」

藍坡說，「來喲！」霎時兩人拔腿就跑，臉迎著風，越過乾草堆。只見桃若絲・史塔伯斯一直笑個不停。

「希望我現在能遇見葛蘭比上校夫人。」她邊喘邊說。這對她來說，似乎是個鬼點子。她轉過臉來，紅通通的，眼神流露出雀躍之情。

「好棒，好棒——呃！還好我穿的是平底鞋。」

「要不要再跑快一點？」

「壞蛋！我跑得好熱。欸，你喜歡徑賽嗎？」

「呃，一點點。」

一點點。他腦子裏掠過的是，校外一間陰暗的斗室，黑板上有一串白白的字。玻璃盒內幾座銀色獎盃，和那些經過處理、漆上了日期、永久展示的橄欖球。路不斷朝後閃過去，他憶起跟今天一樣、十一月份的另一個快樂場面。一波波聲浪掃過，一陣陣粗曠的鼻息傳來，橄欖球隊四分衛像個蹩腳的演員一樣在喊著暗號。頭痛欲裂，小腿筋揪得緊，手指凍得失去知覺，接著排好的陣線應聲衝鋒，呼嘯而去，乒乒乓乓的一陣短兵相接。冷風乍地灌到臉上，他拽著兩條像木偶一樣緊繃的腿，撲向得分的白色邊線，感覺好像在飛。還有他站在球門正下方，騰空攔截的那個泥團似的球……猶記得那駭人的歡呼聲，像蒸氣頂開壺蓋似地漲起，將漫天的塵埃一掃而空，他覺得五臟六腑也隨之起伏。

這不過是去年秋天的事，卻像上千年那樣久遠了。眼前的他置身於比那更詭異的一場奇遇。薄暮中有個女孩為伴。有她在身邊，遠比失落的古老秘譚還要讓人悸動。

「一點點。」他深吸一口氣，出其不意地說。

他們來到村外郊野，腰桿粗壯的樹木遮蔽著白色店面。人行道地磚鋪成歪歪斜斜的圖案，像幼兒學寫字。有個女人停下來瞧他倆。還有一個騎著腳踏車的男人眼睛瞪得老大，連人帶馬地跌到溝裏去，咒罵了一聲。

斜倚著樹，臉蛋紅潤，喘息不已，桃若絲笑了。

「我受夠你這無聊的遊戲了，」她雙眼炯炯有神地說。「可是，天哪！感覺好過多了！」

他們從彼此均無法解釋的一股狂喜轉為沉甸甸的滿足感。一時間兩人都變得矜持起來。香菸買到了。賣菸的述說他怎樣馬不停蹄地連著忙了幾個鐘頭，好容易才得了個空，歇一會兒喘口氣。藍坡則償了宿願，相中一支教堂執事慣用的陶質長柄煙斗。他對這藥房著迷不已。大玻璃罐裏紅紅綠綠的藥，洋洋灑灑地擺著，直像是中世紀故事裏的場景。附近有個與「糕餅」二字諧音，叫做「塔可修士」的小客棧。還有一間啤酒屋，叫做「山羊和葡萄串」（譯註：此乃倫敦地區的俏皮話，與「出入人猿星球」一詞諧音，為酒店名稱平添一層逗趣的絃外之音）藍坡到了啤酒屋竟過門不入，只因丫頭（對他而言）令人難以理解地拒絕跟他一道進去。整體來說，他對這小鎮頗有好感。

「你在雪茄舖裏可以理髮、刮鬍子，」他仍若有所思，「這跟美國畢竟沒那麼大差別。」

他感覺出奇的好，連沿路不得不應付的一些討厭的人都算不了什麼了。他們遇到席奧朵莎・沛恩夫人，就是那律師的太太，正道貌岸然地跨著大步走在街上，臂彎下夾了一個玩碟仙用的字母棋盤。沛恩太太的帽子奇大無比。她像表演腹語術者的木偶那樣，講話不太動嘴巴，可說起話來像個士官長一樣地振振有詞。縱使如此，當她解說名叫路西爾斯的幽靈的古怪行徑時，藍坡還是拿出老派紳士的禮貌耐心聽著。她所通的靈——顯然指的是靈界漂泊不定、遊手好閒的一員——它在字母盤上滑來滑去所拼出的字，表現出濃重的倫敦鄉音。桃若絲眼看她同伴的臉已明顯扭曲變形，趕忙與沛恩太太道別，把他拉開，免得兩人又撲嗤笑出聲來。

他們往回家方向走時都快八點鐘了。兩人無論看什麼都覺得好，從街燈——其實頗像玻璃棺材，而且燃著煤氣，油煙好厲害——到一間門上懸著鈴鐺的小小店家皆然。這家店可以買到塗成金黃色的動物形狀薑餅，和久被遺忘的打油歌散譜。藍坡一向熱中於花錢買些無用的破銅爛鐵，謹守的原則之一就是要永遠用不著；之二是口袋裏有錢。這下遇到個志同道合的人，居然不認為他這樣很幼稚，遂大買特買一番。他們頂著太陽燦爛的餘暉往前走，兩人像唱詩班那樣合舉著那幾張歌譜，認真地唱著一首哀歌。歌名帶有倫敦土腔，叫做〈哈利，上次銀行休假日，你在喇哩（哪裏）？〉桃若絲唱到悲慘樂段時，還假裝收斂起她的歡笑故做正經。

「今天玩得好開心，」他們快到菲爾博士家門口的小徑時，她說。「過去我從不覺得查特罕有什麼好玩，現在卻流連忘返。」

「我也從不覺得，」他傻傻地說。「可是今天下午好有意思。」

他們靜享這一刻，四目相接。

「時間還夠再唱一首，」他提議，好像事關重大的樣子。「要不要唱〈寶祿伯利廣場的玫瑰〉？」

「喔，不行！菲爾博士是很隨和，但我總還得維持一點禮數。在鎮上的時候，我看到葛蘭比上校夫人始終從窗簾背後偷瞄我們。何況天色也晚了……」

「喔——」

「那——」

兩人都吞吞吐吐。藍坡有些飄飄然，心臟砰砰地猛跳。四面黃澄澄的天空已化為鑲著紫邊的朦朧光線。灌木叢的香氣濃郁懾人。她的眼神很專注、很靈活，卻迷迷濛濛，儼然承受著痛苦。她目光掃遍他的臉，渴慕地搜索著。雖然他專注於她雙眼，不知為何卻能察覺到她的手探了過來……

他握住她的手。「讓我陪妳走回家，」他緩緩地說，「讓我——」

「喲喔！」巷子那一頭傳來一個中氣十足的聲音。「等一下啊！等一等。」

藍坡心裏實實在在顛了一下。他在抖。透過她溫暖的手感覺到她也在抖。那人的聲音打斷了這強烈的情感張力，兩人都十分迷惘，隨後丫頭先笑了。

菲爾博士吐著氣，從巷口現身了。他背後跟著一個人，那身影藍坡覺得眼熟。對了，是沛恩，嘴邊叼著彎彎的煙斗，好像在咀嚼它似的。

經過這短短數小時，此刻恐懼感驀地重現了……

博士面色極為凝重。他停下來喘口氣，一支手杖靠在腳旁。

「桃若絲，我不想嚇到妳，」他起了個頭，「我也知道這話題是個禁忌。沒關係，現在是開門見山的時候了——」

「呃！」沛恩警告性地吭了吭氣，喉嚨裏直出聲。

「那個——呃——客人哩？」

「他全都知道了。好，丫頭，我知道這不關我的事——」

「請講吧！」她掐緊雙手。

「妳哥哥來過。他的狀況讓我們有點擔心。我不是指喝酒的毛病，酒癮可以慢慢改掉。他吐過了，所以離開這兒的時候倒是完全清醒的。問題在他害怕的程度，從他狂野挑釁的表現可見一斑。我們不希望他為了這件撈什子的事緊張過度，而去傷害自己。妳懂嗎？」

「所以呢？講下去！」

「主任牧師和妳堂弟送他回家了。桑德士對這情況頗覺困擾。聽好，我就直言不諱了。妳當然清楚，妳父親過世以前跟桑德士說過一些話，而這些話是要絕對保密的。桑德士那時候只當妳父親是瘋了。可現在他開始納悶。也許我多慮了，但——萬一——我們還是提高警覺為上。典獄長室的窗戶從這兒一覽無遺，這棟屋子離監獄也不出三百呎遠。懂嗎？」

「懂！」

「桑德士和我，還有如果藍坡先生願意的話也可以，會全程守望。今晚會有月亮，我們就能目睹馬汀踏進那個房間。你只消走到草坪前端，就可以看個清楚。但凡有任何一點噪音、動靜、或可疑的情況——桑德士和小伙子都會火速橫跨草原去處理，快得連個鬼影都閃避不及。」

他微笑著將手放在她肩上。「我知道這都是些無稽之談，而我也不過是個老糊塗。可你們認識我這麼久了——是吧？好了，那麼，守夜幾點開始？」

「十一點。」

「啊，我也這麼想。好罷，那，馬汀一離開地主宅邸，妳就給我來電話。我們會看住他。不用說，你們絕不要跟他提這件事。我們本來是不可以干預這事的。況且他若知情，說不定會為了逞能，急於閃避我們的監視而弄巧成拙。但妳倒可以建議他提著燈，找個靠窗近一點的地方坐下。」

桃若絲倒抽一口氣。「我就知道這裏面有文章，」她冷冷地說。「我早知道你們有事瞞著我……天哪！他為什麼非得去不可呢？為什麼我們不能破除這迂腐的習俗，那——」

「除非妳願意喪失這整個地產，」沛恩莽撞地說。「很抱歉。但當初就是如此安排的，而且得由我來執行。我必須繳出幾把鑰匙給繼承人——那裏不只一道門。當這繼承人將鑰匙交還給我時，一定要亮出從金庫內取得的某樣東西給我看。你們就別管是什麼了。這樣才能證明他的確打開過那個保險櫃。」

這名律師再一次緊咬他的煙斗。眼白在月色下顯得雪亮。

「各位，不管各位是否知情，這些事史塔伯斯小姐都知道了，」他喋喋不休。「我們就開誠佈公吧。好。那麼讓我向大家攤開關於我的部分。在我之前，我父親受史塔伯斯家族委託保管財產。我祖父及曾祖父也是如此。各位，我說明這些細節，免得被誤會為一板一眼、專會鑽牛角尖的蠢材。即使我想觸法，老實說，我也絕不會違反他們這份信託。」

「這麼說，讓他沒收這個地產算了！你想我們之間有哪一個人會在乎嗎？」沛恩急躁地打斷她的話：「話是不錯，但不管小赫和妳覺得如何，這規矩沒有那麼迂啊。天哪！丫頭，妳難道想一夕之間變窮，同時還要淪為地方上的笑柄嗎？這程序也許很傻，的確如此。可法律就是法律，信託就是信託。」他雙掌拍合，發出空洞的「啵」一聲。「我告訴妳有什麼更傻，就是妳的恐懼。史塔伯斯家自從一八三七年起就沒再經過那種厄運了。只因為妳父親摔下馬時，剛好靠近女巫角，這並不代表——」

「別說了！」丫頭難過地說。

她的手在顫抖。藍坡向前一步。他感覺喉頭滾燙，氣得乾澀，一句話也沒說。不過他心裏想，只要那傢伙再講下去，他鐵定馬上揍他下巴。

「沛恩，你不覺得你說得夠多了嗎？」菲爾博士不滿地咕噥著。

「啊，」沛恩說。「可不是嗎。」

屋裏瀰漫著憤怒的氣氛。大家聽見沛恩咂嘴，把腮幫子上的老皮吸得貼到牙床，製造出小小噪音。他音調低沉平板地重複了一句「可不是嗎！」

但你知道他也感受到那股熊熊的怒火。

「各位，我告辭了，」他很鎮定的說下去，「我來送史塔伯斯小姐……不不，」眼看藍坡作勢要送，「現在不要。我有機密要交代她。最好沒人打擾。我已履行一部分義務，將鑰匙交給馬汀•史塔伯斯先生了。其他還待辦。看在——啊——我跟他們家的交情大概比在座的諸位都還老，」他扁扁的聲音變得尖銳刺耳。他氣急敗壞起來，「你們總得讓我保留所剩無幾的一點機密項目吧。」

藍坡氣得忍無可忍。「你剛才是說『項目』，還是說『風度』啊？」他諷刺道。

只見沛恩一溜煙兒，踉蹌地往前，還翻著白眼回頭瞥了大家一下。藍坡捏了捏丫頭的手，便目送他們兩人走了。

「嘖，嘖！」停了半晌，博士出聲抱怨。「不要罵他。他只是恪守他作為家庭法律顧問的職責。我擔憂得無心罵他。我想通了一個道理，不過……我也不知道。每一步棋都走錯了，都錯了……來吃飯吧。」

他自言自語，領頭朝著巷子往回走。藍坡心頭快按捺不住了。夜幕低垂，鬼影幢幢。一會兒像有個鬼門放出來的東西狂笑著，疾行中秀髮灌滿了風。一會兒又像一張方正、沉鬱、哀怨的臉在橋頭那兒，面帶奸笑。這邊有惡作劇、嘲弄和幽默的淘氣精靈。那邊灌木叢邊，又來了面無血色的一張臉。再加上這些恐怖玩意兒躡手躡腳折返陰界時，那一聲輕輕柔柔的嘆息。別讓任何事發生在她身上啊。看好了，可別讓她受到一點傷害啊。看緊囉，因為那是她哥哥啊。

他們窸窸窣窣地走過草地，蚊蟲忽大忽小的嗡嗡雜音十分單調。遠遠地，西邊稠密的大氣中，雷聲隆隆作響。

CHAPTER 5

第五章

燠熱、黏答答、令人發暈的熱氣。微風襲來，宛如自蒸籠噗噗冒出的一般，在樹木間驟地聚為一陣強風，旋即沉寂。這小屋若真是個瑞士氣壓計的話，上面的小人偶早就在他們的山間小屋中晃個不停了。

他們在橡木裝潢的斗室吃了一頓燭光晚餐，室內滿牆都收置了白鑞盤子。這房間像他們晚飯一樣熱呼呼的，酒又溫得比前兩者還暖。菲爾博士添酒再添酒，臉也越來越紅。然而他不再謾罵，也不再侃侃而談。連菲爾太太都靜了下來，只是頗為神經緊張。她不斷遞錯東西，竟沒人留意。

大家也沒照博士平日習慣那樣逗留在餐桌上，再來點咖啡、雪茄或紅葡萄酒。飯後藍坡上樓，回房裏去了。他點起油燈，開始換裝。老舊的法蘭絨運動長褲，寬鬆的襯衫和球鞋。他住的是屋簷下方一間斜屋頂小房間，唯一的窗戶看出去，正是查特罕監獄側面及女巫角。不知名的甲蟲「梆」的一聲撞上紗窗，嚇了他一跳。有一隻已迫不及待地鼓翅撲上油燈。

還好有點事情可忙。他換好衣服，渾身不安地踱了幾步。樓上這兒悶熱得很，像閣樓一樣，聞得到乾燥木料的味道，甚至碎花壁紙底下的漿糊似乎都散發著霉味。最糟的是這燈，烤著教人發躁。頭倚著紗窗，他向外窺視。月亮爬上來了，病懨懨地泛著昏黃的月暈。過十點了。情勢懸而未決最是可惡——四柱式臥鋪的床頭櫃上，一個旅行攜帶用的鬧鐘無動於衷地嘀嘀答答走著，十分惱人。鬧鐘殼下緣的月曆顯示一個鮮明的數字，七月十二日，代表他上一次旅行的日子。是上哪兒去了？想不起來。又一陣強風颼地穿過樹叢。汗直流，從頭頂陣陣冒著，熱得人眼冒金星。這熱浪唉……他把燈吹熄了。

藍坡將煙斗和防水布縫的菸草袋塞進口袋，下樓去了。客廳搖椅無休止地唧唧嘎嘎響著。菲爾太太正坐在裏頭看一份全是圖片的報紙。藍坡摸索著踏過草坪。博士拉了兩張藤椅到屋子側邊，面對監獄的位置，很暗、也涼快得多。只見博士那支透著一點火星的煙斗挪到那邊去了。藍坡剛坐下，手裏就拿到一個冰涼的玻璃杯。

「現在沒事可做，」菲爾博士說，「只有等。」

遙遠的雷聲在西天蠢蠢欲動，聽起來像極了保齡球滾下空空的球道，一個球瓶也沒打中的聲音。藍坡好好啜了一口冰啤酒。這才是啤酒啊！月亮微弱乏力，但脫脂牛奶般濛濛月色仍灑遍草原上的高地，移上牆頭。

「典獄長室的窗戶是哪一扇？」他輕聲問。

煙斗內紅紅的火星順著博士的手勢指了一個方向。

「那邊大間——唯一的一間大房間。幾乎在我們正對面。看到了沒？它旁邊石砌小陽台上有扇開著的鐵門。典獄長就是從那兒走出來，監督執行絞刑的。」

藍坡點點頭。監獄這一整面牆都被長春藤覆蓋。建築某些部分格外突出，石造工事厚重得簡直要沒入山坡裏去了。淡淡牛奶色的月光下，猶見藤蔓鬖鬖，從鐵窗上垂下來。陽台正下方極低處另有一扇鐵門。門前石灰岩山坡筆直地陷落女巫角尖尖的樅木叢內。

「那邊下面那扇門，」他說，「就是他們架著受刑人出來的地點囉？」

「對。你還看得到那三大塊中間挖了洞的石頭，當年是用來頂住絞架用的……井口的石牆頂邊隱蔽在那些樹叢之間。當然啦，從前井還有人使用的那個時代，圍牆並不存在。」

「所有的死人都丟在井裏嗎？」

「是喔。教人不得不納悶，即使歷經了一百年，鄉間這整個地區的水究竟有沒有受到污染。事實上，井裏幾乎不見小蟲和害蟲存活的影子了。馬克禮醫師為這件事已奔走了十五年，卻說服不了鎮上或地方議會有所行動，因為那是史塔伯斯的土地。哼。」

「他們也不准把這口井給填平嗎？」

「不行啊。這也牽涉到一則古老的迷信。有關十八世紀安東尼的遺骨。我重讀了安東尼的日誌。一想起他的死法，加上日誌中一些令人費解的資料，有時我不禁想……」

「你還沒告訴我，他是怎麼死的。」藍坡沉著地說。

邊說，他邊奇怪自己幹麼要知道。昨夜他以為絕對看見了監獄牆頭有個濕濕的東西在往下看。白天他沒注意到，可此刻他察覺，監獄方向果然有很獨特的一種潮濕氣味吹到了草原這一頭來。

「我忘了，」老字典編纂家喃喃地說。「今天下午我本來要唸給你聽，但被我家女主人打斷了。喏，」他沙沙地翻動紙張，厚厚一疊資料交到他手裏。「待會兒把這些帶上樓。我要你看了之後，自己判斷。」

是蛙鳴麼？蚊蟲振翅鼓譟的聲響雖大，他仍聽得清清楚楚。天啊！那股潮濕的味道竟增強了。這可非幻覺。總有某種自然律足以解釋這現象呀——譬如白晝吸收的熱能自地面散發什麼的。他真希望對自然界多瞭解些。樹又呢喃起來，令人挺不自在的。屋內的鐘「鏘」地敲了一響。

「十點半，」他的東道主咕噥著。「我猜巷裏來的是主任牧師的車。」

車子閃爍不定的頭燈在那兒大亮著。跌跌撞撞、喀答喀答地，一輛早期老牌的福特車——大夥兒過去常取笑的那種——急轉彎停下來。主任牧師窩在駕駛座裏，顯得高頭大馬的。他在前院撈了一把椅子，踩著月光，急急走來。他彬彬有禮和悠哉游哉的一貫態度已消失無蹤。藍坡突然意會，或許這些姿態僅是為了社交情況而擺出來的排場，純為掩飾性格上強烈的羞赧。幽暗中看不清他的臉，但明顯可知他在冒汗。他氣喘吁吁坐下來。

「我晚飯匆匆忙忙吃了幾口，」他說，「就直接過來了。你都安排了些什麼沒有？」

「都安排好了。他出門時，她會來電話通知。來，抽支雪茄，喝杯啤酒。你最後跟他分手時，他情況怎麼樣？」

牧師酒瓶拿不穩，還「鏘」地敲到酒杯邊上。「夠清醒的了，足以知道害怕，」主任牧師回答。「我們一踏進宅邸，他就直奔酒櫃檯。我舉棋不定，不知該不該制止他喝酒。赫伯特對他倒很有辦法，一切都在掌握中。我離開宅邸時，馬汀正在他房裏，用才抽完的上一枝菸蒂去點下一枝菸。我在座的那段時間內，他應該抽了一整盒。我——呃——我提到菸抽得這麼兇的害處——不用，謝謝；我不抽——對身體不好，結果他大發雷霆。」

大家全都陷入沉默。藍坡不覺豎起耳朵，傾聽時鐘的動靜。馬汀・史塔伯斯在另一幢房子裏，也正看著錶吧。

屋內，電話尖銳地響起。

「來了。小老弟，你去接好嗎？」菲爾博士呼吸稍顯急促地請求他。「你手腳比我靈活些。」

藍坡連忙趕去，在前屋階梯上險些絆倒。古董一樣的手搖式電話。菲爾太太早就舉著聽筒等著給他。

「他上路了。」桃若絲・史塔伯斯告訴他。眼前四下安靜得出奇。「那條路上你可以看得到他。他帶了一盞腳踏車的大燈。」

「他還好嗎？」

「有點口齒不清，但還算清醒。」她相當激動地追問，「你們都沒事吧？」

「沒事。請別擔心！由我們來管，他不會有危險的，寶貝。」

直到他踏出屋外，才想到電話上結尾他不知不覺迸出的那兩個字。眼前一團亂軍之中，固然顧不著這許多，但他還是令自己感到意外。他用了「寶貝」這兩字的當時，自己竟渾然不覺。

「藍坡先生，怎麼樣？」一片漆黑中，主任牧師扯著喉嚨喊道。

「他出發了。地主宅邸到監獄有多遠？」

「從那兒過去，朝火車站方向四分之一哩。昨晚你一定有經過。」桑德士心不在焉地應著。

不過事情既然有了進展，他也顯得較釋然了些。他和博士雙雙來到屋子前方。一轉過身去，桑德士在月下看來魁梧得很，而且頭禿得發亮。「我不斷在想像——可怕的事會發生——整天都在想。早先我對這事曾一笑置之。現在事到臨頭……哎，老提摩西・史塔伯斯先生……」

善良的主任牧師那伊頓名校訓練出來的良知顯然受到此事擾亂。他拿手帕抹了抹額頭，說道：「嘿，藍坡先生，赫伯特在不在家哩？」

「問赫伯特做什麼？」博士沒好氣地說。

「我只——啊——只是希望他也在這兒。那年輕人蠻可靠的，踏實又可靠，也不會神經緊張。真好。很有英國氣質，真不錯。」

又聞隆隆的雷聲潛伏在低空。清新的和風咻咻掃過花園，弄得白花翩翩起舞。閃電晃了一眼，太短暫，像水電工趕在一齣戲開演前，為測試而迅速亮了一下舞台的腳燈那樣。

「我們最好看著他安全進去，」博士貿然提議。「如果他醉了，會跌得很重。她有沒有說他喝醉了？」

「沒太醉。」

他們徒步走出巷子。監獄這一頭整個被建築物本身的陰影壓住。博士還是指得出入口的大概位置。「當然啦，入口處沒有門。」他解釋道。但它腳下嶙峋的山勢給月光照得夠亮。牛隻踩出來的羊腸小徑一路蜿蜒，隱入監獄陰影內。走了將近十分鐘光景，沒人吭聲。藍坡一再嘗試憑著一隻蟋蟀規律的叫聲計數。每次啾啾後暫歇就數一下。一團數字馬上就把他給算糊塗了。微風把他襯衫兜得鼓鼓的，沁心涼。

「在那兒呢。」桑德士突然說。

山頭亮著一束白光。有個人影慢慢地、緩緩地移動，終於在坡頂現身。那視覺效果十分詭異，彷彿是從平地直直升上去的。這人影努力教自己步伐抖擻，無奈那光束不住地掃射亂竄，好像每聽見一絲雜音，馬汀・史塔伯斯就朝聲音來源方向猛照。看著他這樣，藍坡體會得到那個纖弱、驕矜又微醺的身影內在必然充塞著何等的恐懼。從這麼遠看去，好小好小的身影，在大門口徘徊遲疑著。光線靜止不動了，筆直照入一個敞著的甬道口拱門。之後光就沒入門內黑影中了。

守望者一夥人退回院子內，又全都沉沉地陷到椅子裏去。

屋內，鐘敲了十一下。

「——要是她跟他說過就好了，」主任牧師絮絮叨叨好一會兒了，可藍坡現在才聽進去，「跟他說——靠窗坐！」他手一攤。「話說回來，我們總歸要理……理智——不得不如此——他哪會發生什麼了不得的事嘛？各位，你們比我還要清楚啊……」

噹，鐘遲緩地敲了下去。噹，三下、四下、五下——

「喝點啤酒，」菲爾博士說。主任牧師圓潤而富磁性的聲音現在提得高亢刺耳，好像頗令菲爾博士不耐。

大夥兒繼續等下去。監獄一個個腳步聲的回音；燈光驚擾到的老鼠、蜥蜴胡亂奔竄；藍坡緊繃的想像中，他簡直聽得到這一切。狄更生小說裏會有的幾個句子浮現腦際：飄著毛毛雨的夜晚，四處遊蕩，來到紐門監獄外，朝一扇上了鐵條的窗戶看進去，二、三獄吏坐在爐火邊。他們的影子映在石灰粉刷了的壁面。

典獄長室這一刻透出一點亮光。不見它搖曳。那盞腳踏車燈很強，平平地打在窗上，鐵條變得特別突出。隨後燈顯然擱在一張桌上，就這樣留在那兒。光線射向房間的一個角落，不再挪動了。就這樣——長春藤纏繞的鐵條背後那盞微弱孤燈，襯著監獄同樣爬滿藤蔓的雄偉體積。房裏那人的影子盤桓在天花板上，然後便消失了。

那影子的脖子部分看來長得不可思議。藍坡很驚訝自己心跳加劇。你得想想辦法啊；專心，趕快想……

「假如您不介意的話，」他對東道主說，「我想上樓回房，讀一讀兩任典獄長的那些日誌。我會從樓上盯好對面窗戶。我好想弄清整個來龍去脈啊。」

那兩位典獄長究竟怎麼死的，忽然變得相當關鍵。他手指撥弄著這一落紙稿，手上的汗水把它們都沾濕了。他想，也難怪，他連接電話時都一手緊握著這疊文件。菲爾博士好像沒在聽，逕自咕嚷著。

走上樓梯時，雷聲轟隆轟隆，儼若沉重馬車的玻璃窗振得嘎嘎作響一般。一股潮濕的和風撲進房內，依舊散發著熱氣。點上燈，他把桌子拖到窗邊，擺好手稿。未坐定前，先環視房間一周。今天下午才買的打油歌歌譜散置床上。還有那支陶質長柄煙斗。

他突發奇想。若現在點燃這煙斗，也就是早上那段無憂無慮時光遺下的信物，此刻也許能與桃若絲・史塔伯斯心電感應。但他覺得自己好癡，拿起煙斗又自己罵自己。正當他將煙斗放下，忽聞周遭有聲響。一不留神，脆而堅硬的陶製煙斗竟從指間滑落，摔個粉碎。

摔得驚心動魄地，像砸壞了一個有生命的東西一樣。瞪了半晌，藍坡才匆匆走到窗前坐下。紗窗外小飛蟲簇擁而上。草地遠遠那頭猶見監獄窗內那一丁點穩定的燈火，而樓下主任牧師與菲爾博士模糊不清的低聲交談依稀可聞。

安東尼・史塔伯斯先生日誌

閑人勿覽

（一七九七年九月八日。林肯郡查特罕監獄設備啓用首年；國王喬治三世陛下德政基業第三十七年。）

出身低微者，乃一錢不值

藍坡覺得，比起泛黃的原件，這些由打字機打出的頁面更有味道。想像中的筆跡本該更小、更俐落、更一絲不苟，像個緊抿雙唇、不多言的人寫的。底下文字詞藻華麗，展現出當年最風雅的文體。論的則是正義之尊貴與懲治罪惡之崇高性。文章語氣忽然變得正式起來：

以下人員處以絞刑。本月十日，星期四，亦即：

約翰·黑普底屈。公路搶劫。

路易士·馬騰斯。使用偽鈔，金額二英鎊。

架設絞刑台，木材開銷，兩先令四。教區主任牧師費十便士，我原會欣然刪除此項，無奈法律明訂。此等乃是出身低下，鮮少需要宗教慰藉的族類。

今日監督水井挖濬工作，極深，亦即二十五呎深，井口十八呎寬——與其說是井，倒像個壕溝，專門設計用來承接壞人屍骨的。此舉可收節省無謂埋葬費之便，又能發揮監獄那一側再好也不過的防衛功能。經我吩咐，邊緣裝上一排鋒利的尖頭鐵叉，以加強防護。

真是困擾。六週前新訂製的猩紅色套裝，連同鑲了花邊的帽子，未隨郵車寄達。原本決心要體體面面地出席絞刑儀式——猩紅是法官的顏色，我確信藉之得以表現出堂皇的儀態——我也備妥講詞，要坐在陽台上宣讀。聽說這個約翰·黑普底屈雖然出身不好，在演說方面倒有相當才華。我切切得防著他搶我風頭。

獄吏頭子通知我，地下室走廊興起一片不滿的情緒，犯人紛紛敲擊牢房的門。原因是有一種肥大的灰色田鼠出沒，專偷囚犯的麵包吃，趕也趕不走。還抱怨牢房光線太暗，根本看不到鼠輩蹤影，直到牠們沿大夥兒手臂而上，奪取食物為止。獄吏尼可·申妻問我該怎麼辦？我回答，此事全怪他們本身的卑劣行徑，使他們淪落至此，只好忍受。我進一步指示，任何人發出不當的怨言，都應盡情鞭笞，好教罪犯嚴守分際。

今晚著手創作了一首新的通俗敘事詩，法國風的。自覺寫得相當好。

藍坡在椅子裏挪動了一下，很不自在地抬眼望望，被草地那頭的強光逮個正著。他聽見窗下草坪上，菲爾博士正闡述著有關英國飲酒習俗的某項特點，主任牧師咕咕噥噥反駁的聲音夾雜其間。他跳過幾頁，又接著讀。日誌極不完整，有好幾年通通遺落了，其他某些年份也只零星記了幾筆。然而日誌所誇示的滿是恐怖手段、殘暴、唱高調說教，及一毛不拔地省了區區兩個便士時，洋洋得意的痕跡。老安東尼還奮勉作詩。日誌到此只不過開了個頭罷了。

筆者口氣驟地來了個急轉彎，對著日記破口大罵起來。

他們稱我是「胡亂押韻的赫里克」，是不是？（這段日誌是一八一二年寫的）。「大詩人德萊敦裝模作樣的分身。」我有辦法。我徹頭徹尾痛惡並詛咒我不幸必須認做親戚的那些人。有錢可使鬼推磨，我會擊潰他們的。想到親戚就想到，那群田鼠近日繁衍眾多。牠們登堂入室進了我房間，寫作時牠們在油燈光環外的陰暗處縮頭縮腦，我一目瞭然。

時間一年一年過去，他蘊釀出一個嶄新的寫作風格，然而他那腔憤怒也益趨瘋狂。一八一四年的篇幅很短，只記了一則：

我得節制一下開銷。年復一年，這些老鼠好像跟我漸漸熟了。

餘下的部分，有一段文字令藍坡看得心驚肉跳。

六月二十三日。我的體力衰退了，夜間輾轉難眠。好幾次我確信聽見外面通向陽台的鐵門上有人敲門。可是開門卻空無一人。我那盞燈吐出的煤煙日益嚴重，床上也感覺有東西在蠕動。但我的珍寶都安在。幸虧我臂力結實。

這時一股狂風從窗口滿滿地灌進來，差點兒吹落藍坡手上的文件。他突然起了一個恐怖的念頭，感覺紙稿是從他手中被猛然抽走的。窗外小蟲胡亂飛舞令他更焦躁不安。燈火略略地爆了一下，旋即恢復穩定的黃色光澤。閃電把監獄打得通明，緊跟著來的是驚天動地的一聲雷。

安東尼的日誌還沒告一段落，史塔伯斯家族另一位人物的日記猶待展讀。但他看得太津津有味，捨不得囫圇吞棗。他眼看著獨眼的老典獄長這些年來逐漸凋零，戴著大禮帽、穿著縮腰大衣，拿著他經常提到的金柄手杖。剎時，日記中莊嚴的一份肅靜被劃破了！

七月九日。喔，耶穌我主啊，慈悲的賜予者，無助者的甘泉，垂憐吧，救救我吧。不知何故，我染上失眠的毛病，骨瘦如柴。我焦躁難耐的壞脾氣會不會每下愈況？

如前所述，昨天我們吊死一名謀殺犯。他穿了一件藍白條紋相間的背心赴刑場。群眾都在噓我。

目前我都留兩盞燈芯草蠟燭，徹夜燃著才能入睡。房門口有個士兵站崗。可是昨夜，當我起草此次行刑報告時，聽見屋內嗶嗶撥撥的聲響，我努力裝著沒聽見。我已修剪好床邊蠟燭，戴上睡帽，準備靠在床頭閱讀，此時注意到床單下有動靜。我隨手拿起桌上那把上了膛的手槍，喚來士兵，要他將床單一把掀開。他照做了，但肯定認為我瘋了。只見床上一隻粗大的灰鼠正抬頭瞪著我。牠濕淋淋的，旁邊有一大灘水。老鼠撐得好肥，似乎使勁兒要把薄薄的一塊藍白條布料從牠銳利的齒間甩脫。

這隻鼠輩還沒來得及橫越地板，就被士兵拿毛瑟槍的槍托給打死了。那一夜我怎也不肯在床上睡了。叫他們高高升起一爐火，我在火爐旁椅子上喝著溫熱的蘭姆酒，打起盹兒來了。我剛要睡著，聽見一堆人的聲音嗡嗡地從我鐵門外陽台傳來——縱使這是不可能的：離地面這麼多呎高，哪來的人——不久一個低沉的聲音在鑰匙孔邊低吟，「您能不能出來和我們談一下？」我一看，莫非有水從門縫底下流進來。

藍坡靠後一坐，喉嚨卡得好緊，手心冷汗直冒。連暴風雨突襲都嚇不倒他了。驟雨滂沱，唏哩哩地穿越樹間，打上漆黑的草坪。他聽見菲爾博士喊：「把那些椅子收進來！我們可以從飯廳看出去！」——主任牧師囁嚅地瞎應著。藍坡兩眼釘牢了日記結尾鉛筆寫的眉批；是菲爾博士的筆跡，簽了姓名頭一個字母基・菲（G. F.）。

一八二〇年九月十日早晨，他被人發現死在那裏。前一夜雷雨交加，風很大，獄吏或士兵們絕對聽不見他呼救的。被發現時他躺在池子周圍石垣上，頸子斷了。石垣上有兩根鐵叉狠狠戳穿他的身體。釘在那兒，頭朝池面垂下。

看來有人行凶，然而現場卻無明顯掙扎的跡象。何況有人說，若他曾遭到攻擊，就算幾名暴徒加在一起也拿不下他的，因為眾所週知他手臂和肩膀力氣驚人。這一點很耐人尋味。他好像是接任典獄長職位以後才開始鍛鍊身體的，而且他的體能逐年增進。近年他幾乎寸步不離那監獄，也絕少回地主宅邸探親。他晚年的古怪行徑左右了驗屍法庭陪審團的結果。報告指出：基於精神異常，意外橫死。

——一九二三年基・菲於紫杉居

藍坡把小菸草袋放在這些散置的紙稿上，以防它們被吹走，又靠後放鬆休息。他一邊凝視著急驟的雨勢，一邊想像著那個畫面。他機械地抬眼望向典獄長室窗戶，然後一動也不動地坐了一會兒。

典獄長室的燈滅了。

眼前只有一片傾盆大雨飛濺在黑夜中。他打了個顫站身，覺得渾身乏力虛得連椅子都推不開。他別過頭去瞥了鬧鐘一眼。

快要午夜，差十分了。可怕的不真實感，加上椅子好像跟腿糾纏不清，怎麼也站不起來。隨後聽見菲爾博士在樓下某處大叫。他們也看到了。燈熄了不超過一秒鐘。鐘面游移著，他忍不住看了看那平靜的分針和時針，充耳只聞這片死寂中漫不經心的滴答聲……

他扭開門把打開門，跌跌撞撞地下樓，噁心地頭昏眼花。隱約看到菲爾博士與主任牧師沒戴帽子站在雨中，盯著監獄直瞧。博士手臂膀下仍夾著一張椅子。博士一把抓住他胳臂。

「等一等！小子，怎麼啦？」他問。「你臉色蒼白得像鬼一樣。怎——」

「我們得上那邊去！燈熄了！燈——」

他們都有點喘，任憑雨水打在臉上。雨滴跑進藍坡眼睛，一時之間什麼也看不見。

「別走那麼快，」桑德士說。「都是你，讀那些鬼資料。不要信那些鬼話。他或許弄錯時間了……等一下！你不知道路啊！」

藍坡已掙脫博士的手，踏著溼漉漉的草叢跑向草原。他們聽到藍坡說，「我承諾過她的！」——主任牧師吃力地跟在後頭。桑德士塊頭雖大，卻很能跑。兩人一同連滾帶爬地往下來到一個泥濘的河岸。藍坡撞上鐵軌旁的柵欄，水湧進球鞋。他撐著，一躍而過欄杆，跳到一個斜坡向下狂奔，再踩過一片長草，又順著下一個坡地而上。豪雨白茫茫地，他視線一片模糊。反正他朝前方偏左走，朝女巫角走。這樣不對，不是去監獄大門的路。然而安東尼日誌給他烙下的印象實在太鮮明。桑德士對著他大喊了些什麼。喊的話淹沒在霹靂靂、咚隆隆的雷聲下。緊接而來的電光火石下，他看到桑德士比手畫腳地朝右手邊的監獄大門方向跑開。藍坡依然頭也不回地往前跑。

他究竟如何到達女巫角中心位置，事後怎也想不透。陡峭滑溜的坡地，草葉像鐵絲般纏住雙腳。還有野薔薇及矮灌木叢劃破他的脛骨。這兒伸手不見五指，只知道自己衝入了一個樅樹叢，曾遭破壞的一面峭壁現入眼簾。胸口連呼吸都會痛。他撲在一棵濕漉漉的樹幹上，好將眼睛四周的雨水抹去。但他知道他走對了。週遭一片漆黑中，有股騷動和嗡嗡聲，邪氣頗重。還有暗暗的水花四濺聲，直覺有東西爬來爬去。更糟的是，有股味道。

他臉上也有小東西撲來撲去。手一伸出，觸到一排粗石板砌的矮牆，也摸到一根腐蝕的尖鐵棍。此地說不出的氣氛教人青筋暴露、血液稀薄、兩腿發軟。閃電的光篩過樹影，變得支離破碎……他盯著寬牆彼端，與胸同高的水平面處，同時聽著下方水花四濺的聲響。

沒什麼。

沒發現什麼頭朝下插在鐵叉上、倒在井邊的人影。黑暗中他開始摸索，沿著池邊而行，握住鐵叉，急於確定真的沒什麼壞事發生。一路摸到懸崖邊緣的下方，才剛放心地鬆了一大口氣，卻踢到一個軟軟的東西。

手太僵了，他在漆黑中小心翼翼地搜尋。果然摸到一張冰冷的臉，眼睛是睜開的，頭髮很濕，頸子卻鬆得跟橡皮筋一樣，因為已經斷了。他用不著那隨之而來的閃電照明，便知是馬汀・史塔伯斯。

這下他膝蓋癱軟，往後踉蹌了兩步，跌靠到峭壁上——也就是典獄長的陽台下方五十呎；方才閃電下看清的，又黑又突出的那陽台所在位置下方。他顫慄不已，全身溼透且徬徨無助。唯一的念頭很自私，那就是他辜負了桃若絲・史塔伯斯所託。雨從四面八方打向他，手底下的泥漿更黏稠了，斗大的雨點打落的聲音愈來愈響。當他抬起麻木得沒感覺的眼皮時，突然看到遠遠的草原彼端菲爾博士小屋內，他自己寄宿房間窗子透出來的黃色油燈。自樅木叢縫隙看去，小燈在那兒一覽無疑。瘋狂的是，他腦海中揮之不去的唯一畫面，竟是床上散置的歌譜單張——及陶質煙斗的滿地碎片。

CHAPTER 6

第六章

總管巴吉正依慣例巡視地主宅邸，確保所有窗戶都關嚴了，才退回房去，躺臥在他那張單身漢的床上。巴吉先生明知窗子全已關得緊緊的了，然他就任十五年來如一日，每晚都得巡一趟，未來也將這般行禮如儀地繼續下去，直到這幢大宅邸傾頹，或被美國佬侵占為止——後者這個宿命是管家邦朵太太講的。她老愛用一種悲慘的語調，好像繪聲繪影在講鬼故事那樣，叨唸不休。儘管如此，巴吉先生還是疑神疑鬼的，總覺得只要一背過身去，那些女僕們就忍不住會溜去打開窗子，好把流浪漢都給放進來。他的想像力僅止於宵小之輩，倒也好。

他份外謹慎，手裏提著燈穿過樓上長長的走廊。快下雨了，他心事重重，對於少爺在典獄長室守夜這事倒不擔心。那是個傳統，結果如何早已注定，好比戰時必須為國捐軀，人人都會毅然接受一樣。戰爭必然有它的危險，但事情就是這樣，沒什麼轉圜的餘地。巴吉先生是個講理的人。他知道邪靈正如蟾蜍、蝙蝠和其他噁心的害蟲一樣真實存在。不過世風日下，現在的女僕們成天遊手好閒，他懷疑連早年人人聞之色變的幽靈惡鬼，如今都變得溫柔可親了。跟過去他父親在任時的光景不能比啦。目前他最大的顧慮是要負責看好書房升起一大爐的火，好迎接少爺回來。外加一碟三明治和一瓶威士忌。

不，他心裏還有更嚴肅的事。走到橡木裝潢的長廊正中央懸掛畫像的地方，他照例駐足在老安東尼肖像前面高舉燈火，靜靜耽了半晌。一位十八世紀畫家筆下的安東尼穿著一身黑，胸口掛滿勳章，坐在桌旁手輕輕撫在一個骷髏頭上。巴吉頭髮還很多，身材又修長。他喜歡想像自己跟第一任典獄長那蒼白、拘謹、牧師一般的容貌頗為相像，姑且不論安東尼的過往。當巴吉邊注視著肖像邊離去時，走起路來步態總是比先前更顯尊貴些。沒人會想到他不為人知的癖好——他沉迷於電影，而且遇到情節動人的片段往往會掉下多愁善感的淚來。他曾數夜輾轉難眠，深恐藥房的塔本太太在林肯鎮上映那叫做《東方極地》的影片時，把他啜泣的德性給看去了。

這才察覺，樓上已巡完了。他跨著禁衛軍一樣帥氣的步伐走下堂皇的大廳階梯。前廳暖氣溫度剛剛好——只嫌左邊數來第三個壁爐有一點滋滋作響。這些過不了多久就都要電氣化了，他想，又是美國來的噱頭！眼前馬汀少爺就擺明了被他們美國佬帶壞了。他從小就頑皮，但骨子裏一直是個紳士，可惜現在學了用大嗓門，講話拉拉雜雜的，內容不外乎就是一些酒館和那種按著海盜名字命名的酒品名稱——還是杜松子酒調的哩。那些玩意兒只有歐巴桑和酒鬼們尚能擔待些，一般人可都不敢恭維了。對啦，又隨身攜帶一把左輪槍，天知道他還有什麼把戲。「湯姆・柯林斯」是那以海盜命名的酒，是吧，還是叫「約翰・西弗」來著？還有一種酒叫什麼「機車副座」。

機車副座。教人想起赫伯特少爺的摩托車來。巴吉感到一陣不安。

「巴吉！」書房傳來一個聲音。

習慣使然，他頓時正色斂容回歸現實，將煤油燈小心放在大廳桌上。他帶著一個恰如其分的、不敢確定主人找他有什麼吩咐的表情，走進書房去了。

「桃若絲小姐，妳叫我？」巴吉先生一本正經地說。

縱使他腦筋空白，從無主見，仍不由得注意到一個令人吃驚——簡直是驚駭的事實。牆上保險櫃竟然打開了。他從來都知道保險櫃的位置，就在他已故的主人提摩西老爺畫像背後。可十五年來，他未曾見過它如此公然敞著。他曾機械式地瞄了火爐一眼，看看柴薪是否空氣流通、無需撥弄。即使在此之前，他就發現保險櫃這不尋常的情形了。桃若絲小姐坐在一張硬式大椅內，手裏拿著一份文件在看。

「巴吉，」她說，「去請赫伯特少爺下來好嗎？」

遲疑了一下。「桃若絲小姐，赫伯特少爺並不在他房裏啊。」

「那請你去找找他，好嗎？」

「我可以確定赫伯特少爺不在宅裏。」巴吉一副思慮周密的模樣，斬釘截鐵地說。

她把報文件擱在膝上。「巴吉，你到底在說什麼？」

「桃若絲小姐，他──呃──未說明去向。報告完畢。」

「老天，糟了！他會上哪兒去呢？」

「桃若絲小姐，我這樣說，是因為晚飯才過不久，我剛好到他房間有事要做。看他正在整理一個小行李。」

巴吉又吞吞吐吐了。她表情不對勁，害他感到侷促不安。她起身。

「他什麼時候離開這兒的？」

巴吉瞥了一眼壁爐檯上的鐘。針指著十一點三刻。「桃若絲小姐，很難說，」她回答。「我想，晚飯後不一會兒。他騎摩托車走的。馬汀少爺曾叫我為他預備一盞腳踏車用的電燈，好讓他到那邊守望時比較——比較穩妥。我才會正好撞見赫伯特少爺走出去。我去馬廄那兒，要從一輛腳踏車上卸下一盞燈，他——呃——騎著車跟我擦身而過……」

（奇怪桃若絲小姐怎能忍受這整筆糊塗帳的！當然，她有充分理由該懊惱。又是赫伯特少爺不告而別，又是保險櫃十五年來頭一遭給打開晾在那兒。可是巴吉不願見她未能自我控制情緒，而讓喜怒哀樂全寫在臉上的窘境。他感覺就像有一回從鑰匙孔偷窺人家的隱……巴吉趕忙轉移念頭，羞於憶起自己年少無知的時光。）

「怪的是，我怎沒看到他，」她定定地看著巴吉說。「晚飯後，我在草坪上少說也坐了一個鐘頭。」

巴吉清了清喉嚨。「桃若絲小姐，我正要說，他沒打車道那兒走。他是從獵戶巷那邊的牧場走的。剛好被我看到，因為我要替馬汀少爺找盞好燈折騰了半天，所以看見赫伯特少爺拐彎騎進巷子裏去。」

「這件事你有沒有告訴馬汀少爺？」

巴吉露出一副驚訝之情。「沒有哩，桃若絲小姐，」他用責怪自己的口吻回答。「我把燈交給他，這部分妳知道，但我認為不該逾越職份去告訴——」

「好了，巴吉。你不用熬夜等馬汀先生了。」

他低下頭，眼角餘光瞥見三明治和威士忌都已備妥，便退下了。他總算可以像解開一條勒得過緊的腰帶一樣，用不著咬文嚼字了。這位年輕女主人是個令人費解的怪胎，他想，簡直是個

「沒規矩的小妮子」，只是太不敬了，才撇開這念頭。她傲慢拘謹，一天到晚姿態擺得老高，背脊挺得直直的，眼神冷峻，沒什麼情緒。沒心肝。他看著她長大的——我想想看，去年四月她二十一歲——從她六歲起看到大。從小就跟馬汀少爺一樣，頤指氣使、我行我素的。對於人家的照料也不像赫伯特少爺那麼心懷感激。脾氣真是古怪得很……

他注意到現在雷聲較為頻繁了。一道道閃電直逼屋裏陰暗的角落。啊，幸虧他把爐火升好了！大廳的老爺鐘該上發條了。他邊上發條邊想著，桃若絲小姐向來是個何等彆扭的孩子。浮現一幕情景：晚餐桌上，背景是巴吉本人，當時老爺和夫人還在世。馬汀少爺及赫伯特少爺在歐典果園和幾個男孩兒在玩騎馬打仗的遊戲。吃飯的時候，馬汀少爺挖苦堂弟不敢爬上最高那株楓樹枝上，為他把風。馬汀少爺永遠帶頭，赫伯特少爺總是乖乖拖在後面跟班。這一回他竟拒絕服從。「我不要！」他在飯桌上再三地說。「那些樹枝都爛了。」「對呀，小赫，」夫人溫柔地說。「別忘了，即使打仗也要謹慎小心喔。」大家非常吃驚，整晚沒開口的小桃若絲忽然慷慨激昂地說，「等我長大，我絕不要嫁這種小心翼翼、畏首畏尾的人。」同時帶著憤憤不平的表情。夫人責備了她，老爺僅皺著乾癟的一張臉，悶笑了幾聲。奇怪，怎會想起這些……

下雨了。鐘擺發條一上好就猛敲了起來。巴吉兩眼空洞地望著它，不知為何，訝異得很。午夜，鐘聲響起。喏，肯定沒事的……

不對。事情有點不對勁。他那古板的腦筋深處受到衝擊。他充滿困擾地朝漆在鐘面的風景畫直皺眉頭。啊，是了！不出幾分鐘前，他跟桃若絲小姐說話的時候，書房的鐘才顯示十一點四十五分。一定是書房的鐘走錯了。

他掏出那多年來精準無誤的金錶，打開錶蓋。差十分十二點。那麼，書房的鐘是對的。這座老爺鐘，女僕們調撥屋裏其他時鐘都以它為準的，竟足足快了十分半。巴吉倒抽一口氣，哼了一聲，沒教人聽見。這下子，在他可以心安理得退下去休息以前，還得走一轉，檢查其他的鐘。

鐘敲下十二點。

同時電話響了。巴吉去接電話時，見桃若絲•史塔伯斯站在書房門口，臉色慘白。

CARR

CHAPTER 7
第七章

警察局長班潔明・阿諾爵士坐在菲爾博士書房寫字檯後方，瘦長的兩手交叉置於桌面，像個小學校長那樣煞有介事的。他長得也有幾分像個小學校長，只不過膚色太深，馬臉過長。他濃密的黑髮全頭往後梳攏，夾鼻眼鏡背後的眼神十分犀利。

「──我看我最好還是，」他說，「親自出馬。原本有位檢察官要從林肯市過來，可我認識史塔伯斯一家很久了。再加上跟菲爾博士的交情，我想我該開車過來一趟親自監督查特罕警方值勤。這樣我們可以避免醜聞傳開，起碼能將消息控制在驗屍過程必得參與的人員限度內。」

他遲疑了一下，清清喉嚨。

「博士，你──還有你，桑德士先生──要明白我可從未承辦過謀殺案。這鐵定超出我能力所及。如果所有辦法都行不通時，勢必要出動倫敦的蘇格蘭場警方。不過憑我們幾個人的力量，或許能將這不幸事件查個水落石出也說不定。」

日頭高照，是個晴朗暖和的早晨，然而書房光線頗差。好長一段沉默，其間他們聽見一名員警在廳外踱來踱去。桑德士若有所思地點著頭。菲爾博士仍舊眉頭深鎖，鬱鬱寡歡。藍坡張惶失措，卻也累得對這一切均無反應。

「班潔明爵士，你──呃──是說『謀殺案』嗎？」主任牧師詢問。

「當然啦，我很清楚史塔伯斯家族的傳奇，」警察局長點頭說道。「我也承認對這件事早有先入為主的看法。或許『謀殺案』措詞不算很恰當，但『意外』的可能性倒是絕對可以排除了。我馬上就會回到這一點上來談……好，博士。」

他挺直身子，噘起嘴，手指緊緊掐著骨瘦如柴的指節。挪動了一下坐姿，儼然一位大學教師即將就一道重要課題開講的架勢。

「好，博士。你把典獄長室直到熄燈為止的一切都描述過了。那麼你們急忙前去勘查現場狀況時，又發生了些什麼事呢？」

菲爾博士心情低落，用手杖在寫字檯邊上一直戳。他咬著鬍髭，咕咕囔囔地。

「我沒去。你設想我去過，這對我是個恭維，但我手腳沒辦法像他們二位那麼快。咳哼，不行，還是讓他們跟你說吧。」

「應該的，應該的……藍坡先生，我要是沒記錯的話，屍首是你發現的？」

這個程序上慣用的簡潔、正式語氣讓藍坡感到侷促。他無法很坦然地跟他談，總覺得吐出的任何話都可能對自己不利。正義——是個令人聞之喪膽的偉大概念。他感到心虛，卻不知問題癥結在哪裏。

「是我。」

「那你告訴我，你怎麼會想直接跑到井邊，而不是先從大門趕到典獄長室去呢？你有什麼理由懷疑事情會這樣發展嗎？」

「我——我不知道。我想了一整天都不得要領，只是反射性的決定吧。我讀了那些日誌——記錄了一些陳年舊事——所以就……」他無助地比劃著。

「是這樣啊。那，之後你做了些什麼。」

「嗯，我呆住了，靠山坡向後跌坐下去，然後我想起自己身在何處就大喊起來。」

「那桑德士先生，你呢？」

「班潔明爵士，我個人——我本身呢，」主任牧師極力強調地說，「我快到監獄大門時，我聽——呃——聽到藍坡先生喚我過去。我覺得他直奔女巫角實在有點奇怪，因此拚命喚他過來。但當時簡直沒時間——想太多。」他一本正經地皺起眉頭。

「對。」

「的確。藍坡先生，當你踩到屍體時，它是倒在陽台正下方的井邊嗎？」

「怎麼個倒法？——我是說，仰著還是趴著？」

藍坡閉目回想。他唯一想得起來的是，那整張臉都濕了。

「側躺著吧，我想。對，我確定是。」

「側左邊，還是側右邊？」

「我不曉得……等一等！我知道，側右邊。」

菲爾博士出人意料地欠身向前，用手杖狠狠地敲桌子。

「你確定嗎？」他問。「你得確定喔，孩子？別忘了，這很容易記錯的呀。」

對方點頭。我確定——我摸到那死人的脖子，彎下身去，發現他右肩整個摔爛了。他猛點頭，藉以甩脫這個畫面。「是右邊，」他回答。「我可以發誓。」

「班潔明爵士，非常正確。」主任牧師兩手十指相對，證實這話。

「好罷。藍坡先生，你做了些什麼？」

「嗄，後來桑德士先生就到了。我們不知道該怎麼辦。唯一想得到的就是別讓他再淋雨了。所以，起先我們打算把他抬到紫杉居來，可又怕嚇壞菲爾太太。結果我們把他送到監獄一進門的一個房間去。喔，對——我們還找到他用來照明的腳踏車燈。我還試著修理那盞燈，好給我們來一點光線，可是燈早就摔壞了。」

「燈在哪兒找到的？在他手裏嗎？」

「不是。離他頗有段距離。看樣子是從陽台上拋下來的。我是說，燈離得太遠了，他不可能提著它的。」

警察局長手指輕扣桌面。他把頭側著撇過來，脖子的厚皮上擠出一圈皺紋。他注視著藍坡。

「那一點，」他說，「會是驗屍法庭陪審團決定究竟是意外、自殺還是他殺最要緊的憑藉……根據馬克禮大夫所說，小史塔伯斯的頭蓋骨有裂痕，不管是摔到的，或是被一般所謂的鈍器重擊。他頸子斷了，加上重重摔下來的剉傷。這個可以待會兒再研究……藍坡，再來呢？」

「桑德士先生下去通知菲爾博士，還有開車去查特罕找馬克禮醫師的時候，我留下來看著他。我只有在那兒乾等。我是說，除了劃火柴之外，就只有等。」

他打了個寒顫。

「好，謝謝。桑德士先生？」

「班潔明爵士，我沒什麼可補充的了，」桑德士回話，心裏還思忖著一些細節。「我先交代菲爾博士給地主宅邸打了個電話，找巴吉總管告訴他所發生的事。之後我就去查特罕了。」

「那個沒用的傻瓜——」菲爾博士脾氣爆發了，主任牧師驚訝地瞅著他看。他又說，「我是說巴吉。遇到急事，巴吉還不值一瓶兩盎司的酒。他在電話上不斷重述我的話，然後我就聽到有人在尖叫。他不懂得對桃若絲小姐先做隱瞞，好等別人來婉轉地向她透露這個消息。她在旁邊當場就知道大事不好了。」

「班潔明爵士，就像我所說的——博士，當然你是對的，那真是太不湊巧了——正如我所說的，」主任牧師接著說，一副努力在同時討好幾個人的神態，「我開車去接馬克禮醫師，僅僅在牧師公館停了一下，拿件雨衣穿上。然後我們就回來了，接菲爾博士一起去監獄。稍事檢查，馬克禮醫師說回天乏術了，只能通知警方。我們就把——把屍體搬去地主宅邸了。」

他好像還有話要說，可是驀地閉上了嘴。無形中有某種壓力使大家盡量少開口，一時之間，每個人都謹言慎行起來，以免言多必失。警察局長掰開一把摺疊式小刀，開始削鉛筆。小刀快速刮過筆芯沙沙沙地好大聲，班潔明爵士猛地抬眼看。

「宅邸的人你都詢問過了嗎？」他問。

「有，」菲爾博士說。「她表現得很堅強。事發當晚所有的起居作息，他們都簡明扼要地解釋清楚了——她和巴吉都做了說明。我們沒去驚動其他僕人。」

「沒關係。我最好來向他們取得第一手的敘述——你有沒有跟小赫伯特講到話？」

「沒有，」博士停了一下才回應。「巴吉說，昨天晚飯剛過，他整理了一小件行李，騎輛摩托車離開宅邸，到現在還沒回來。」

班潔明爵士把鉛筆和小刀擱在桌上，坐得僵直，瞪著對方看。隨後他摘下夾鼻眼鏡，用一塊舊手帕把它擦亮。他原本目光犀利的雙眼突然變得疲憊深陷。

「你在影射些什麼，」他終於說，「很離譜喔。」

「的確。」主任牧師正視前方附和著。

「這不是什麼影射啊。老天爺！」菲爾博士嘟囔著，把手杖的金屬頭對著地上敲。「你說你要聽具體事實，可是給了你純粹事實，你又根本聽不進去嘛。你希望我提供線索，類似『赫伯特．史塔伯斯去林肯市看電影是心懷不軌的啦。他先把一些衣服留在洗衣店。散場太晚了，他會順理成章地決定找個朋友家過夜。』諸如此類含沙射影的指控就是你所謂的具體事實。但我給了你鐵的事實，你偏要說我在影射什麼。」

「哎呀！」主任牧師若有所思地說，「他昨晚的時間也許正是這樣打發掉的也不一定喲？」

「很好，」菲爾博士說。「現在我們儘管向眾人如此公告他的行蹤，但就是不該說這是具體事實。這一點很要緊。」

警察局長做了個不耐煩的手勢。

「他沒跟任何人說他要上哪兒去嗎？」

「除非他向桃若絲小姐或巴吉以外的人提到過。」

「啊，好吧，我去問他們。我什麼都不要再聽了……嘿，他和馬汀之間沒有過節吧？」

「就算有，他也掩飾得很好。」

桑德士摩挲著他那豐腴細嫩的下巴建議道，「他現在說不定已經回來了呢？我們昨晚就離開宅邸，一直到現在。」

菲爾博士不悅地叨唸著。班潔明爵士老大不情願地起身，站在那兒拿刀尖在戳桌墊。然後緊抿著嘴，做了個小學校長一樣正經八百的手勢。

「假如諸位不介意，我們要去典獄長室看一下。我相信你們昨晚沒人上去過吧……好，那我們會公正不阿地開始勘查。」

「才怪哩，」菲爾博士說。

當他們踏出書房時，菲爾太太叫了一聲，「噢！」並慌慌張張站了起來，匆匆跑下玄關。大家從員警困擾的表情可見，她準是跟他規勸叮囑了半天。只見員警一臉尷尬，手裏拿到一個大大的甜甜圈。

「威瑟斯，把那玩意兒給我放下，」警察局長粗暴地吼叫，「跟我們走。你派人看守監獄了嗎？好。走。」

他們出去，由班潔明爵士帶頭，走上大馬路。繫腰帶的舊夾克臨風飄揚，破損變形的帽子貼在側腦勺。沿途沒人出聲，直到大家爬上山坡，來到監獄氣派的大門前。一度用來擋住入口的鐵柵欄鏽得厲害，垮垮地鬆開了。藍坡記得他們將馬汀•史塔伯斯的屍體挪進門內時，這個柵欄唧嘎嘎、震天價響的情景。一條幽暗冰冷的通道，蜿蜒成群，一路到底。從這兒回返陽光普照的光景，就像踏入溫室花圃一般令人心怡。

「我曾經進來過一兩次，」警察局長一邊好奇地東張西望，一邊說，「我倒不記得各個房間的擺設了。博士，你帶路好嗎？……嘿！典獄長室這邊是鎖著的吧？假如小史塔伯斯進屋前把外面這道門反鎖了的話，我們要怎麼辦呢？我剛才該把他衣褲裏的鑰匙帶過來的。」

「如果有人把他丟下陽台，」菲爾博士在一旁說風涼話，「你大可放心，那殺人犯事後也得開門離開典獄長室現場呀。他總不能從五十呎的高度跳樓。喔，門鎖一定是開著的，我打包票。」

「這裏面暗得一蹋糊塗，」班潔明爵士說。他引著他的長頸子，指著右手一扇門。「你們昨晚是不是把小史塔伯斯搬到這兒來的？」

藍坡點點頭。警察局長稍稍推開一扇腐朽的橡木門往裏瞧。

「裏面沒什麼，」他宣佈。「噁！討厭的蜘蛛網。石板地，鐵格窗，壁爐，我就只看到這些。光線好差。」他動手揮趕臉旁一票看都看不見的小蟲。

「這是獄吏的休息室，再過去是監獄辦公室，」菲爾博士詳細介紹。「那邊，典獄長都在那裏約談他的『新住戶』，還有登記、分配牢房。」

「反正這裏鼠滿為患就對了。」藍坡突然迸出這麼一句，大夥兒都瞅了他一眼。

這兒上上下下仍充斥著昨晚伴著他的那股泥土味、地窖味。「真的到處都是老鼠。」他又說一遍。

「喔，啊——那還用說，」主任牧師說。「好啦，各位？」

他們沿著甬道向前推進。這些粗糙的石牆表面凹凸不平，墨綠色青苔填滿各處縫隙。藍坡心裏想，這真是傳播傷寒的絕佳場所。現在簡直伸手不見五指，他們搭著彼此肩膀，盲目地摸索向前。

「要是帶了手電筒就好了，」班潔明爵士叫囂著。「前面有障礙物——」

有東西打在雜草叢生的石板地上，發出悶悶的撞擊聲。大夥不由自主的驚跳起來。

「是手銬，」菲爾博士從前方陰暗處傳話過來。「和腳鐐什麼的。都還沿著牆壁掛著。這表示我們進入囚房地帶了。眼睛睜大一點，幫忙看看門在哪裏喔。」

藍坡想，要弄清這些拐彎抹角的甬道是不太可能的。不過大夥經過第一扇內門之後，還算有一線亮光透進來。深陷在那道五呎厚的牆當中有個地方，有扇防守嚴密的鐵窗，看出去是個濕冷陰暗的中庭。中庭曾鋪過地板，如今卻已滿佈雜草蕁麻。一側是整排牢房破蔽的房門，像一口蛀牙似地歪歪斜斜垂掛著。怪的是，就在這荒蕪的庭院中心，長出了一株白花朵朵的蘋果樹。

「死刑犯的囚房。」菲爾博士說。

這之後沒人再作聲。大家既未多做參觀，也沒有要求領隊對他們所見所聞另作解釋。就在他們來到通向二樓的樓梯口之前，一間不通風的房間內，大夥兒藉火柴的光看到酷刑用、俗稱「鐵娘子」的人型鐵匣，還看到燃燒某種木炭的爐灶。鐵娘子臉上有一抹慵懶、滿足的笑容，嘴角則見蜘蛛結網懸盪下來。房裏又有蝙蝠在四周啪啪地亂飛，因此他們未久留。

藍坡的拳頭始終握得緊緊地。他什麼都不在乎，坦白說，就只怕在他臉上惹來惹去的那些小飛蟲，再就是後頸有東西在爬的感覺。聽得到有老鼠。等他們來到二樓一條長廊上，一扇巨大、封了鐵條的門前止步的時候，他覺得自己終於逃離苦海。就像誤坐上螞蟻窩之後，能夠一頭跳進一池清澈涼爽的水裏一樣釋然。

「是——是開著的嗎？」主任牧師聲如洪鐘地問道。

菲爾博士推門時吱吱嘎嘎，刺耳得很。警察局長幫了他一把。門彎翹不平，好不容易順著石板地往後輾軋微開。上頭的塵埃震落一地。

這會兒大家全站在典獄長室門口，東張西望的。

「我看我們不該擅自來這兒的。」一陣安靜之後，班潔明爵士喃喃自語地說。「都沒變嘛！——你們哪一位從前看過這間房的？……都沒有嗎？我想也是。哼，他們都不知道換換家具擺設嗎？」

「大部分家具是老安東尼的，」菲爾博士說。「其餘的屬於他兒子所有。他任典獄長直到——嗯，他一八三七年喪命於此。他們兩人都吩咐過這房間擺設不要動。」

這房間相當大，只是天花板特別低。正對著他們所站的門口是窗戶。窗戶那一面的監獄都罩在陰影下。爬藤纏滿了栓得嚴嚴的鐵窗，堵得密不透光。積雨形成的幾灘水仍散佈在窗下坑坑窪窪的地板上。窗子左手邊約莫六呎處是走向陽台的門。門是開著的，敞著與牆幾乎成直角。開門時一股一股長條的藤蔓被扯斷，垂掛在陽台入口上端。這樣一來，門口也只比窗戶稍稍多放了一點光進來。

顯然一度有人做過努力，設法為這陰森森的所在增添幾分舒適感。牆面曾鋪過現已漸漸腐朽的茶黑色胡桃木鑲嵌牆板。這夥人左邊牆上有個石砌的壁爐，爐架邊上有一對空燭臺。生霉的高背單人沙發被人拉到壁爐前擱著。就藍坡記憶所及，老安東尼睡前該是在這張椅內，閑坐在熊熊烈火旁喝杯老酒的時候，聽到陽台門上有人敲門，及一個微弱的聲音悄悄邀他走出去，加入那批死者的……

房屋中央有張老舊扁平的書桌，厚厚一層灰塵、碎屑。一張直背木頭製的座椅，收進去靠在桌旁。藍坡凝視著。對，一片塵埃中，他看見一個窄長方形的痕跡，是昨晚放腳踏車燈的地點。那兒，在那張木質椅中，面對右邊牆壁，車燈光線直射著的是馬汀•史塔伯斯坐過的地方。

啊。右手邊牆壁正當中，與牆齊高，就是往金庫、保險櫃，或不管它叫什麼的門。一個六呎高、三呎寬，式樣簡單的鐵門，鏽得暗沉沉地。緊接著鐵製的門把下方有個奇怪的裝置，像個盒子平貼在門上。一頭是大鑰匙孔，另一頭有個圓形小把手，上方有個東西，像個活動金屬蓋。

「看來，傳聞是正確的囉，」菲爾博士突然開口。「我早就這麼想。要不然就太容易了。」

「什麼?」警察局長迫不及待地問道。

博士用枴杖比了一下。「假設一個扒手想打開進去。哎呀，一眼望去，只有一個鑰匙孔，他大可以複製一個門鎖的模子，打一支萬能鑰匙。就算這支鑰匙必然大得出奇也罷……可是，有了這個裝置，他想進去的話，除非用炸藥把門給轟開，別無他途。」

「有了什麼裝置？」

「一個字母對號鎖。我聽說過這兒有這麼一個。唉，這算不得什麼新發明。梅特尼克就曾有一個。泰利杭也提到過，『我的門可以用一個字打開，正如天方夜譚的阿里巴巴四十大盜一樣。』你看到那個圓形小把手沒有？那片金屬蓋遮著一個號碼轉盤，像現代保險箱那樣。只不過把數目字改成二十六個英文字母。你得轉動那個小把手，拼一個字出來——事先設定的密碼——門才打得開。缺了那個字，就算拿了鑰匙也無濟於事。」

「那是假設有人想要打開那撈什子啊。」班潔明爵士說。

大家又鴉雀無聲，人人都感到不自在。主任牧師拿了條手帕猛擦額頭，他右手靠牆處即是那張遮著四柱華蓋的大床。床仍鋪得好好的，但被單、枕頭已被蟲蛀、腐蝕。華蓋周圍黑色銅環上掛著床簾殘破的碎片。旁邊有個床頭櫃，上面放著一支蠟燭。藍坡不由得想到安東尼手稿的幾行字：「我已修剪好床邊蠟燭，戴上睡帽準備靠在床頭閱讀，此時注意到床單下有動靜……」

老美迅速移開視線。好啦，這房間內繼安東尼之後，又多了一名人士生活於斯，又死於斯。保險櫃那頭有一張嵌了小玻璃門的直立式書桌。上面看得出是一座羅馬傳說中米納娃女神半身塑像，和好大的一本聖經。除了菲爾博士以外，沒人能擺脫身處險境的感覺，大家都不得不躡手躡腳地什麼也別碰。警察局長把自己全身上下甩動了一回。

「好，」班潔明爵士表情嚴肅地開口，「我們到了。真糟糕，什麼蛛絲馬跡也沒有嘛。那可憐蟲就坐在那裏，燈嘛擺在這裏。沒有掙扎打鬥的痕跡——沒搗毀什麼東西。」

「順道一提，」菲爾博士考慮周到地插嘴，「我在想，保險櫃是否還是開著的。」

藍坡喉頭一緊。

「親愛的博士啊，」桑德士說，「你以為史塔伯斯家的人會同意……喔，哎呀！」

菲爾博士早已拖著笨重的腳步超越他，枴杖尾端的金屬頭在地板上鏘鏘作響。班潔明爵士猛地轉身向桑德士靠過來。

「這可是樁謀殺案喔。我們一定得徹底弄清楚。等一下——博士，等一下！」他紮紮實實地跨了一個箭步上去，伸出長長的脖子探頭向前，放低嗓門補上一句，「你覺得這樣是明智之舉嗎？」

「我也在納悶，」博士反覆思索著，好像沒聽進他說的話，「這號碼鎖撥到哪一個字母上才對呢。你可不可以靠旁邊站一點，老兄？好……老天啊！這東西上了油！」

大家圍著聚攏，看他上上下下地撥弄活動金屬蓋。

「目前停在S這個字母上。也許這是密碼的最末一個字母，也許不是。不管怎樣，開始囉。」

他轉動字盤，下頷咧出一個有氣無力的笑容，越過眼鏡上端調侃地看著大家，同時一把抓住保險櫃的握柄。

「都準備好了嗎？看緊囉，好！」

他扭開握柄，門上絞鍊唧嘎唧嘎地緩緩響起。「啪」地一聲，他的手杖掉在地上。

什麼也沒跑出來……

CHAPTER 8

第八章

藍坡不知會發生什麼事，他緊緊跟在博士身旁固守崗位，其他幾位卻本能地躊躇不前。有那麼片刻寧靜，他們聽見牆四周壁板背後有老鼠在騷動。

「怎麼樣呢？」主任牧師高聲詰問道。

「我什麼也沒瞧見，」菲爾博士說。「來，小伙子——劃根火柴，好不好？」

藍坡把第一根火柴頭劃斷時，咒罵了自己一番。他再劃一根，然而一舉向金庫，裏面窒悶的空氣就讓它給熄了。整個人踏進去之後，他又試了一根。潮氣、霉味和一面蜘蛛網拂上他的頸項。好不容易一個微小的藍色火焰在他拱起的手掌裏給護著點燃了……是一間石室，六呎高，三、四呎深。後方有幾層架子和一些看來朽毀腐爛的書，就這樣。突來一陣暈眩，他伸手穩住自己。

「沒什麼。」他說。

「除非，」菲爾博士咯咯笑著說，「除非讓它跑掉了。」

「嘻皮笑臉的討厭鬼，你真是的。」班潔明爵士說。「聽著——我們一直像做惡夢一樣，漫無目的地在瞎矇耶。我是個生意人，實事求是的人，明理的人。我不諱言，各位，那死地方讓我好生害怕了半天哩。沒騙你們。」

桑德士拿著一條手帕，在下巴底下直擦。他突然變得滿面紅光，猛吸一大口氣，然後假慇懃地做了個手勢。

「我親愛的班潔明爵士，」他聲音宏亮地抗議道，「沒那回事！你說你——實事求是。然而我身為教會的僕人，論到——啊——這一類事情的時候，我才該是所有人當中最務實的。唉，算了！算了！」

他似乎心情好得很，只差沒上前去握住班潔明爵士的手。後者隔著藍坡肩頭蹙著眉。

「還有什麼別的意見嗎？」他問。

老美點頭。他才剛蹲低了身子，舉著點燃的火柴來回觀察。這兒明顯擺過什麼東西，看厚厚灰塵上的線條就知道：一個十八乘十吋的長方形輪廓。不管是什麼東西，已經被人拿走了。他差點沒聽見警察局長把金庫關上的要求。對號鎖密碼最後一個字母是S。他有一點眉目了，印象中很關鍵而且頗駭人聽聞的一個字眼。薄暮時分從樹籬那頭傳來的講話聲，爛醉而氣焰高漲的馬汀他們兩人昨天下午從查特罕往回走時，拋給赫伯特・史塔伯斯的話：「它這個字，你一定知道的，」馬汀曾說，「那個字就是『絞刑架』（Gallows）……」

他起身將膝蓋上的灰撣掉，把門推回去關上。那金庫裏曾放了個東西——很可能是個盒子，而殺害馬汀・史塔伯斯的人鐵定把它偷走了。

「有人拿了——」他不由自主的說。

「對，」班潔明爵士說。「那很明顯。這麼些年來他們若不是為了保守某個秘密，不太可能處心積慮地傳下這麼一項毫無意義的儀式。這事大概另有蹊蹺。博士，你想到什麼沒有？」

菲爾博士早已步履蹣跚地繞著屋子中央的桌子轉，好像在嗅著它似的。他用手杖戳了戳椅子。一欠身，大把頭髮飄揚，朝椅子底下盯著看，又兩眼茫然地抬起頭瞧。

「啊?」他喃喃地說。「抱歉,我在想別的。你剛才說什麼?」

警察局長又擺出小學校長的神態,收起下巴,緊抿雙唇,示意有個寓義深長的話題就要登場了。「聽我說,」他說,「都聽好囉。你們難道不覺得史塔伯斯家族這麼多人都是這種死法,不僅僅是個巧合嗎?」

菲爾博士抬頭看他,表情像喜劇片裏有人被一支木棒當頭槌了一下那樣。

「精采!」他說。「精采,老兄——哎,的確。即使我魯鈍至此,也逐漸看出這個巧合了。那下文呢?」

班潔明爵士可不覺得好笑。他兩手在胸前交叉。

「各位,我想,」他似乎在對全體宣佈,「我畢竟是警察局長,並且是百忙當中,勉為其難地接掌這個案子的——如果各位能夠意識到這一點,這個調查該不至於這樣原地踏步吧。」

「嘖,嘖!我知道啦。我沒什麼別的意思。」菲爾博士咬咬鬍髭,以免忍俊不住。「都怪你正經八百的那副樣子,又淨說些顯而易見的事,如此而已。你可以去做政治家了。拜託,請繼續說。」

「承蒙你不嫌棄,」警察局長勉強順著台階下了。他盡量保持那小學校長的架勢,但斑斑點點的臉上泛起一個笑容。他隨和地搓搓鼻子,又一板一眼地講下去:「不對,現在聽好了。你們都坐在草坪上望著這扇窗戶,不是嗎?這上面的情況有任何不對勁,你們肯定會看到——掙扎、燈被打翻,或什麼的,嗯?你們也一定聽得到吶喊聲。」

「十之八九。」

「然而實際上沒有任何扭打啊。來看一看小史塔伯斯坐過的地方。他看得到房內唯一的門；假使他如你們所說的那麼緊張的話，就算有個謀殺犯先溜了進來，也無處可藏嘛——除非——等一會兒！那衣櫥……」

他大步走過去，打開櫥門，惹起一團灰塵。

「也不對。什麼也沒有，盡是灰、發霉的衣服……嘿，這裏有件大衣耶。鑲了飾釦的豎領厚大衣哩，喬治四世風格的——有蜘蛛！」砰地一聲甩上門，他轉回來。「沒人藏匿在那兒，我發誓。也沒有別處可躲了。換句話說，小史塔伯斯不可能被人出其不意地襲擊，而不展開一番所謂的搏鬥或起碼的喊叫吧……這麼說，你們怎能斷言謀殺者並非在小史塔伯斯已從陽台跌落之後才進來的呢？」

「你究竟在講什麼啊？」

班潔明爵士嘴上漾起一個僵硬而神秘的微笑。

「這樣說吧，」他說。「你們有沒有親眼看見這個謀殺犯把他拋出來？你們看見他摔下來了嗎？」

「沒有，班潔明爵士，其實沒看到，」主任牧師插嘴說道，顯然覺得他被冷落得夠久了。他看來心事重重。「但話說回來，就算發生了，我們也看不到，你曉得吧。那時天色太暗，雨下得很大，燈又熄了。依我看，他甚至在燈還未熄之前就可能被扔出來了。要知道……桌上這裏是燈所在的位置。燈較寬的一頭在這兒，就是說，光束是直照著保險櫃的。而朝反方向六呎遠，靠近陽台門的位置，怎麼站都會是漆黑一片，任誰也看不出來的。」

警察局長聳起肩，瘦長的手指戳著自己腦袋。

「各位，我想證明的是：可能有個謀殺者存在。可是他不見得會鬼鬼祟祟溜進這兒來，重毆馬汀頭部，再將他丟下去摔死。我是說，兩人也許從來就未曾同時出現在陽台上……說不定另有個死亡陷阱……」

「啊！」菲爾博士拱著肩膀，自言自語地說。「唔——」。

「各位，要知道，」班潔明爵士接腔，轉向大家，苦於尋找最精確的字眼，「我是說……這一代之前，至少已有兩代史塔伯斯主人是掉落這陽台下暴斃的。假設那陽台上有什麼詭詐呢——像是機關——嗯？」

藍坡眼光移向陽台的門。透過扯裂的爬藤，可見陽台上一道矮式圍牆。牆面鏤空，做成一排小支柱形狀的欄杆，引人臆測。這房間本身讓人感覺越來越暗，邪氣也越來越重。

「我知道，」他點點頭。「就像傳說那樣。我記得小時候讀過一個故事，印象好深。是講一幢老房子裏有一把椅子，用螺絲固定在地板上。天花板上則懸了一個鐵鎚，任誰坐下去都會被鎚死。不過，你們聽喔！現實生活中不會發生那種事的。何況得有人設計得出那種機關才行……」

「可不見得。也許真有個謀殺犯，然而這個『謀殺犯』已死了兩百年了。」班潔明爵士眼睛睜得老大，旋又瞇起。「真的！我在靈異這方面真是越來越行了——我剛想到：假如小馬汀打開了這保險櫃，發現一個盒子裏頭有個指令教他去陽台執行某項步驟呢？可惜事情生變，盒子從他手裏飛出去，一路掉進水井中——而燈卻朝另一邊掉了下去，也就是你們後來發現燈的位置——嗯？」

任何只要是有點說服力的理論，藍坡通常都會馬上跟進。他又想到安東尼手稿中的句子：「我有辦法。我徹頭徹尾痛惡並詛咒我不幸必須認做親戚的那些人……想到親戚就想到，那群老鼠近日繁衍眾多。」

可是——不對。即使在一頭熱的情況下，這個天衣無縫的推論還是有些疑點。

「可是爵士，你聽，」他抗議道，「你不是認真的吧？難道安東尼想設計一個死亡陷阱來加害他後代所有的繼承人嗎？就算他有，也不切實際。他的機關只能逮到一個人。被害人取出盒子，讀了那份文件什麼的，被推下陽台。好是好，但第二天這秘密就會曝光了，不是嗎？」

「正好相反。他們所沒發現的關鍵就在這裏。假定指令是這樣寫的：讀完這份資料後放回盒中，鎖回保險櫃內，然後按指令行事……但這次，」班潔明爵士邊說，邊激動地開始用他修長的食指一直戳藍坡胸口，「這次的受害人，不論什麼原因取出了盒子和文件——結果一起掉進水井裏了。」

「那麼對於那些不是這樣了結的史塔伯斯們，又要如何解釋呢？從一八三七年的老馬汀到一九三〇年同名的小馬汀，中間隔了好幾代。提摩西是在女巫角斷頭的，可是無從知道……」

警察局長把夾鼻眼鏡推緊戴好，態度居然頗為和氣。他像個教授在指導一位特別得寵的學生似的。

「親愛的藍波，」他說，像課堂上一樣，還要清一清喉嚨，「你們無疑地太高估這人發明的機關，以為它能抓到他所有的後代子孫？不不不。當然，不見得每次都成功，原因很多。安東尼也許根本是測試機關時死的……當然，如果你高興，大可採信我所陳述的第一種理論。我必須坦承，我一時疏忽了。我指的是那個想把保險櫃裏東西偷走的謀殺犯。他在陽台上備妥他的死亡陷阱，假借老安東尼之名，行他現代圈套之實。他等待小馬汀打開保險櫃，然後——不知用了什麼計倆——想盡辦法將馬汀誘到陽台上，再靠機關把他推下去，燈摔破了。謀殺犯其實用不著動他一根汗毛，卻能拿起戰利品，一走了之。以上個人提出兩種理論，二者皆繞著安東尼過去設計了一個機關這項假設而成立。」

「嘿！」有個人像雷公一樣大嗓門地喊道。

至此辯論的正反兩方全副精神都放在拍打對方肩膀，或是擺出對峙的架勢以強調某個論點。兩方皆渾然忘我，不記得旁邊人的存在。菲爾博士激烈的驚嘆聲嚇得他們倏地住口。再加上手杖敲地，一連串咚咚聲。藍坡轉身看菲爾博士龐大的體型攤在桌旁椅子內。他正對著他們大呼小叫，同時舉起另一支枴杖在半空中揮舞個不停。

「你們兩個，」博士說，「擁有我所見過邏輯性最強的腦筋。但你們並非設法在解決任何問題呀。你們這樣辯論下去，充其量只會編造出一個最吸引人的故事情節罷了，於事無補。」

他的鼻子發出一種像戰場上廝殺聲一般叫人不敢恭維的雜音，然後又沉住氣說：「言歸正傳，我個人對這類的故事非常著迷。過去四十年來我一直在讀《血腥之手》那一類型小說來自娛。因此我熟知傳統的各種死亡陷阱：譬如黑暗中會順著一個斜槽把你拐走的樓梯；四柱華蓋會降下來的床；某件藏有毒針的家具；會發射子彈、或用刀行刺的鐘；保險櫃裏安裝的槍；天花板上的重物；藉你體溫來加熱，然後吐出毒氣的床，諸如此類，有的可能，有的不可能。坦白說，」菲爾博士對此津津樂道，「愈離譜我愈感興趣。各位，我的腦子是個通俗鬧劇式的簡單頭腦，而我很希望能夠相信你的話。你們有沒有讀過《史維尼·陶德——倫敦艦隊街的惡魔理髮師》？你們該讀一讀的。在十九世紀早期很著名，那是驚悚劇的始祖之一；故事是說，有個邪惡的理髮師，他的椅子會把你投入地窖，讓他閒暇時再割斷你的喉嚨。不過——」

「且慢！」班潔明爵士不耐地說。「扯得這麼遠，你只是要證明這個想法太過於牽強嗎？」

「哥德式傳奇小說尤其如此，」菲爾博士追著闡述，「就充斥著這種——嗄？」他中斷談話，抬眼。「牽強？老天有眼！不是的啦！某些最牽強的死亡陷阱恰好存在於真實世界哩，像尼祿的沉船，或殺了查理士七世的有毒手套。不不不。我不在乎你說的是否太離譜。重點是，即使可能性極微，只要推論有理就有可信度。這是你遠不及那些偵探小說的地方。他們下的結論也許很荒謬，可是整個推理過程拿得出高明、紮實、精確的證據。即使離譜，也交代得一清二楚——反過來說，你從何而知保險櫃裏有個盒子呢？」

「呃，當然，我們無從知道，可是——」

「這就對啦。你才講完盒子，又心血來潮編織一個『文件』在裏面。有了文件，又冒出個

『指令』來。等小史塔伯斯走到陽台上之後，盒子的理論變成一個累贅，你便連人帶盒子推下陽台。好極了嘛！這下子，你不單創造了盒子和文件，又讓他們消失無蹤。案子就結了。套句俗話說，自欺欺人！行不通的啦。」

「好嘛，那，」警察局長執拗地說。「你高興的話，儘管去檢視那陽台吧。我挺確定我可不要看它。」

菲爾博士撐著站起來。「喔，我要檢查。你聽著，我並不是堅持那兒沒有死亡陷阱；也許有，那就算讓你給說中了，」他補上幾句。盯著正前方，紅紅的大臉十分專注。「但我要提醒你，我們能完全確定的只有一件事——就是史塔伯斯斷了頭，躺在陽台下方。僅此而已。」

班潔明爵士又憋著嘴，露出他那嘴角下垂的緊繃笑容。諷刺的是，他說：「我很高興，你從我的見解中至少看出一些些優點來。有關這宗命案，我提出了兩項精湛無比的理論，都根據陷——」

「兩項都是廢話。」菲爾博士說。他早已望著通到陽台的門，一副心不在焉的樣子。

「謝啦。」

「喔，好吧，」博士不勝厭煩，低聲說。「我跟你講。你的兩個理論都需要根據小史塔伯斯被誘到陽台上的前提。要就是，一，遵循保險櫃裏找到的指令行事；不然就是，二，另外有人想搶奪保險櫃，因此設計了圈套誘他到陽台上，然後下手。嗯？」

「沒錯。」

「那麼，設身處地為小史塔伯斯想想。你坐在這張桌旁，也就是他坐過的地方，腳踏車燈放在身邊。不論像他那樣緊張得不能自已，或似你這般不動如山。聽懂沒？這畫面想像得到嗎？」

「歷歷在目，可以了嗎？」

「不管為的是什麼目的，你起身走向那扇門，而門已經天曉得多少年沒打開過。你不僅要試著打開一扇塵封的門，而且得走上一個伸手不見五指的陽台……你會怎麼辦？」

「唔，我會舉起燈，然後——」

「完全答對。這就是了。這就是整件事的真相。你開門時會舉著燈，伸出腳之前就先向陽台外面探照一番，好看清去處……喏，被害人的行徑跟這正好相反。即使有一絲光線從這扇門透出，無論射向哪個方向，我們花園那兒都該看見。我們卻什麼也沒瞧見。」

萬籟俱寂。班潔明爵士把帽子推到頭的一側，蹙著眉。

「真的耶！」他咕噥著，「聽來很有道理喔。但我還——喔，聽我說啊！有一點不對勁。我想不出那謀殺犯有什麼通天本領能大搖大擺踏進這個房間，卻不引起史塔伯斯尖聲大叫。」

「我也想不出，」菲爾博士說。「這樣你滿意了吧。我……」他中斷，緊瞪著通往陽台的鐵門，眼中露出驚惶的表情，「老天哪，老地啊，我相依為命的老帽子啊！這行不通的。」

他踉蹌幾步到門邊。首先雙膝跪地，仔細審視塵埃厚積的地面，看門打開時掉落的小撮灰塵及細砂石。他的手往門上抹了一遍。他一邊起身，一邊檢查門的背面。最後把門推到半掩狀態，然後觀察鑰匙孔。

「門是用鑰匙打開的。話是不錯，」他含糊不清地唸著，「這鐵鏽上頭的新刮痕是鑰匙劃過去留下的……」

「那麼，」警察局長插嘴，「馬汀・史塔伯斯畢竟開了這扇門囉？」

「不是，不是，我不這麼認為，是謀殺犯開的。」菲爾博士又說了些什麼，但根本聽不見，因為他已穿過帷幕似的藤蔓，踏上陽台去了。

其餘的人不安地面面相覷。藍坡覺得自己對那陽台的恐懼遠比先前對保險櫃的恐懼來得厲害。然而他還是緊依著班潔明爵士走向前去。他側過頭來瞄了一眼，看到主任牧師正埋頭觀賞火爐右邊架上那些小牛皮裝訂的書，雖然雙腳朝著陽台方向在挪，卻似乎不那麼急於跟進。

藍坡順手撥開長春藤走了出來。陽台不大，不超過鐵門下緣石質門檻的寬度。陽台圍著高至腰際的鏤空欄杆。他和班潔明爵士信步走向博士旁邊，左右各站一個。陽台的空間幾乎也只夠鬆鬆地容納他們三人。

大家悶不吭聲。監獄上方，晨間的日頭尚未出現。這些牆、山丘，及坡下的女巫角仍籠罩在陰影中。下頭二十來呎處，藍坡可見崖壁邊緣突出伸向泥淖和海草叢中，還有當年托住絞刑架的那幾塊排成三角的石墩。穿過下方小門，他們將受刑人一一帶出接待室，那是他們蹬腳躍向死亡前，鐵匠將他們手銬腳鐐敲開的地方。安東尼就穿著他那一身「猩紅色套裝，連同鑲了花邊的帽子」在上頭這兒目睹了這一切。藍坡俯身可見樅木林間張著血盆大口的水井。他以為他分辨得出水面綠綠的浮渣有好幾呎厚，不過那地帶光線實在太暗了。陽台下方五十呎處孤立著的是那鐵叉環繞，張著大口的深坑。往前是朝北開展，陽光遍灑，綴以點點白花的草原。再望向低地，灌木叢縱橫其上。白色道路像個西洋棋盤，間以波光粼粼的溪流，及樹間白色屋舍和教堂尖塔，氣氛平和。草原現今已不再壅塞著觀賞吊刑的人群。藍坡看得到一輛運送乾草的馬車搖搖晃晃行在路上。

「——這推論聽來頗站得住腳，」藍坡聽見班潔明爵士在說，「實在是很說得過去。但我不喜歡這事拖拖拉拉的。小心！你在幹麼？」

菲爾博士正使勁兒扯開石雕圍欄上的爬藤。

「我早就想勘查這裏了，」他說，「可是苦無機會。哼，應該不至於磨損吧，會嗎？」他自問自答，伴隨著的是爬藤扯裂的聲音。

「要我是你，我會謹慎行事。就算——」

「哈！」博士鬆口氣，大呼道。

「呵，且慢！就如薩克遜人乾杯時說的：『萬歲！』。醉落去！我作夢也想不到我會找到這個，可是你瞧。嘿，嘿嘿嘿。」他意興風發地別過臉來。「你看這石砌的欄杆外緣，磨損的地方可容我一隻拇指。靠我們這頭還有一處，磨損程度沒那麼嚴重。」

「好吧，那又如何呢？那又如何呢？」班潔明爵士質問。「看，看，我可不會亂碰那凹痕。天曉得。」

「古物學研究萬歲。各位，跟我來。我想這外頭沒有別的要看了。」

大家轉回典獄長室時，班潔明爵士一臉狐疑地看著他，問道：「你看出什麼啦？打死我，我也看不出什麼。那跟謀殺案倒底有什麼關係啊？」

「什麼也沒有，老兄！我是說，」菲爾博士說，「只有間接的關係。當然要不是石磚裏有那兩個磨損的痕跡……儘管這樣，我還是說不出個所以然來。」他兩手擦掌。「嘿，你記不記得老安東尼的座右銘是什麼？他把刻了它的章蓋在書上、鑲在指環上，天曉得還有哪裏。你見過沒有？」

「哦，」警察局長瞇起眼睛說，「這會兒，話題又繞回安東尼啦？沒有，我從沒看過他的座右銘——除非你還有其他花樣，否則我們最好離開這兒，去造訪一下宅邸。來吧！講這些倒底有什麼用處嘛？」

菲爾博士環視了一下這昏暗的房間。

「那個座右銘是：」他說，「『我所擁有的一切，都與我形影不離』嗯？好好想一想。嘿，來瓶啤酒如何？」

CARR

CHAPTER 9

第九章

有條蜿蜒的碎石子路。有隻縮頭縮腦的灰色鴿子在榆樹下搖搖擺擺走著。有片修剪整齊的草坪，與那太陽下掠過的飛鳥身影。一座高大又霸氣、稜角和緩的紅磚房子，粉刷的白牆，加上一座白色圓頂閣樓，頂著鍍金的風標，自安女王統治時代至今，逐漸老舊，卻保有風華。不知哪兒有一群蜜蜂在嗡嗡鬧著。空氣中還流蕩一股麥稈的甘味。

藍坡前一晚未曾見到這般景緻。當時主任牧師的福特轎車開近屋旁，天正下著雨。他與桑德士提著燈，僵挺著身子由此往樓上走。他打開玄關之前，彷彿突然被推上一個燈火通明的舞台，渾身濕答答的衣服拽在身上，卻要面對千萬人似的。當他與同夥走上車道時，竟怕再次見到她。處境狼狽：被拱到台上，沒有台詞，目瞪口呆，窩囊得很，宛如在夢裏一絲不掛、進退不得的情景。她不在宅邸，只有管家——他叫什麼名字來著？——只有管家雙手緊握，稍稍屈身伺候著，說已在客廳預備了一張沙發。

不一會兒，她從書房出來。紅腫的眼睛透露她哭得很兇，肯定是一波又一波悲從中來，淒慘的哭泣。然而她倒是很鎮定，面無表情，揉擰著一條手絹。他什麼也沒說，能說什麼呢？任何一個字、一個舉動都會顯得冒冒失失。他不知什麼道理，只知必然如此。他僅是可憐巴巴地立在門邊，穿著濕透了的法蘭絨上衣和球鞋，並未久留。他記得離去時的光景：雨剛停不久，老爺鐘敲了一點鐘。可憐的他只能傻傻地抓住一個微不足道的細節印象：雨是一點鐘樣子停的。一點鐘雨停了，別忘了啊。記這有什麼用？哎，管他呢——

並非他對馬汀・史塔伯斯缺乏好感。他所維護的是，那女孩去看望死者時臉上已失落、已糟蹋的一些天真之情。當傷痛大到無法負荷時，只見她擰了擰那薄薄的手帕，臉上依稀閃過短暫的扭曲。無辜的馬汀在死亡的沉睡中看來很古怪：他穿了一身老式的灰色法蘭絨套裝，及一件破損的粗呢大衣……桃若絲此刻正作何感想呢？他看著拉上的百葉窗及門上佈置的黑紗，不禁畏縮了。

巴吉為他們開了門，一見警察局長就好像放心了。

「是，」他說。「我這就去請桃若絲小姐吧？」

班潔明爵士咬著下唇，頗為焦慮。

「不，暫時還不要。她在那兒？」

「樓上。」

「那史塔伯斯先生呢？」

「也在樓上。葬儀社的人來了。」

「還有誰在這兒？」

「我知道沛恩先生在來此的路上。馬克禮醫師也要來。他告訴我，他一結束早上例行巡房就要見您。」

「啊，好。知道了。巴吉，順便一提……葬儀社那些人——你也瞭解嘛，我想看一下史塔伯斯先生昨晚穿的衣服，還有他口袋裏的東西。」

巴吉向菲爾博士低下他那扁平的頭。「好的。菲爾博士昨晚曾提到可能有這需要。我已冒昧地逕自保管好那些口袋裏的東西，一件都未短少。」

「多虧你了。去把它們帶到書房來……還有，巴吉——」

「是？」

「你若見到史塔伯斯小姐，」班潔明爵士不知所措地說，「就——呃——傳達我最深的哀悼之……該說的話你都知道嘛？好。」他猶豫了一下。這位篤實的警察官員在熟人面前言不由衷，臉上竟微微泛紅。「還有赫伯特‧史塔伯斯先生方便的時候，我要立刻見他一下。」

巴吉表情木然。「赫伯特先生還沒回來。」

「喔，啊！知道了。那，去取那些衣物來。」

他們踏入一間陰暗的書房。喪家難免情緒波動大，可總見女眷們及時拿出應變能力，而男人，就如眼前這四位先生一般，卻都張口結舌無助得很。桑德士是唯一表現出相當程度冷靜的一位。他已重拾圓熟風度，那慇懃的模樣就像要打開祈禱書來讀一樣篤定。

「各位，我暫時告退了，」他說，「我想我最好去看看史塔伯斯小姐要不要見我。這是個煎熬的時刻，啊，很難熬的一段時間。我若能幫上任何一點忙……」

「的確是的啦，」警察局長魯莽地回道。主任牧師走後，局長開始來來回回踱步。「這當然是個艱難的時刻。可是為什麼一直挑明了說個不停。真搞不懂。」

藍坡徹頭徹尾同意他的話。他們全都焦躁不安地待在這老舊的大房間裏。班潔明爵士打開了幾扇百葉窗。大廳的鐘優雅流暢，如銀鈴似地響起，聽來像是大教堂拱頂下傳出的音響效果。在這書房內，一切都顯得古老、堅實、保守。有個地球儀從來沒人去轉動過；一排排水準之上的作者作品，從來沒什麼人碰過；還有壁爐頂端牆上懸掛的巨尾劍魚，你簡直要判定，也從沒被人釣到過。有個玻璃球掛在一扇窗戶旁，作為驅走巫婆的吉祥物。

巴吉轉眼就來回報了。手裏拎著一只洗衣袋。

「都在這兒了，」他報告，「內衣褲除外。口袋裏的物品全都原封不動。」

「謝謝。巴吉，留在這兒別走。我有幾個問題要問你。」

菲爾博士和藍坡一起聚攏過來看班潔明爵士將袋子置於桌子正中間，著手將物品取出。一件灰夾克，沾滿了泥，早就乾了、僵了，襯裏也已磨破，掉了好幾個釦子。

「來吧！」警察局長掏著口袋，低聲說。「菸盒——好別緻喲。裝的都是……這些看起來是美國菸。好。『劃中好運』牌的火柴一盒。一個攜帶用扁酒瓶，一小瓶白蘭地，還有一瓶東西已喝個精光。就這些了。」

他又翻找了一遍。

「是舊襯衫，口袋裏沒東西。襪子。這兒是長褲，也該補了。他知道在那監獄裏晃來晃去會把衣服弄髒。皮夾在此，在褲子背後的口袋裏。」班潔明爵士停了一下。「我想我最好打開來看看。嗯。一張十先令鈔票，幾張兩英鎊鈔票，及一張五英鎊。幾封信。都是從美國寄來給他的，有美國郵戳『馬汀·史塔伯斯先生，紐約西二十四街四百七十號』。瞧，你們想，他們會不會有仇人從美國跟蹤他過來……」

「我不信，」菲爾博士說。「但你不妨把信擱在一邊保留著。」

「不知做什麼用的筆記本，都是數字。A與S二十五，飲君子看招十，搖滾篷車三，伊底帕斯崛起，布魯明黛百貨二十五，佳——這些是啥呀？」

「大概是銷售員的訂貨單，」藍坡說。「他告訴我，他在出版界混。還有什麼？」

「幾張名片，自由俱樂部，西五十一街六十五號。都是一些俱樂部；好幾十張耶。英雄殿水果酒舖，專人送貨服務，布立克街三百四十二——」

「皮夾解決了，衣服也是。等一等！哎呀！他的手錶在口袋裏，還在走哩。他的軀體緩衝了摔下來的力道，所以錶——」

「讓我看看，」菲爾博士突然插嘴。「他把那只薄薄的金錶翻過來，在這安靜的房內，滴答聲十分吵擾。「在小說中，」他再說，「死者的錶總是正好砸爛了，巧得很，頗方便偵探查出正確死亡時辰，而避免被謀殺犯所設定的時刻誤導。可是你看，現實生活就有例外。」

「那又如何，」警察局長答覆道。「你何苦如此拘泥小節呢？這個案子死亡時間根本無關緊要。」

「哦，可要緊了！」菲爾博士說。「比你想像的要緊得多。呃——此刻這隻錶指著十點二十五分。」他瞄了一眼壁爐上的鐘。「那鐘也指著十點二十五分，毫秒不差……巴吉，你可曉得，那個鐘準不準啊？」

巴吉點點頭。「是的，很準。關於這一點，我可以很肯定地回答您。」

博士遲疑了一下，眼光銳利地瞧了一下總管，然後把錶放下。

「老兄，你看來相當認真，」他說。「你何以如此確定呢？」

「因為昨晚發生了一件不太尋常的事。大廳的老爺鐘快了十分鐘。我——呃——恰好拿這書房的鐘跟老爺鐘對時，所以注意到了。結果我巡了一遍，把屋裏所有的鐘都檢查過了。我們通常對錶的時候，也都以老爺鐘為準，我覺得奇怪——」

「你有嗎？」菲爾博士問。「你查看了其他鐘了嗎？」

「嗄——是的，」巴吉有點惶恐地說。

「那，鐘都對嗎？」

「容我說一句，問題就在這裏。都對，全都對，唯有老爺鐘例外。我想不透怎麼會這樣。一定有人動過了。一直忙忙亂亂，我還抽不出空來詢問這件事……」

「這到底怎麼回事？」警察局長問。「根據你跟我所說的，小史塔伯斯是鐘敲十一點的時候來到典獄長室的——他的錶沒錯——一切都就緒了呀……」

「對了，」菲爾博士說。「對了。這就是問題所在。巴吉，最後一個問題。馬汀少爺房裏有沒有鐘？」

菲爾博士自言自語地點了好幾下頭。然後他走到一張椅子旁，嘆口氣坐下來。

「老弟，繼續。我好像總趁最不巧的時機，搬出一連串無聊的問題，而且還要鍥而不捨地耗上一整天，盤問你時鐘給調整了的每一位目擊證人。忍耐一下，好嗎——不過，巴吉！一旦班潔明爵士跟你講完話，請你馬上想辦法揪出把大廳的鐘調撥過的那個人來。這很重要。」

警察局長不耐煩地拿手指在桌上輕敲。「你確定你真的都問夠了嗎？」他問。「如果還嫌不夠盡興——」

「嗯，我想指出，」博士舉起一根枴杖加強重點，「謀殺犯必定從這堆衣物裏偷走了什麼東西。嘎——哎，他的鑰匙嘛，老兄！他鐵定帶在身上的那幾把鑰匙啊！你沒找著嘛，對不對？」

班潔明爵士不發一語，逕自點著頭。接著他做了個手勢，毅然轉向巴吉。他們要再一次如昨夜一樣，把同樣的事實細節對質一遍。藍坡不想再聽下去，因為巴吉的整套說法他已經能倒背如流了。博士探詢過程中，他想見見桃若絲·史塔伯斯。主任牧師此刻一定在樓上她那兒，言詞懇切兮兮地，如生火添煤般堆砌一些陳腔濫調的慰問之詞，彷彿量變可以造成質變，而真會帶來什麼安慰似的。他想像得到桑德士只吐得出一套刻板的話語，用的卻是那圓滑斯文、信手拈來的調調，足以讓眾女人低吟著：「你的話真救了我，你可知道！」隨後女人家之間再紛紛談論他的表現有多麼風流倜儻。

人們為什麼喪事當前總不肯肅靜？為什麼人人都要一成不變地叨唸著這種食屍鬼般殘酷不仁的詞語，諸如「他看起來好自然喲！」及所有那些讓女眷聽了又會悲從中來，淚眼滂沱的感言？無所謂了。他討厭的是桑德士在她面前那副有如大哥哥般相親相愛的德性（令人倒胃口的是，桑德士也頗享受那個角色）。巴吉職業性的平靜面孔也讓人惱火。還有巴吉小心翼翼的措詞，在人前全自動地會把平日慣常省略的字首H音又都剪接回去，像瓶子扣上個瓶蓋似的，機械化製造標準發音。無論是否失禮，他都再也坐不下去了。管不了眾人作何感想，他得想法接近她。他開溜了。

但該上哪兒去找才對呢？顯然不能上樓，那有點太囂張了。卻也不能在大廳探頭探腦假裝在找瓦斯計費錶什麼的。英格蘭有沒有瓦斯錶啊？啊，管它呢。一路晃到陰暗大廳的後方，他看到樓梯邊上還有一扇門半掩著。一個人影擋住光源，桃若絲・史塔伯斯正向他招手……

他在樓梯的陰影裏找著她，用力緊握她的手，感覺到她在顫抖。起初他不敢正視她的臉，唯恐藏在喉嚨深處的話會脫口而出，「我讓妳失望了，我不該辜負妳的呀。」就在這陰影內，大壁鐘沉穩的滴答聲中，他還可能迸出一句，「我愛妳。」一想到他們本該情話綿綿地，卻遭此變故，一時之間感到無限酸楚。

兩人沉默不語，在這靜謐的空間裏，竊竊私語的獨有那鐘聲。他淌著血的胸臆間流洩出一個心聲：偉大的上帝，為什麼為了顧及體面，她必須無謂地表現出骨氣，而獨嚐悲苦？我不願見她這樣啊。這嬌小身軀，我此刻恨不得摟在懷裏呵護她，而她回報我的呢喃會比黑夜戰場上的吶喊還要振奮人心呀。而我將永遠為她持守的盾牌下，就算地獄的門也要潰決而無所遁形。可是藍坡明白，他血液中竄流的這份痛楚必須暫時擱置一旁。有人說，這些情話都祇是可笑的傻念頭。午夜夢迴之際他仍是笨拙的自己，只說了個：「我懂，我懂……」

他輕拍她的手，不擅言詞地低語幾句。不知怎地他們就到了門內，是間百葉窗緊閉的小小辦公室。

「我聽到你進門，」她小聲說，「也聽到桑德士先生上樓來。我沒心情跟他說話，就教邦朵太太擋了一下——她會一直講到他耳朵報銷，我則從屋子後方的樓梯跑下來。」

她在一張老舊的馬毛呢沙發上坐下來，手掌支著下巴，眼神憂鬱呆滯，安靜了片刻。這間密閉昏暗的房間熱得發悶。當他再次開口時伸手扶住了她的肩膀，教她手抽動了一下。

「假如妳寧可靜一靜的話……」

「我不說不行。我像是好幾天沒睡了。待會兒又得進去跟他們那一票人把這整件事重述一遍。」

他護著她肩頭的手扣得更緊了。她抬起頭。

「你用不著做那個表情，」她溫柔地說。「你用不——你相不相信我跟馬汀從來就不親？事情並不那麼——我是說他的死。他跟誰都不親的。我其實該比現在更難過才對，卻沒有。」

「那，呃……」

「反正注定死路一條！」她憤慨地說。「無論哪條路——我們都束手無策；簡直是有鬼在作祟，只要是生在這個家，就注定遭到詛咒。這是報應。我過去從不信邪，未來也絕不信。否則——」

「慢一點！妳得跳出來啊。」

「否則——哪條路都走不通。我們哪裏料得到一個人血液中遺傳到了什麼？你或我或任何人？誰能保證不是流著謀殺犯的血液？要不然就是碰到鬼了。那扇門關好了嗎？」

「關好了。」

「誰都有可能呀，」她聲音變得含糊，她雙手合掌，好像不確定他們之間的關係，「我也說不定會——把你給殺了啊。我大可以從書桌抽屜取出一把槍來，為了某種原因情非得已，剎時……」她發起抖來。「不是嗎？除非這些老一輩的人都受了詛咒自殺而死，否則命定要被拋下陽台——家族中——天曉得——那勢必也得有人同時著了魔，而下手成全他們的宿命——鬧鬼……」

「妳快別這樣鑽牛角尖了！聽話——」

她輕輕點頭，指尖觸了觸眼皮，抬眼望。「你想馬汀是不是赫伯特殺的？」

「不是！不是，當然不是。也不是什麼邪靈在搞鬼。妳比我更清楚，妳堂哥不可能殺害馬汀的。他崇拜他啊。他那麼篤實可靠——」

「他總是一個人自言自語的，」丫頭茫然地說。「我想得很多。他會喃喃自語。怕就怕那些沉默寡言的人。就是這種自我封閉的人精神狀況會出問題，何況血統已經紀錄不良了……他的手又大又紅，頭髮不管上了多少髮油都狂亂不羈的。他弱不勝衣，身材像馬汀，就是手大了些而已。他一直希望自己像馬汀。我懷疑他是不是暗暗對馬汀又妒又恨啊？」

停頓半晌，她撥弄著沙發邊緣。

「而且他總是拚命想發明一些東西，全都不能發揮功用，比方新的攪乳器。他自許為發明家。馬汀還挖苦過他……」

光線微弱的房內似乎佈滿了形形色色的人影。藍坡彷彿看到黃昏下白色路面上有兩個人影，外表極為神似，卻又各具迥然不同的特性。馬汀總是醉醺醺的，嘴裏叼了支菸。赫伯特的步態則稍嫌遲緩魯鈍，還有頂尺寸不合的帽子直不籠統地高立在他頭上。他彷彿也抽著菸，啣在嘴巴正中央上下擺動著，看來怪不搭調地。

「昨晚有人開了書房裏牆上的保險櫃，」桃若絲・史塔伯斯說。「這件事，我昨晚沒跟菲爾博士說。凡是要緊的，我都沒跟他多說。也沒說晚飯時赫伯特比馬汀還要來得心煩意亂……書房的保險櫃是赫伯特打開的。」

「可是——」

「馬汀不曉得密碼。他離家兩年了，也從來沒機會得知保險櫃密碼。唯一知道的人只有我自己、沛恩先生——和赫伯特。昨晚我看到它敞開在那兒。」

「拿走什麼東西了嗎？」

「我想沒有。裏頭從來沒擺過什麼貴重東西。當年父親蓋好這間辦公室之後，書房就停用了。我相信他多年來未開啟過保險櫃，我們也都沒去動它。都是早年的老文件……倒不是怕他拿走什麼東西。至少就我所知是這樣。問題在於我發現了一個東西。」

他在猜她是不是變得歇斯底里，有一點語無倫次了。她從沙發上站起來，用頸上掛的一把鑰匙打開一張直立式寫字桌，隨即拿出一張泛黃的紙。交給他時，他強壓下一股摟她入懷的欲望。

「你讀一下！」她幾乎透不過氣來地說。「我信賴你。我不會跟其他人說，但我總得找個人傾吐一下啊……你唸。」

他困惑地低頭看。標題墨色已褪，寫著：「一八九五年二月三日。創作詩篇——我的手抄本備份——提摩西・史塔伯斯」。全文是：

林屯居民當如何稱呼？
偉大荷馬的特洛依城故事，
或是午夜日照的國度——
無人倖免的為何物？

腳老踢到的是什麼；
天使負著長矛一支。
耶穌基督禱告的園內空地
孕育黑暗之星與恐懼的是何物？

白色月神戴安娜冉冉升起，
狄多被剝奪之物；
此地四瓣植物帶來好運，

東、西、南——遺落一角為何？

科西嘉人在此灰頭土臉，
喔，所有罪孽之母喲！
公園綠地與郡鎮同名，
找到紐門監獄，就搞定了！

「呃，」藍坡喃喃地唸著韻文說，「這是一首相當蹩腳的打油詩嘛，目前為止我看不出有任何一丁點兒意義；不過很多詩都半斤八兩……這究竟是做什麼的啊？」

她定睛看著他。「看到日期沒有？二月三日是父親的生日。他是一八七〇年出生的，所以一八九五他——」

「二十五歲。」藍坡馬上接口。

兩人都靜了下來。藍坡不解地盯著這謎一樣的文字看。他和班潔明爵士所做的一切離譜的臆測，也是菲爾博士曾拼命嘲弄的，頓時顯得不無根據。

「我想想看，」他建議。「如果真是這樣，那這篇文字的正本——這上面寫『我的手抄本備份』——則放在典獄長室囉。所以呢？」

「這一定是要讓歷代長子看的東西。」她把文件從他手裏一抽，像是看它就有氣的樣子，拿在手裏，差點給揉掉了，幸虧他搖搖頭制止。「我再三想過，這是我想得到的唯一解釋。但願這是對的。監獄金庫內種種令人毛骨悚然的把戲，我都想像過了。然而這麼區區一張紙卻也好不到哪兒去；人們還是為此而喪生了。」

他在沙發上坐下來。

「假使有一份正本，」他說，「現在也不知去向了。」

他一五一十地將昨晚他們出入典獄長室的情形和盤托出。「那張東西，」他又說，「必定是某種藏了暗碼的文件，不可能是別的。有誰就為了取得這份文字而殺了馬汀嗎？」

有人輕輕地敲門，他倆都像陰謀共犯似的嚇了一跳。桃若絲手指靠在唇上暗示他別出聲，旋又急急忙忙將文件鎖進書桌抽屜內。

「進來。」她說。

門甫開，即露出巴吉那張平板的臉。就算他對藍坡在場頗感訝異，也完全不落痕跡。

「桃若絲小姐，抱歉，」他說。「沛恩先生剛到。班潔明爵士在書房那邊，想請妳過去。」

CARR

CHAPTER 10

第十章

前一刻大夥兒在書房還爭得面紅耳赤。光憑那股拘束、緊繃的感覺，再瞧瞧班傑明爵士稍稍漲紅的臉就知道了。他背對著空空的壁爐，兩手在背後握住。藍坡見到房間正中央就是他最看不順眼的頭一號人物——律師沛恩。

「讓我告訴您該如何進行，」班傑明爵士說。「你要明理一點，坐下來，問到您的時候才做口供。沒問之前別開口。」

沛恩喉嚨裏呼嚕呼嚕地出聲。藍坡看到他後腦勺粗短的白髮。

「那你熟悉法律條文嗎？」他聲音刺耳地說。

「熟悉，」班潔明爵士說。「你可知道，我正好是個治安法庭的法官。從現在起最好聽我指揮，否則我——」

菲爾博士咳了咳，若無其事地把頭朝門的方向直點，而當桃若絲進來時又坐得老正。沛恩連忙轉身。

「啊，請進，親愛的，」邊說邊拉開一把椅子。「坐，歇一下。班潔明爵士和我——」他朝警察局長翻了個白眼，「馬上就開始進行。」

他兩手交叉抱胸，卻採取監護人的姿態，未曾離開她座椅旁。班潔明爵士渾身不安。

「桃若絲小姐，當然妳明白，」他這樣開頭，「我們對於這件悲劇都感同身受。與妳及妳家族來往這麼久了，實在毋庸多說。」他誠摯的老臉顯得親切而飽受困擾。「我極不願在這種時刻打擾妳。但如果妳還禁得起回答幾個問題……」

「妳並不一定要回答他的問題，」沛恩說。「記得啊，親愛的。」

「妳並非一定要回答，」班潔明爵士按捺著脾氣附和。「我只是想替妳省下面對驗屍法庭陪審團的麻煩。」

「當然。」丫頭說。她靜靜地坐著，雙手平放大腿上，把昨晚已說過的話重新講了一遍。大夥吃過晚飯已近九點鐘。她曾試著逗逗馬汀，免得他滿腦子惦記著即將面臨的事。他卻在鬧情緒，飯畢立即回房。赫伯特在哪兒？她不清楚。她到草坪上乘涼去，坐了半個多鐘頭。接著她到辦公室審核當天家務支出。在大廳內她遇到巴吉，跟她說遵照馬汀的要求，送一盞腳踏車燈到馬汀房間。以下的半小時至三刻鐘時光，有好幾次她差點到馬汀房間去。然而他表示過不希望受干擾。他悶悶不樂，在餐桌上脾氣又大，因此她忍著沒去。若他那副緊張的模樣沒給人看去，自己會好過一點。

大約十點四十分的樣子，她聽見他離開房間下樓來，從側門出去了。她緊跟上去，才到側門他已走上車道。她喊住他，怕他酒喝多了。他遙遙地回話，隨口喝斥了幾句什麼，她沒聽懂。他口齒不清，可步伐卻穩得很。然後她就跑去打電話到菲爾博士家，告訴大家他出發了。

沒別的了。敘述過程中，她緩慢嘶啞的聲音不曾減弱失控，眼神則集中在班潔明爵士身上，脂粉未施、豐滿粉嫩的雙唇幾乎沒太開合。話說完，她靠後坐好，眼光飄向一扇未拉上的百葉窗，看著那透進來的陽光。

「史塔伯斯小姐，」菲爾博士等了半晌說，「不知道您介不介意我問一個問題？謝謝。巴吉跟我們說，大廳的鐘昨晚不準，但屋裏其他鐘都是對的。當妳說他十點四十分離開，妳指的是那大鐘所顯示的時間，還是指實際的正確時間？」

「嗄——」她呆呆地看著他，又低頭看看腕錶，對一對壁爐檯上的鐘。「呃，正確的時間！我確定。我根本沒瞧過大廳的鐘。嗯，是正確的時間。」

菲爾博士退開。丫頭稍稍蹙起眉頭注視他，明顯地對他重提這無謂的細枝末節在嘔氣。班潔明爵士在壁爐邊地毯上來回踱步。你感覺得到他正卯足了勁兒，想再問某幾個問題，而博士這段插曲打消了他的決心。終於他轉身。

「史塔伯斯小姐，巴吉已告訴我們赫伯特不告而別的整個經過……」

她側耳傾聽。

「請努力想一下！妳確定他絕口未提可能要離開的事嗎——呃，我是說，他會這樣做，妳完全想不出一個理由來嗎？」

「一個也沒有，」她說，又低聲補上：「班潔明爵士，你用不著這麼正式。我跟你一樣明白這話有所影射。」

「嗯，那我就直說了：驗屍陪審團的解釋可能會對赫伯特極為不利，除非他立刻現身為自己做個澄清。即使如此——明白嗎？過去赫伯特和馬汀之間有沒有任何過節？」

「從來沒有。」

「那最近呢？」

「馬汀跟我們有好久不在一起了，」她十指交錯，邊回答，「自從父親過世後一個月左右，到我們前天到南漢普頓接他下船為止。他們兩人之間從未有任何不愉快。」

班潔明爵士一臉茫然。他回頭看看菲爾博士，好像要他給一點提示，但博士什麼也沒說。

「此時，」他清清喉嚨繼續說，「我想不出還有什麼問題。這——啊——頗教人困惑，真的十分困惑。自然，我們不想讓妳承受不必要的焦慮，親愛的，妳若想回房的話……」

「謝了。假如不礙事的話，」丫頭說，「我比較喜歡待在這兒。這裏比較——比較——反正我想留在這兒。」沛恩拍拍她肩頭。「接下來由我來負責，」他一面跟她說，一面帶著冷淡而不懷好意的得意表情，朝警察局長那邊點頭致意。

有人打斷。他們聽見有人在外頭玄關處，唧唧喳喳緊張地耳語著。又傳來一個聲音，突然哇哇叫道，「胡說！」尖銳的聲音活像一隻八哥，把大家都嚇了一跳。巴吉姿態優雅地走了進來。

「爵士，」他對警察局長說，「邦朵太太帶來一名女僕，她對鐘的事有些知情。」

「進去！」八哥的嗓門高聲支使著。「小妞兒，妳給我進去，阿對大家說清楚。事態嚴重了。喂，如果這屋裏不歡迎實話實說的人，阿那事態可就嚴重了。喂……啵！」邦朵太太說完，嘴邊發出一個軟木塞從瓶口拔出的聲音。

她大搖大擺，護送一位早就嚇壞了的女僕進來。邦朵太太是個有點瘦削的女人，走起路來像個水手一樣志得意滿地。蕾絲邊軟帽的帽沿低垂，一路遮到她清澈的眼睛上。她表情異常毒辣，讓藍坡看得目不轉睛。她灰灰土土的臉上，目光炯炯地看著在座每一位。不過與其說是在詛咒大家，倒不如說在默想著某一件深重的罪孽。然後她擺出一個兩眼無神的木然表情，變得有點鬥雞眼，滑稽得很。

「她來了啦，」邦朵太太說。「我看哪，阿事情到這個地步，喂，我們搞不好都會在睡夢中給殺頭，阿要不然就是給他們美國人給幹掉。還不都一樣。阿好多次我給巴吉先生講，我給他說：『巴吉先生，阿我的話你記住，老惹那些鬼啊鬼的，沒什麼好下場的啦。』我早就說過，『塵土做的凡人（阿我們全都有份啦）老是要跟那些鬼東西打交道，違反自然啦』。啊唆，又不是他們美國佬。唆！那些鬼——」

「沒錯，邦朵太太，沒錯，」警察局長敷衍她說。他轉向小女僕，只見她被邦朵太太掐著，抖得像被巫婆逮到的少女。「妳知道那個鐘的事嗎？呃——」

「我叫瑪莎。我知道，真的。」

「瑪莎，跟我們講。」

「她們都愛邊嚼口香糖邊講話。該死！」邦朵太太惡狠狠地喊著，罵得她牙癢癢地，整個人都蹦了起來。

「嗄？」警察局長說。「誰啊？」

「他們會拿蛋糕砸人，」邦朵太太說。「咦！噢！唆！真該死……」

女管家對這個話題有賣關子的嫌疑。她好像不是在說鬼，而是在罵老美。她接著稱他們為「戴草帽的卑鄙牛仔」接下去的獨白，她一手搖晃著一把鑰匙，一手甩著瑪莎，講得含糊不清。

聽眾一直分不清，她什麼時候在講她看不慣的老美，又什麼時候在批評地方上對鬼魂的迷信。末了她損老美，卻好像在述說鬼魂有個很無禮的習慣，就是他們會用吸管吸起蘇打汽水，再噴在彼此臉上。正大肆發表時，班潔明爵士下定決心打個岔。

「好，瑪莎，請繼續。鐘是你調的嗎？」

「是。可是，是他叫我調的，那——」

「誰叫妳調的？」

「赫伯特少爺，真的。我正好經過大廳嘛，他從書房出來，看了一下他的錶嘛。然後他有對我說：『瑪莎，那個鐘慢了十分鐘，把它調過來。』他有說喔。有點兇嘛。嗯，我吃驚到你用一根羽毛就能把我撂倒哩。他講話那麼兇之類的嘛。他嘛從來都沒有兇過呢。他還有說：『瑪莎，去檢查其他的鐘，如果不準就都調好。記得啊！』」

班潔明爵士看著菲爾博士。

「該你來問了，」警察局長說。「繼續。」

「哼，嗯，」菲爾博士說。角落裏傳來他宏亮的聲音，嚇著了瑪莎，她粉粉的臉蛋變得更紅了些。「那是什麼時候的事，妳有沒有說？」

「我沒說，真的，我沒說，可是現在嘛我可以來說，因為那個時候我有看鐘。當然我有照他說的，把鐘調了什麼的。就在晚飯前嘛，主任牧師送馬汀少爺回來以後剛走嘛。馬汀少爺在書房嘛，他有在。我撥了鐘嘛，鐘上說八點二十五分。其實嘛不是。我調了以後變成快十分鐘。我是說呢——」

「對，是啊。那妳為什麼沒調其他的呢？」

「我本來要調的嘛，可是我進書房的時候馬汀少爺也在。那他說：『妳在做什麼？』我告訴他以後，他說：『妳不要管那些鐘了。』他那麼說。我當然照做了嘛。人家是主人什麼的嘛。我只知道這麼多了。」

「瑪莎，謝謝妳……邦朵太太，妳還有沒有其他哪一個女僕看到赫伯特先生昨晚離開這棟房子的？」

邦朵太太撇一撇嘴。「阿我們去荷爾登園遊會的時候，」她還在記仇，回答道，「先是安妮．墨菲的錢包被扒手摸走了。然後她們又把我放在一個一直轉一直轉的玩意兒上面，阿它就一直轉一直轉哩。我還走上一個會震的板子、會垮的樓梯，還漆黑一片哩。阿然後我的髮夾鬆掉了。這哪裏是對待淑女的樣子嘛？咦！真該死！」女管家聒噪不已，手裏拿串鑰匙猛甩。「阿那是新發明的花頭，那個東西，我跟赫伯特先生講過它個好幾遍了。昨天晚上我看到他去馬廄的時候——」

「妳看見赫伯特先生出去了嗎？」警察局長連忙問。

「——去馬廄，阿他都把他發明的那些東西放在那邊。阿我絕對不去碰那些梯子，把我髮夾都震掉了，阿我才不會哩。」

「發明的什麼東西？」警察局長差點向她討饒。

「班潔明爵士，不相干的，」桃若絲說。「赫伯特總是東拆拆西弄弄的，可是從來沒有發明出什麼東西。他在馬廄有個工作棚。」

除此之外，從邦朵太太那兒再也問不出個所以然來了。她確信，就像荷爾登園遊會在黑暗密室中把她拋來拋去的東西一樣，一切發明不外乎都是這種專門整人的機關。顯然有人惡作劇，把這位無辜的女人帶進園遊會的鬼屋，害她尖聲怪叫引來一群人圍觀，又被機件夾到，手裏的傘則打到別人。最後她被員警給請出去，成了遊樂園的拒絕往來戶。無獨有偶地，經過她沒頭沒腦的一串敘述，對在場聽者又毫無貢獻可言，也被巴吉給請了出去。

「真是白白浪費時間。」她前腳一走，班潔明爵士就發起牢騷。「博士，都是你，非要問那個鐘的問題，現在總算得到解答。我們可以繼續討論了吧。」

「我想也是。」沛恩忽然插嘴。

他還留在丫頭座椅旁的位置未曾移動。個子小，雙臂環抱胸前，跟中國傳來的肖像一樣寒酸難看。

「我想也是，」他重述一遍。「既然你漫無目的盤問一氣好像並不得要領，我想有件事我有權利要求一番解釋。這個家族對我有一份信託。一百年來除了史塔伯斯家族的成員，無論任何藉口，沒有人獲准進入過典獄長室。據我瞭解，各位竟違反了那條規定——尤其在座其中一位直至今天早晨為止，還是個徹頭徹尾的陌生人。這本身需要解釋一下。」

班潔明爵士緊咬著牙關。「老弟，抱歉，」他說。「我想沒有必要。」

律師正開始憤憤不平地說：「您怎麼想不重——」菲爾博士攔下了他的話。他以疲憊無力的聲音說話。

「沛恩，」菲爾博士說，「你真驢。你每個環節都在製造麻煩，真希望你不要這麼婆婆媽媽的……咦，你怎麼知道我們上去過？」

他婉轉勸誡的口氣，其威力遠遠強過直接的侮蔑。沛恩惱羞成怒。

「我長了眼睛啊，」他吼道。「我親眼看到你們離去。你們走後，我還上去檢查，確定一下你們這樣胡來沒有搗壞什麼東西。」

「哦！」菲爾博士說。「那，你也犯規囉？」

「我不算哪，我是例外。我知道金庫裏擱的是什麼……」他氣得口不擇言，又補上一句，「我也不是第一次享有特權，拿來過目。」

菲爾博士原本兩眼呆滯地瞪著地板。此刻揚起他那大大的獅子頭，空茫的表情依舊不減地注視著對方。

「這倒有意思，」他含糊地說。「我想你也是這樣。嗯哼。是啊。」

「我必須重申，」沛恩說，「我受了委託——」

「再也不了。」菲爾博士說。

沉寂片刻，房裏頓時不知怎地顯得好冷。律師眼睛張得老大，頭猛地轉向菲爾博士。

「我說：『再也不了。』」博士扯高嗓門又說了一遍。「馬汀是嫡系最後一名長子。一切都結束了。信託也好，詛咒也好，不管你愛怎麼叫它，都完了。為此我要說，感謝上帝……反正這神秘事件不再神秘了。今早若你上去過，一定發現保險櫃的東西早被拿走了……」

「你怎麼會知道？」沛恩脖子伸得長長的質問。

「我不是在耍俏皮，」博士有些厭倦地回答道。「我希望你也別跟我玩什麼花樣。無論如何，你若想協助辦案，伸張正義，最好把你那信託的原委告訴大家。否則我們永遠也無法查明馬汀死因的真相。班潔明爵士，繼續。我真不想一直這樣插嘴干擾。」

「這態度就對了，」班潔明爵士說。「除非你想出庭做重大證人，否則不許隱瞞任何證據。」沛恩看看這位，再看看那位。在此之前，他還頗為逍遙，少有人違逆他或如此壓制過他。他拼了老命設法保住面子，就像颶風下死命穩住一葉輕舟那樣。

「我認為妥當的，自然會告訴你們，」他吃力地說，「不多也不少。你要知道什麼？」

「謝謝你喲，」警察局長冷冷地說。「首先，你握有典獄長室的那些鑰匙，對不對？」

「對。」

「鑰匙有幾把？」

「四把。」

「拜託，老兄，」班潔明爵士厲聲喊道，「你又不是站在證人席上！請你講詳細一點行不行啊。」

「一把通房間外面那一道門。一把通陽台鐵門。一把開金庫。還有一把，既然你已經看過金庫內部，」沛恩一個字一個字地說，「我可以告訴你，剩下的是一把小鑰匙，可以打開保險櫃裏一個鋼製的鐵盒。」

「一個鐵盒——」班潔明爵士重覆。他扭過頭去看菲爾博士；他的眼睛透出一抹微微的、知情的、使壞的微笑，這眼神證實了他先前做過的預測。「一個盒子。我們已知它不翼而飛……盒子裏放的是什麼？」

沛恩腦子裏在自我交戰。他交叉於胸前的雙手未曾鬆下來，一手的指頭在另一隻臂膀的雙頭肌上彈弄著。

「我有責任知道的是，」他稍停一會兒回答，「盒裏有幾張卡片，每一張都有十八世紀安東尼・史塔伯斯的簽名。歷任繼承人按照指示要取出其中一張卡片，翌日交給監護人，作為曾開啟盒子的證明……盒裏還有什麼別的我就——」他聳聳肩。

「你是說你不知情？」班潔明爵士問。

「我是說我不想講。」

「我們待會兒再來談這個問題，」警察局長慢條斯理地說。「四把鑰匙。好，至於用來打開文字鎖的那個密碼……我們又沒瞎眼，沛恩先生……那個密碼，你也受託保密嗎？」

一陣遲疑。「可以這麼說，」律師仔細思量後說。「字刻在打開金庫的鑰匙柄上。如此一來，小偷就算拿到一把複製鑰匙，只要沒有原始鑰匙，也是束手無策。」

「這個字，你知道嗎？」

遲疑更久。「當然。」沛恩說。

「還有別人知道嗎？」

「這問題對我是一種侮蔑，」他說。他上唇背後露出一排小黃牙，臉全都醜醜地皺在一塊兒，修得短短的灰髮也都塌了。他再次支吾其詞，這才稍微溫和地加上一句：「除非已逝的提摩西・史塔伯斯先生曾口傳給他兒子。我必須說，他倒是從未認真看待過這個傳統。」

有好半天，班潔明爵士在壁爐前盪來盪去，背後直拿手心拍手背。又踱了回來。

「你什麼時候把鑰匙交給小史塔伯斯的？」

「昨天下午接近傍晚時，在我查特罕事務所。」

「有誰跟他一起來嗎？」

「他堂弟赫伯特。」

「面談時，赫伯特不在場吧？」

「當然不在……我交出那些鑰匙，照我所得到的唯一指示交代他：就是他得打開保險櫃和那個盒子，看裏面有些什麼東西，再把一張上面有安東尼・史塔伯斯簽名的卡片交給我。如此而已。」

藍坡坐得老遠在陰暗處，憶起白色馬路上的人影。日前他撞見馬汀與赫伯特時，他們剛從律師事務所那兒過來。馬汀謎也似的嘲笑了一句：「那個字就是絞刑架。」他又想起桃若絲拿給他看的，寫了稀奇古怪韻文的那份文件。儘管菲爾博士曾對這份文字嗤之以鼻，現在盒子裏所珍藏的秘密物件已呼之欲出了。桃若絲・史塔伯斯兩手交疊，文風不動坐在原處，然而她呼吸似乎變得急促了些……怎麼了呢？

「沛恩先生，你拒絕告知嗎，」警察局長追問，「金庫裏的盒內擱了什麼？」

沛恩的手不安地摸著下巴。藍坡記得那個姿勢，他一緊張就會這樣。

「是一份文字資料，」他終於回應。「我只能說到這兒為止，各位，因為以下我也一無所知了。」

菲爾博士站了起來，活像一隻龐大的海象浮出水面。

「啊，」他大大地噓了一口氣，一支手杖狠狠打在地上，「我就是這麼想。我就是想知道這個。那份文件從來不許離開鐵盒，對不對，沛恩？……好！好極了！這樣我可以接過來問了。」

「你不是自己說過，你不信有任何文件存在的嗎？」警察局長帶著一個比先前還來得冷嘲熱諷的表情，轉過身來說。

「喔，我從來沒有那樣說過，」他溫和地抗議。「我僅僅在批評你那些捕風捉影的揣測。你毫無邏輯就武斷地說有盒子、文件什麼的。可是我從未說你錯。正相反。我已得到跟你一致的結論，但卻佐以優秀的邏輯推理為根據。差就差在這裏，懂嗎。」

他抬起頭看沛恩，嗓門並未提高。

「我不會為了安東尼・史塔伯斯在十八世紀留給後世傳人的文件騷擾你，」他說。「可是，沛恩，另外的那份文件你要怎麼說？」

「另——」

「我指的是提摩西・史塔伯斯，也就是不到兩年前，馬汀的父親留在同一金庫鐵盒內的文件。」

沛恩的嘴微微動了一下，像是抽菸時緩緩輕吐煙霧那樣。他挪了一下姿勢，弄得地板嘎嘎作響。在偌大又寂靜無聲的房內，聽得一清二楚。

「怎麼回事？怎麼回事？」班潔明爵士忙問。

「你說吧。」沛恩輕聲說。

「這傳說我聽過不下十遍，」菲爾博士說下去，點著頭作沉思狀。「聽說老提摩西死前躺在那兒寫東西。一頁接一頁，洋洋灑灑——縱然他身體摔得連筆都拿不住，得用一個寫字板撐著，竟還沾沾自喜，一邊嘻嘻呵呵地，意志頑強地直往下寫……」

「那又怎樣呢？」班潔明爵士逼問道。

「那麼，他寫的是什麼呢？『給我兒之指導原則。』他說。但他在說謊。那只是要誤導大家。他的兒子既然循例要經歷所謂的『嚴厲考驗』，就用不著什麼額外的指導原則——他只消到沛恩那兒去取鑰匙就得了。說什麼也不需要長篇大論、交代仔細的書面指示。老提摩西也並非在抄寫什麼東西，無此必要……安東尼這份『文件』，沛恩說，從未離開過保險櫃一步。好啦，那他倒底在寫些什麼呢？」

大夥兒噤若寒蟬。藍坡不覺挪到座椅外緣，好從這兒看看桃若絲・史塔伯斯的眼睛，果然是一眨也不眨地盯住博士不放。班潔明爵士大聲說：「好嘛，那他究竟寫了什麼嘛？」

「他自己被謀殺的經過。」菲爾博士說。

CARR

CHAPTER 11

第十一章

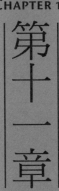

「你們可想而知，」一語出驚人，博士又忙為自己打圓場，「並不是一天到晚有人有機會寫自己被謀殺的故事。」

他環視一周，全身重重地倚在一支手杖上，厚實的左肩拱得高高地。繫在眼鏡上的寬緞帶懸得幾乎與地面垂直。他暫停下來，咻咻地喘了口氣……

「毋庸說，提摩西‧史塔伯斯是個怪人。但我懷疑你們誰知道他究竟怪到什麼地步。你們都知道他的怨天尤人，他邪門兒的幽默感，及他對此類惡作劇的偏好。在很多方面——你們一定也同意——他受到老安東尼的隔代遺傳。但你或許想不到，這種事竟會在他意料之中。」

「哪種事？」警察局長好奇地問。

菲爾博士舉起枴杖來比劃。

「有人會暗算他啊，」他回答。「有人會將他謀殺，再把他留在女巫角。在女巫角咧——別忘了，謀殺犯以為他當場就斷氣了，可是他又撐了好幾個鐘頭。惡作劇的妙處就在這裏了。」

「他一息尚存，大可以指認出殺了他的人。可是那反而太便宜人家了，不是嗎？提摩西不讓他這麼輕鬆地解脫。因此他把自己被謀殺的整個歷程寫下來。他挖空心思，考慮把這份證詞密封起來，但放在哪兒才好呢？放在最安全的地方，鎖起來，用密碼鎖鎖起來，而且（最妙的是）放在沒人起疑的地方——典獄長室金庫內。

「整整兩年，你看——直到馬汀生日那天打開金庫為止——人人都以為他的死是個意外事件。所有的人耶，唯有謀殺犯除外。提摩西處心積慮，設法讓這份證詞的下落傳到謀殺犯耳中！

這一招惡作劇可就絕了。兩年來謀殺犯雖安全無虞，死者臨了來這一手，卻教他心裏深受種種煎熬。每一年，每個月，每一天他都在倒數計時，生怕整件事非曝光不可的那一天到來。但無法可想啊。這惡夢就像判了死刑一樣，眼看就要實現。謀殺犯哪裏有辦法取得文件呢？要取得那要命的證詞唯有一途，就是拿硝化甘油轟掉那個金庫。但這樣做，整座監獄的屋頂都會掀了——連小命都要不保，太不切實際。一名手腳靈活的夜賊在芝加哥這種大城市也許還行得通。然而一個對此一竅不通的小老百姓，又在這樣一個恬靜的英國小村莊，就沒戲唱了。即使你真正懂得怎樣撬開保險櫃，任誰也不可能拿著一堆小偷的行頭，再引進一些爆破性極高的炸藥，在查特罕這種小地方晃來晃去，而不惹起大家議論紛紛。簡言之，謀殺犯一籌莫展啊。你可以想像他多麼活受罪，那安東尼也就正中下懷了。」

班潔明爵士忍無可忍，在空中揮著拳頭。

「老兄，」他說，「你——你——這簡直是瘋狂——你沒有什麼證據可以說他是被謀殺的呀！你——」

「喔，我有。」菲爾博士說。

班潔明爵士瞪著他。桃若絲・史塔伯斯起身，做了一個手勢……

「可是你看，」警察局長頑固地說，「假如這瘋狂的揣測是真的——我是說如果——那兩年來……謀殺犯早就跑遠了，不是嗎，連個影子都不見了才對啊？」

「可是這麼一來，」菲爾博士說，「反而不打自招了。一旦文件曝光……只有俯首認罪！理所當然嘛。無論他到天涯海角藏身何處，這份文件都會陰魂不散地籠罩著他，而大家遲早會逮到他的。不不不，他唯一安全的路，也是唯一可行的一條路，就是靜靜待在這兒，同時想辦法取得指控他的那份文件。最壞，他還可以加以否認，為自己狡辯到底。同時他還有那小得可憐的一線希望，也許能神不知鬼不覺地把文件先毀了。」博士歇口氣，壓低嗓門說：「現在事實擺在眼前，竟給他辦到啦。」

擦得晶亮的地板上響起重重的腳步聲，傳入這昏暗的房間內，令人毛骨聳然。大家都抬眼望去……

「班潔明爵士啊，菲爾博士說得很對，」主任牧師的聲音響起。「已故的史塔伯斯先生死前跟我說了些話。他告訴過我，誰是謀殺他的凶手。」

桑德士在桌前稍事停頓。他那張粉潤的大臉看上去一片空白。他攤開手，緩慢而簡潔地說：「各位，啊！上帝賜給我力量吧。我當時以為他不過是在瘋言瘋語啊。」

大廳裏清脆的鐘聲流洩過去。

「啊，」菲爾博士點點頭說。「我也猜他會告訴你。他得靠你將這個訊息傳達給謀殺犯。你有嗎？」

「提摩西叫我連絡史塔伯斯一家人，但不許和其他任何人透露消息。我答應了，也照做了。」桑德士邊說，邊以一手捂著雙眼。

從那張大椅子的陰影內，桃若絲開口了：「這就是我所擔心的另一件事。的確，牧師跟我們報備過了。」

「而你們都隻字未提嗎？」警察局長立時高喊道，「你們明知是謀殺，竟然兩人都不——」

桑德士一向圓滑的作風忽然派不上用場。他蠻想勉為其難，拿英國式紳士精神來搪塞一下，解釋為何對這樁駭人聽聞的事件守口如瓶，不料卻踢到鐵板。他比手劃腳，連忙解釋。

「人家若有話向你吐露，」他賣力地找話講，「你也不了解狀況啊——你會無法下判斷嘛。你就——哎，我跟你們說——我只單純地認定他神智不清了。不可思議，真不可思議。古今中外沒聽說過有人這樣做的，懂嗎？」他充滿困惑的藍眼珠巡視屋內一夥人，努力想表達出那個似是而非的論點。「沒有人這樣做的！」他氣急敗壞地說下去。「直到昨晚我都無法置信。然後我突然想到——假如他終究是所言不虛，該怎麼辦？或許真有個謀殺犯正逍遙法外。就因為這樣，我才安排了菲爾博士和藍坡先生陪我在這兒守望。現在我恍然大悟……都明白了。可是我不知道該怎麼做。」

「這個，我們幾位知道，」警察局長搶著接腔。「你是說，他把謀殺他的人名字跟你講了嗎？」

「沒有。他只說——是家裏的一份子。」

藍坡的心猛跳。他不覺將手掌往長褲的膝蓋部分直抹，像要搓掉什麼似的。現在他很清楚昨晚主任牧師有想到他；他也記起當桃若絲．史塔伯斯打電話來通報馬汀已出發的消息時，桑德士曾不痛不癢地解釋過，說赫伯特在緊急關頭是個好幫手。這理由過於牽強，不足採信。現在才算把話挑明了說……

還有兩眼哭乾了的桃若絲，那空洞的淡淡苦笑，彷彿訴說著「好罷，又能奈它何呢」。菲爾博士則用手杖敲著地板。至於桑德士，他正直視太陽，像要望穿晴空，藉以贖罪似的。沛恩拱著背，灰灰的小骨架縮成一團。班潔明爵士歪著脖子看著大家，像一匹馬一樣站在轉角。

「好啦，」警察局長順理成章地說，「我看我們終究還是得向赫伯特撒下天羅地網……」

菲爾博士瞥了他一眼。

「你有沒有遺落什麼呀？」他問。

「遺落什麼？」

「比方說，」博士思索著說，「上一分鐘你還在質詢沛恩。那你怎麼不問問他對此事知道幾分？總得有人將提摩西的書面聲明送到典獄長室內金庫放妥吧。他曉不曉得寫了些什麼呢？」

「啊，」班潔明爵士從一廂情願的想法中猛地被拉回現實。「啊，是啊，當然啦。」他扶一扶夾鼻眼鏡。「好，那麼，沛恩先生？」

沛恩忽地用手指去搔下巴。他咳了起來。

「或許如此吧。我個人認為你的話全是無稽之談。要是史塔伯斯果真透露過這樣的線索，我相信他會跟我講一聲吧。於情於理該告訴我。桑德士先生，輪不到你，輪不到你的呀——不過，他給了我一個密封的信封，倒是千真萬確的。上面寫了他兒子的名字，要我送到金庫去。」

「你說金庫那兒你去過一趟，為的就是這檔子事，對嗎？」菲爾博士說。

「對。整個過程十分不合程序。但——」律師的手在頭胸之間揮舞著，模仿身體不適狀，那手勢看來卻好像他袖口過長，一直甩胳臂，以便騰出手來似的。「但他是個垂死的人哪，而且說了這封信攸關長子繼承儀式必經的試煉。既然我連另一封文件都一無所知，遑論判別這封文書的內容了。他死得突然，可能有未竟之心願，必須透過交付給我的信託來完成。因此我一口答應了。自然我是能夠接下這任務的唯一人選。因為只有我手上有鑰匙。」

「可是，謀殺案的事，他對你隻字未提嗎？」

「沒提。他只要求我草草寫了一張紙條，證明他下筆時神智清醒。在我看來也的確如此。他把這張紙條與指證謀殺過程的手稿一起塞進信封了，就是我未曾過目的手稿。」

菲爾博士把小撇鬍的尾端梳好翹高，同時像個玩具人偶那樣不斷單調地點著頭。

「那，今天是你生平頭一遭聽人提起這項疑點囉？」

「對。」

「那麼，你什麼時候將文件放進鐵盒內的？」

「當晚，他死的那一晚。」

「好，好，」警察局長百般不耐地加入，「這些我都知道，可是我們離題了。這事真莫名其妙！聽我說！我們已經設想出赫伯特殺害馬汀的動機了。好是好，可是想當初，赫伯特又何苦要殺害他伯父呢？這才說不通呢……就算他殺了馬汀，又為何要落跑？既已成功地隱忍了兩年，終於獨吞證據可以高枕無憂時，何必拔腿開溜呢？還有——你看——就在謀殺案發生幾個鐘頭前，他整理了一個行李，騎車沿著屋後巷弄出門，會上哪兒去呢？這怎麼看都不對勁，總……」

他蹙額深吸一口氣。

「無論如何，我得動起來。馬克禮醫師想要明天來負責問話。我們就由他們去吧……同時，史塔伯斯小姐，我最好把機車車號和型號記下來，以便追緝。很遺憾，可是有此必要。」

班潔明爵士顯然被整得一頭霧水，恨不得盡早結束這次會談。他眼裏看不出對任何線索起疑的跡象，倒是對「威士忌加蘇打水」露出死心蹋地的饞相。大夥尷尬地道別，打頭碰臉地互相欠身。桃若絲·史塔伯斯輕觸藍坡衣袖時，他正好落在人後留在門邊。

就算這一番問話令她神經緊張，她並未擺在臉上，頂多像個性情乖戾的孩子般顯得心事重重。她小聲說：「我給你看的那一首詩篇，現在可明朗化了，對不對？」

「嗯。是某種指令。繼承人得要破解的……」

「可是破解了做什麼用呢？」她咄咄逼人。「做什麼用？」

律師不經意的一段供述卡在藍坡腦海有一會兒了。他一直想不透，現在得來卻全不費工夫。於是開始推敲。

「有四把鑰匙——」他看了她一眼說。

「對。」

「一把開典獄長室的門，這還合理；一把開金庫，還有一把開裏頭的鐵盒。這三把都說得過去。可是——還有一把去開外面陽台的鐵門，這又何必？誰會用得著那一支鑰匙呢？除非這些指令一經破解，會把人引到陽台上去……」

稍早班潔明爵士推銷了半天卻不受青睞的那些揣測，現在又悄然浮上抬面了。所有跡象一一指向那陽台。他想到那些爬藤、石柱雕欄，及菲爾博士在雕欄上發現的兩個凹印。死亡陷阱……

他吃了一驚，察覺自己這一路上一直大聲念念有詞。是她敏捷地回首瞧了一眼，才令他自覺到的。他則自責說溜了嘴。他在說：「大家都說赫伯特是個發明家。」

「你想，他——」

「不不，我不知道我在說什麼！」

大廳微弱的光線下，她轉過一張蒼白的臉來。「不管這是誰幹的，父親總歸也是被同一個人殺的。你們都這麼想。聽我說！一定有原因的。我現在曉得了，一定有原因，而且原因是令人不寒而慄——喪盡天良之類的。但——喔，天哪！希望這是真的……不要那樣盯著我看，我沒瘋。真的。」

她低沉的聲音開始有些混濁。講話表情好像從一片薄霧中逐漸辨清某個形體那樣，湛藍的眼珠變得疏離而無神。

「聽我說。那篇文字——是為某件事所編寫的指令。是什麼呢？如果父親被殺，被人謀殺——並非來自靈界的無形詛咒，而是有人蓄意謀殺——究竟會為了什麼呢？」

「我不知道。」

「我倒覺得我應該知道。假設父親是被人殺害的，他鐵定不是因為執行了那詩篇中的指令而遇害的。也許破解詩篇的另有其人。或許哪裏暗藏了什麼東西——詩行中有所提示——而謀殺犯對父親下手，只因他行動的當兒被父親撞見了……」

藍坡盯著她繃緊了的臉和那隻遲疑在半空中的手，彷彿輕輕觸及了一個秘密。他說：「妳不是——妳可不是異想天開，在猜哪裏藏了寶吧？」

她點點頭。「我不關心那個……我的意思是，一旦這是真的，你還看不出來嗎？表示無形的咒詛並不存在啊，家族裏的人也沒有發瘋、發狂的問題可言了——那麼，我就沒有遺傳到精神失常的毛病，我們都沒有。我在乎的是這個啊。」聲音放得更輕，她說：「最折磨人的莫過於懷疑你血液裏是否流著見不得人的基因，還得成天為此提心吊膽的——」

他撫著她手。在沉默的巨大張力下，體會這暗室中的百般牽掛教人情不自禁，同時情緒上渴求著一種紓解。

「——所以我說，祈求上天這是真的呀。父親逝去，哥哥也跟著走了，覆水已難收。但至少這種結果我能接受，就像車禍之類的不幸事件，起碼是可以理解的具體事實。你明白嗎？」

「明白。如果那篇文字的確是秘訣所在，我們得想辦法解開其中的暗語。我可不可以拿走一份副本？」

「在大家離開之前，趕緊過來抄。我將有好一陣子不能跟你見面……」

「妳不能這樣——我是說，妳必須見我啊！我們一定要常常相見，即使幾分鐘也好啊——」

她緩緩抬起眼來。「我們不能見面。人家會講閒話。」之後他呆呆地點了頭，她伸出雙掌，彷彿要將手貼在他胸前那樣，聲音不大自然地說下去：「喔，難道我沒那麼想見面嗎？我想啊。比你更想，可是不行。他們會七嘴八舌，什麼樣過分的話都說得出口，甚至說出我不是他親妹妹之類的話——說不定我還真的不是呢。」她打了個寒戰。

「大家向來就說我很古靈精怪。我逐漸也這麼想了。我不該說這些的，我哥哥才剛過世。但我也是血肉之軀啊——我——沒關係！請你去把那篇東西抄下來吧。我去拿給你。」他們一同下樓去書房的途中，沒再多說什麼。藍坡在那兒找了個信封背面，潦潦草草把詩篇抄下來。當他倆回到大廳時人都走光了，只剩瞠目結舌的巴吉，適時擺出完全無視於他倆的姿態擦身而過。

「你看吧！」她揚起眉來說。

「我知道。我走就是了，在妳捎來訊息之前不再找妳。但——妳不介意我把這東西拿給菲爾博士看？他會保密的。今天妳也見識到他這方面有多行。」

「好，給菲爾博士看，給他看！我沒想到。但其他任何人都不許給——拜託。好，你快走吧……」

她為他開啟大門時，出人意料地發現草坪上和煦的陽光，好像今天是一個再普通不過的英格蘭尋常星期天，而樓上也未曾躺著一具死屍。悲慘事件所帶給我們的遺憾並不如我們想像的那麼刻骨銘心。他走出車道追上同伴們時，回眸望了一眼。她站在門口文風不動，頭髮任憑微風挑弄著。他聽見高高的榆木樹梢有鴿子在叫，藤蔓間麻雀爭相啁啾。白色圓頂閣樓上，鍍金的風標對著正午日照轉個不停。

CARR

CHAPTER 12

第十二章

「我們認為，」死因審訊團表示，「被害人死於——」無謂的官腔文字惱人地飄過藍坡大腦，了無痕跡。他們所說的不外乎就是赫伯特・史塔伯斯從典獄長室外陽台一推，殺了他堂哥馬汀。驗屍結果顯示鼻孔及嘴角出血，後腦勺有剉傷，但憑他摔落後的姿勢卻無法解釋這些傷是怎麼來的。馬克禮醫師指出，死者最有可能在實際謀殺前，先被重物擊昏。馬汀頸子和右臂骨折，另外還有一串不堪入耳的細節在審訊庭滯悶的空氣中冷酷而猙獰地迴蕩著。結束了，倫敦新聞界對查特罕這件奇人奇事只持續發燒了幾天而已。新聞剛一爆發時，各界廣用圖片、各種大膽臆測及新聞特寫來炒作。不久這一切便淪為廣告篇幅角落的小小一條消息。僅交代嫌犯目前仍在追緝當中，鎖定的赫伯特卻下落不明。這騎著綠色機車的謎樣人物如薄霧散去一般被英格蘭迅速淡忘了。不可諱言的，至少有一打的人從各個地點通報了警方，說見過他，但事後證實皆非赫伯特・史塔伯斯。假設當初他是朝林肯市方向騎去，搭上火車，如今要追查他的足跡已不可能。那輛綠色機車也無影無蹤。蘇格蘭場警方行事效率太差，見報率不比逃犯來得低，然而他們在西敏寺河堤上那棟陰森的辦公大樓卻未嘗傳出擒獲人犯的捷報。

審訊後一個禮拜，查特罕又回復沉寂。雨下了一整天，滂沱大雨襲向低地，咚咚地打在屋簷上，也劈劈啪啪地飛濺在煙囪內，而煙囪底下則紛紛升起火來抵擋潮氣。英國古老的雨，驅鬼似的逼出陳舊的氣味，使得哥德體字樣封面的書本及牆上雕刻頓時比真人都還顯得栩栩如生。藍坡在菲爾博士書房爐架的炭火前坐下。紫杉居四下無聲，只剩地板鬆動、受到重壓而不時唧唧嘎嘎傳出的雜音。菲爾博士下午上查特罕去了。他們這位客人在爐火前的休閒椅上獨處，用不著開燈。從灰色窗戶看出去，雨下得更綿密了。火焰裏，他也捕捉各色形狀以自娛。

爐架拱起的部分黑得發亮。火焰——就如審訊團庭上桃若絲・史塔伯斯的臉一樣——從未正面朝向他過。謠言滿天飛。椅子在磨光的地板上軋軋地響。人們的耳語穿透審訊室整個空間，清晰無比，像在一個石甕內傳出的講話聲。會後她搭沛恩的老爺車回家去了，還拉上車內的側邊帷幕。他目送車子顛簸而去所遺下的灰沙，而沿路民宅的窗戶後面歪著頭向外窺視的一張張臉，他也都看在眼裏。閑言閑語像個狡猾的郵差，敲開每一戶的大門。他想，真是一群愚蠢的討厭鬼。突然感覺自己好慘。

窸窸窣窣的雨聲轉強了。有幾滴雨打進爐火裏，澌澌作響。他呆瞪著膝上那張紙——他從她那兒抄來、謎一樣的那堆空洞的詩行。他向菲爾博士提了，只是老字典編纂家還沒過目。有鑒於發生了不幸事故及事後喪禮的準備，他們虔敬守禮地暫且擱下這份文字遊戲不予理會。然此刻馬汀・史塔伯斯的遺體已安置妥當，在野地的雨中……藍坡打起哆嗦。腦中浮起一些陳腔濫調，現在他才知道，這些送葬慣用的場面話常蘊含駭人的真理。這一類的話。

「即使蟲豸即將蛀蝕這副軀體……」強韌有力又鎮定人心的言詞在虛空無雲的天幕下一字一字吐出。就他記憶所及，還有那泥土，以播種的態勢一把把由致哀者手中灑落棺木上。他看見讓水浸透的柳條，襯著一道灰濛濛的地平線搖曳、擺盪。喪儀唸經也似、缺乏抑揚頓挫的音調荒謬地進行著，猶記有一回——很久以前，小時候——他在暮靄下聽見遠處傳來驪歌的樂聲。什麼聲音？他依稀可聞童年早就失落的那些聲響，卻察覺現實環境中真有一聲噪音入耳。有人在敲紫杉居的大門。

他起身點燃旁邊桌上的燈，帶著它一路照明，走到玄關處。開門時，雨點吹拂到他臉上。他把燈高舉。

「我來找菲爾太太，」丫頭的聲音。「不曉得她會不會給我茶喝。」

她從溼透了的帽緣認真抬眼望著。她靠過來倚近燈光，站在雨淋不到的地方。她兩眼無辜而委婉地說著話，同時越過他走進玄關。

「他們出去了，」他說。「不過妳還是可以進來。我——我沒把握能泡出一壺像樣的茶……」

「我會。」她告訴他。

所有的拘禮都隨之融化。她笑了。結果濕淋淋的大衣、帽子往玄關那兒一掛，她轉眼就在廚房裏煞有介事地忙上忙下。他則適度地假裝忙碌。他忖著，再也沒什麼比人家備飯時大剌剌地站在廚房中央讓人更感過意不去的了。就像眼巴巴看著別人換車胎為你效勞一樣。只要你挪動，一副真要動手幫忙的樣子，準會和正在忙的夥伴撞個正著。結果你八成會把換胎的朋友擠到臉貼地面，存心整人似地唯恐天下不亂。他們沒多說什麼，但桃若絲倒是挺興高采烈地張羅著茶。

博士書房爐火前小桌上鋪開了一塊桌巾。窗簾都拉上了。煤屑一添，爐火又熊熊攀高。她眉頭深鎖，聚精會神地為吐司麵包抹上牛油。昏黃的燈下，他見到她眼窩的黑影。熱騰騰的鬆餅、橘子果醬及濃茶。刀在烤脆了的吐司上穩穩地唰唰掠過，塗在上頭的肉桂透出暖暖的香甜……

她倏地抬頭看。

得出來透透氣。」

「嘿，怎不喝你的茶啊？」

「我不喝，」他斷然地說。「告訴我，都發生了些什麼事。」

她將刀輕放於碟子上，悄然發出「鏘」的一聲。她撇過頭去答道：「什麼事也沒有。只是我

「妳吃點東西，我不餓。」

「喔，你不懂，我也不餓呀。」她說。「這裏好好；這雨、這爐火——」她伸展了一下筋骨，像隻貓那樣，瞪著壁爐檯邊緣。兩人之間，一只茶杯冒著熱氣。她坐在一張暗紅色布面、老舊塌陷的沙發上。他抄來的詩篇面朝上，丟在爐邊地上。她朝那紙稿點了點頭。

「你跟菲爾博士講了嗎？」

「我稍微提了一下。但沒說妳認為這上頭大有文章……」

他發現自己說得牛頭不對馬嘴。就像胸口挨了一拳似的，他憑著一股衝動站了起來。他兩腿輕飄飄地站不穩，只聞茶壺高揚的哨聲。他走向沙發時，意識到爐火輝映中，她那明亮而堅定的雙眸。有那麼片刻她望著火焰，爾後轉頭迎向了他。

他不自覺瞧著火，火焰威猛的熱力烘著他的眼睛，朦朦朧朧聽見嗚嗚哼著的茶壺及模糊而急驟的雨聲。他停止吻她。良久，她一動也不動地倚著他肩頭，兩眼緊閉，眼皮蒼白。他不再唯恐自己不受青睞，狂跳不已的心也舒緩下來。溫馨的感覺像毛毯一樣裏住兩人。他雀躍著，同時又感到愚蠢得可以。回過頭，看到她迷迷濛濛的眼睛睜得老大，正盯著天花板看，令他十分訝異。

他一開口，嗓門好大，在自己內耳隆隆作響。「我——」他說，「我不該——」

那迷迷濛濛的眼光移向他，彷彿從深邃的遠處往上眺望似的。她手臂緩緩繞上他頸子，再次將他臉壓低。親密、心跳劇烈的時刻，茶壺哨聲歇止了，有人斷斷續續朝他耳裏低吟，哈進一抹濕暖的氣息。驟地她抽身讓開，笨拙地站起來，在燈光下來回走著，臉頰泛紅，旋又在他面前停下。

「我就知道，」她厲聲地說。「我是個麻木不仁的畜生。我真是糟糕。馬汀剛死——我卻在這兒……」

他猛地起身，一手攬住她肩膀。

「不要去想它！試著別再想它了，」他說。「都過去了，明白嗎？桃若絲，我愛妳。」

「你想，我難道不愛你嗎？」她逼問。「我永遠不會、也無法像愛你這樣去愛任何人了。我好怕。晝思夜想都是這感覺，陷得這麼深。但這種非常時刻，我卻滿腦子只有這個，真是糟透了……」

她聲音在顫抖。他不覺把她肩頭握得更緊了，好像要攔阻她往哪裏跳下去似的。

「我們都有點兒瘋狂，」她接著說。「我不會跟你說我動了心的，我不會承認的。你我都被這件恐怖事故弄得心煩意亂。」

「但煩亂也只是一時的，不是嗎？天哪！妳能不能不要憂心忡忡的呢？妳明知這些憂慮無濟於事呀，一點用也沒有的。妳也聽到菲爾博士這麼說的。」

「我講不清這種感覺。我知道我該怎麼做——一走了之。我要一走了之——今晚——或明天——然後把你忘了——」

「妳忘得了嗎？因為，如果忘得了——」

他看到她眼裏噙滿淚水，馬上咒罵自己。他試圖讓自己音調穩定下來。「沒有必要忘啊。我們只有一件事該做。我們要把這筆爛帳、這些謀殺、咒詛什麼的蠢事弄個水落石出。到時候妳就打心底自由了。我們倆要一起遠走高飛，還有——」

「你要帶著我嗎？」

「小傻瓜！」

「——那，」她停了半晌，哀怨地說，「我只求……喔，討厭，每當我想到自己直到一個月以前，看書的時候還在好奇自己有沒有愛上了那個魏厄非‧丹寧而不自知，又納悶大夥怎會直拿我跟他起鬨。再想想現在的自己——我是個情癡，願意做任何事——」她猛甩頭，講得慷慨激昂，隨後笑開了又恢復那淘氣的表情。她看似自嘲，實際上卻像拿刀尖刺探自己皮肉又唯恐真的見血一般，深怕受傷害。「但願你是真心的，帥哥。若你這是違心之論，我寧願死。」

藍坡像發表演說似地，開始數落自己如何不夠好。年輕男孩總是情不自禁要這樣講一講，然藍坡竟發揮到真心誠意相信自己不配的地步。這番話感人的效果多少在他正要鏗鏘有力下個結論時，不小心將手杵到牛油碟裏而打了個折扣。但她說，就算他整個人在牛油裏打滾也不在乎，並笑他那副驢相。兩人決定去找點東西吃吃。她不論講什麼都多了個口頭禪「荒謬至極」，藍坡便不顧一切跟著耍嘴皮子。

「來喝點這蠢茶。」他敦促著。

「還有這神經兮兮的檸檬，和少許呆糖。來，來拿。奇怪，我真想把這秀逗的吐司丟到你頭上，偏偏因為我好愛妳。橘子果醬？好驢喔。好好吃。另——」

「好了啦！菲爾博士隨時會回來。別瘋了——你可不可以開扇窗子？你們這些野蠻的美國佬就喜歡悶在屋裏。拜託！」

他走過去打開壁爐旁的窗戶，把窗簾敞開，相當不賴地模仿她口音講了一串獨白。雨勢弱了。他推開窗探出頭去，直覺地朝查特罕監獄看去。攬入眼底的並不讓他驚懼，而是呼應平靜中這份淡淡的喜悅。他信誓旦旦地說，「這一回，我會逮到那個混——我會逮到他的。」

他邊說邊點頭稱是，向雨中比劃著，同時回頭看著丫頭，這下子表情怪異得很。查特罕監獄的典獄長室居然又透出光來了。

看來像燭光，微微弱弱，在暮色中搖曳著。她僅瞄了那邊一眼便迅速攫住他雙臂。

「你要做什麼？」

「我說了。老天有眼的話，」藍坡明快地說，「我要教他吃不了兜著走。」

「你不會是要上那兒去吧？」

「我不會嗎？看著吧！妳別動，看我的就是了。」

「我不准你去！不行，我很認真啊。我是說真的！你不能去——」

藍坡擠出一個舞台劇中壞蛋的冷笑。從桌上抄走一盞燈，快快走向大廳，害她只好二話不說跟上去。她慌慌張張貼近他身邊走著。

「我跟你說了不要去！」

「妳是說過了，」他邊穿上雨衣邊回應。「幫我把袖子穿上去好嗎？……乖！現在我要，」他檢視衣帽架又說，「一支手杖，一支紮實厚重的……有了。好像小說情節：『雷斯垂警探，你帶了傢伙沒有？』『都帶了。』這些該綽綽有餘了。」

「既然這樣，我警告你，我也要去！」她賭氣地大聲說。

「好嘛，那妳把外套穿上。我不敢說那小鬼會待多久。這麼一說，我最好帶支手電筒。我記得博士昨晚留了一支在這兒……有了。」

「寶貝！」桃若絲・史塔伯斯說。「我原本就希望你會讓我去……」

混身溼透，踩著泥濘，他倆橫跨草坪走上草原。她穿著長雨衣，爬籬笆有點棘手。他把她抱過去的當兒，臉上濕答答地被她親了一下。這下子，英勇對抗在典獄長室點燈的人那股衝動瞬間平息下來。不是開玩笑的，這可是來真的。昏暗的光線下他轉身。

「聽我說，」他說，「我很認真喔，妳最好折返回去。這不是鬧著玩的，我不許妳冒風險。」

一陣沉默，只聽見傾盆大雨打在他帽子上。唯有那盞孤燈，透過草原上細白條的雨柱依稀可見。她回答的聲音微弱、冷淡而平靜。

「我也知道。但我得弄清楚怎麼回事啊。你非帶我去不可，除非有我，你也找不到去典獄長室的路呀——將了你一軍，寶貝。」

她開步領先涉過去，水花四濺，沿著草原爬上坡。他跟在後頭揮舞手杖，朝濕漉漉的草堆砍下去闢路。

兩人都默默不語。到達監獄大門時丫頭喘著。遠離爐火的光之後，你得再三說服自己，才能相信這成天施行鞭笞和絞刑的老屋內沒有鬧鬼。白色光束射穿髒得發綠的地道；他倆探探路，遲疑半晌又走了下去。

「你想，」丫頭低語，「會是——那個殺了……這會是那個人嗎？」

「最好回去，我告訴妳！」

「講太多遍都沒效了，」她小聲說。「我好害怕喔。可是走回去更可怕。我抓著你手臂好不好，我來帶路。小心——你想，他在樓上幹麼？他一定瘋了才敢回頭來冒這個險。」

「妳想，他聽不聽得見我們過來？」

「喔不，還不會。還遠得很呢。」

他們的腳步擠壓出汩汩水聲。藍坡的手電筒光線飆來飆去。一對對小眼睛注視著他們，燈光攪擾到牠們藏身的黑暗角落時，又倉皇逃逸。蚋蚊在他們臉旁飛舞。附近某處一定有水塘，因為青蛙難聽的嘎嘎聲此起彼落低啞地和著。這段沒完沒了的路程又把藍坡帶上走廊甬道，穿越鏽了的鐵門，拾石階而下，再拐上來。手電筒照到「鐵娘子」酷刑鐵匣時，黑暗中正好有東西閃過。是蝙蝠。丫頭俯下身去，藍坡則很神勇地揮杖驅打。他估計錯誤，手杖擊到鐵器發出「鏘啷」

一聲巨響，送出一串吵雜的回音直通屋頂。一片朦朧的振翅聲中，蝙蝠咕咕的叫聲尖銳刺耳，作為回應。藍坡感覺到她撫著他臂彎的手在抖。

「我們打草驚蛇了，」她輕聲說。「恐怕我們已經為嫌犯發出警訊了……不要，不要，不要把我留在這兒！我得跟定你。假如那支手電筒的電用光的話……這些恐怖的玩意兒，我頭皮都發麻了……」

他雖然頻頻安撫她也無濟於事，因為他自己心臟都在撞擊胸口狂跳不已。若真有死人在當初送命的這個石屋內出沒，他想，它們的臉肯定跟「鐵娘子」那膨脹空洞、滿佈蛛網的表面沒兩樣。那間老舊酷刑室留下的汗漬似乎仍未散去。他像安東尼時代士兵為了強忍截肢之痛，狠狠啣住子彈那樣，咬緊牙關面對。

安東尼……

前方有亮光，隱約可見，就在通往典獄長室外面通道的那段樓梯頂端。有人拿著一支蠟燭。藍坡喀嚓一聲關熄手電筒。一片漆黑中，他把桃若絲推到自己背後。他側身貼著左面牆壁上樓，右手空出來拿手杖。他感覺得到她在抖。他捫心自問，自己怕的不是那謀殺犯。他甚至會樂於揮杖把謀殺犯的腦袋敲爛。令他小腿緊張得青筋暴露、胃裏寒得皺在一堆的，是他生怕發現這背後另有其人。

有那麼片刻他擔心尾隨在後的丫頭會叫出聲來。他明知一旦那燭光旁掠過什麼人影，一個戴了三角帽的人影，他也會失控喊出聲來……前面傳來腳步聲。顯然對方聽到他們的些許動靜，又懷疑自己聽錯了，遂又踱回典獄長室那兒。

怎會有枴杖觸地的聲響。

四下靜悄悄的。無止境似地等了短短幾分鐘，藍坡往樓上前進。典獄長室敞開的門內有微弱的燈光。藍坡將手電筒塞進口袋，挽著桃若絲濕冷的手。他的鞋唧嘎了一下，不過差可視為老鼠的叫聲矇混過去。他沿走廊走去，躲在門邊朝裏窺視。

桌子中央燭臺上有支蠟燭在燃燒。桌旁的菲爾博士一動也不動地坐著，手托著下巴，枴杖斜倚在腿邊。燭光在他背後牆上映出一個影子，像極了羅丹的雕像。還有老安東尼的床頂篷下有一隻碩大無比的灰鼠，弓著背坐在那兒，冷笑的眼睛閃閃發亮，盯著菲爾博士看。

「孩子們，進來，」菲爾博士簡直沒抬眼就說。「我不得不說，發現是你們時真是鬆了一大口氣。」

CARR

CHAPTER 13

第十三章

藍坡任憑手杖自手中滑落，直至金屬箍「鏘啷」一聲抵到地上。他順勢倚在杖上，說，「博士——」但聞自己聲音早已嚇成個陰陽嗓了。

丫頭摀著嘴在笑。

「我們還以為——」藍坡吞嚥一口唾沫說。

「嗯，」博士點頭，「你以為謀殺犯在此啊，要不然就是鬧鬼。我就怕你們從紫杉居看到我的燭光。我前來查看，可是窗子沒法掩蔽。丫頭，聽我說，妳最好坐下來。妳有膽量來這兒，我很佩服。至於我——」

他從口袋裏取出一個老式迪林格款式的短管小型左輪手槍，若有所思地把槍拿在手掌心上掂著。他咻咻地喘息，又再一次點點頭。

「孩子們，因為我寧可預設我們所面對的是個危險人物。來，坐下。」

「可是您在這兒做什麼啊？」藍坡問。

菲爾博士將傢伙擱在蠟燭旁桌上。他指著看來像帳目的一落腐爛生霉手稿，又指一指一綑乾的黃色信件。再拿出一條大手帕，試圖把手上塵埃抹淨。

「既然你們在此，」他聲音宏亮地說，「我們不如查它個仔細。我本來在翻翻找找……不，小子，別坐在床緣，那上頭多的是怪裏怪氣的東西。來，坐在桌緣好了。寶貝，妳，」對桃若絲說，「可以坐這張靠背的直椅，其他椅子上都是蜘蛛。」

「安東尼一直有記帳的習慣，這沒話說，」他繼續。「我猜，要是我搜索一番，應該找得到……問題是，安東尼有什麼事需要瞞著他家人呢。我看，我們又扯上了關於藏寶的一個古老的故事。」

桃若絲和著濕濕的雨衣安靜地坐著，此時緩緩轉身看著藍坡。她只表示：「我就知道，我早說了嘛。而且我發現那首詩之後——」

「啊，那首詩！」菲爾博士哼著。「對，我該好好看一看的。我的小老弟提到過。但你只消讀一讀安東尼的日記，對他所做所為就可猜出幾分端倪。他痛恨家人，說他們鄙視過他的詩，所以將要為此受苦。詩篇搖身一變，成為奚落家人的憑藉。我不是個會計天才可也看得出，」他輕敲著那些帳目，「他那麼龐大的財產，留給子孫的份量卻少得可憐。當然啦，他也不至於教他們窮困潦倒露宿街頭，終歸得讓渡那幾筆土地——那是歲收的最大來源。但我倒認為他背著他們偷藏了一大筆財富。金條嗎？銀器嗎？珠寶嗎？我不知道。你記不記得，他日記裏不斷提及『有錢能使鬼推磨』，指他的親戚。他又說：『我的珍寶都安在』。你有沒有忘記他的戒指圖章——『我所擁有的一切，都與我形影不離？』」

「而把線索留在詩篇裏？」藍坡問。「好透露藏寶地點嗎？」

菲爾博士將他老舊的厚褶斗篷往後甩，拿出煙斗和菸草小袋。他鬆開黑色緞帶，把眼鏡扶正。

「還有其他線索。」他在深思。

「在日記裏嗎？」

「一部分。嗯。比方說，安東尼為什麼雙臂強壯得出了名？他剛上任做典獄長時是很瘦弱的。體魄增強之後，身上只有手臂和肩膀肌肉特別發達。這一點我們都知道……嗯？」

「嗯，的確。」

博士點了點他的大頭。「話又說回來。你看見陽台石雕欄杆上端深陷的凹槽沒有？容得下男人的一隻大拇指。」博士端詳著自己拇指說。

「你難道是說，有個秘密機關？」藍坡問。

「反過來說，」博士說，「另一方面——這很要緊——他為什麼要留下一支陽台門的鑰匙給後人呢？陽台的門要做什麼？如果他把指令藏在金庫，歷代繼承人只消用三把鑰匙就進得了金庫了：一把管從走廊進入這房間的門、一把管金庫，還有一把管金庫內的鐵盒。那第四把鑰匙用意何在？」

「這個嘛，無疑地，由於他的指令牽涉到陽台，」藍坡說。「班潔明爵士談到外面有死亡陷阱時是這麼說的啊……您看！您是說那個如男人拇指大小的凹痕，是用來壓住一個彈簧、機關什麼的，一按就……」

「喔，沒那回事！」博士說。「我從來沒說有人曾把拇指擱在那兒。就算歷經三十年的光陰，光靠一隻拇指也磨不出那個凹痕來。但我告訴你什麼東西有可能辦到——一條麻繩。」

藍坡從桌子邊上蹭著跳下來。他瞄了陽台的門一眼，看它在微弱的燭光下深鎖著，邪氣凝重。

「憑什麼，」他大聲重覆——「憑什麼安東尼的臂膀會這麼強？」

「或者，精采的還在後頭，」博士坐挺了，聲音宏亮地說，「為什麼每個人的命運都跟那口井這麼息息相關？一切線索都直指那口井——都是安東尼的兒子，就是做了這監獄典獄長的第二代史塔伯斯。是他誤導我們大家的。他像他父親一樣，斷頸死的，延續了這個慣例。假如他在自己床上壽終正寢，也就沒什麼慣例可言了。我們研究他父親安東尼的死因時，也大可不必做一連串怪力亂神的聯想，而可當做一樁獨立事件來看待。可惜事情發生並不盡如人意。安東尼的兒子任此地典獄長時，正值霍亂肆虐，囚犯幾乎無一倖免。這些可憐蟲在下面那些密不通風的囚室內都瘋了。好啦，典獄長坐鎮在此，竟染上同樣的熱病，也失去理智。得病後他的妄想症強烈得令人抓狂。你也知道，他父親的日記把我們全弄得疑神疑鬼的。你能想像那日記對於十九世紀一個得了霍亂又神經質的人，影響又有多大？就住在一潭死水正上方，吊死的囚犯屍體在底下任它腐敗。成天吸入這股有毒的沼氣，就算安東尼恨透自己的兒子吧，也不至於要他精神錯亂地起床，縱身躍下那陽台啊。但事實上，這正是第二任典獄長的下場。」

菲爾博士大聲地用力呼氣，差點沒把蠟燭給吹熄。藍坡吃驚地跳了一下。偌大的房間安靜了片刻：死者的書、死者的座椅，這會兒想著他們那曾染上世紀惡疾的腦袋，就跟「鐵娘子」酷刑鐵匣的表面一樣恐怖。一隻老鼠急急忙忙橫越地板。桃若絲・史塔伯斯抓住藍坡的袖子。老鼠當前，她等於是見到鬼了。

「那安東尼呢——」藍坡努力維繫這個談話。

有一會兒，菲爾博士坐在那兒，一頭亂髮低垂額前。

「他一定花了好一陣子工夫，」他茫然表示，「才能留下那麼深的凹痕在石欄杆上。他得在夜闌人靜，沒人瞧見的時刻獨力作業。當然啦，監獄陽台這一面沒有哨兵站崗，沒人會注意到他……但我仍舊認為頭兩年他該有個同謀，直到自己臂力夠強為止。他極佳的體能應是靠時間和耐心培養出來的。在那之前，降下、升起都需要有人幫他一把……或許後來他把那共謀者也給幹掉了……」

「等一等，拜託！」藍坡拍案叫道。「你說那凹槽是麻繩所造成的，因為安東尼花了好幾年時間……」

「把自己吊上吊下。」

「下到井裏去，」對方一個字一個字吐出來。他乍地想到一個蜘蛛人一般詭異的形象，全身黑衣，在夜空下吊在繩端的模樣。監獄裏會剩一兩盞燈是亮著的。星辰都已掩面。白晝犯人吊死的地點則成了夜晚安東尼懸空行動，進出井口之處……

對。那口大井下某處，天曉得哪兒，他一定花了幾年歲月挖掘出一個貯物所。他也可能夜夜盪下去，一一檢視他的寶藏。正如沼氣日後教他子孫發狂一樣，井裏的穢氣足以教他神智不清。但在他身上的腐蝕作用應是一點一滴經年累月造成，旁人不易察覺的，只因他是個擊不倒的人。恍惚中，他彷彿看見死人沿著牆爬上來，敲他陽台的門。也隱約聽到他們夜裏交頭接耳的聲響。一切的一切只因為他以財富裝飾他們的屍首，又窩藏金條在他們白骨之間。許多個夜晚，他鐵定目睹了老鼠在井底嚙咬著人屍的現象。當他自己床上出現嗜食腐肉的老鼠蹤跡時，心裏才明白他也不久於人世，即將與那些冤魂為伍了。

藍坡那件潮濕的大衣貼在皮膚上，頓時讓他覺得十分反胃。房間裏安東尼的身影簡直陰魂不散。

桃若絲說起話來聲音清亮。她看來不那麼膽怯了。

「而這，」她說，「一直持續到——」

「一直到他變得不在乎。」菲爾博士回答。

雨幾乎要停，又重新下了起來。在窗緣爬藤上澌澌作響，飛濺到地板上，彈進屋裏來，像在清洗一切似的。

「又說不定，」博士乍地看著陽台，繼續說。「說不定他沒有變得不在乎。或許有人對他的秘密行動知情，卻不知他下到井裏所為何來，就將麻繩給切斷了。無論如何，他的繩節鬆脫，或給割斷了。那是個驟雨直落的夜晚。鬆脫的麻繩與他同歸於盡。它的末端搭在井口內緣，輕而易舉就落入井裏，沒人會想到下井去檢查，也就沒人起疑了。然而安東尼並未掉入井裏。」

藍坡想：對啊，麻繩被割斷總比繩結鬆脫來得可信。也許典獄長室當時點著燈，而有人手裏持刀從陽台欄杆往下望，墜落的短暫剎那見到安東尼的臉，看著他摔向井邊的尖叉上。藍坡想像中的畫面就如克魯珊克的版畫一樣，鮮明得可怕——白色、圓睜的眼珠。抛向兩邊的臂膀，及留在暗處陰影中的謀殺犯。

風雨中一聲慘叫，然後人身「啪」地一聲落地，接下來燈火被吹熄。一切就如架上的書一樣死滅，毫無生機。這活像一八二〇年左右當代作家安思沃斯書中可能出現的場景……

恍惚中，他聽見菲爾博士說：「喏，史塔伯斯小姐。這就是你們家族的詛咒啦。妳向來所憂慮的不過爾爾囉。不很嚇人吧？」

她不發一語起身，開始在房內走來走去。雙手伸進口袋，像藍坡那一晚在火車站看到她第一眼那樣。她在菲爾博士面前停下，從口袋取出一張摺疊的紙稿遞了過去，是那首詩篇。

「那，」她問，「這個呢？這又是怎麼回事？」

「肯定是一個暗號。它會告訴我們確切地點……但妳不覺得，這賊若是夠精的話，根本用不著這張紙。他連這張紙的存在都不必知道，就該猜到井底藏了東西。他只消用我所憑藉的證據就夠了，而這證據就攤在眼前。」

蠟燭快燃盡了，胖胖的一團火焰繚繞其上，忽而乍亮起來。桃若絲走向窗下雨花飛濺形成的小水窪，呆望著長春藤。

「我想我瞭解，」她說，「我父親的景況了。大家尋獲他時，他——他全身溼透。」

「你是說，」藍坡問，「他把小偷逮個正著嗎？」

「要不然，你能另作解釋嗎？」菲爾博士怒斥著說。他拚命點煙斗卻不得其法，遂往桌上一擺。「他騎馬在外，是吧。看到有人放下繩索要往下爬。我們姑且假定謀殺犯沒看到他，因為提摩西搶先下到井裏去待著了。所以呢——」

「底下有個隔間或挖空的藏身之處，」藍坡點頭應著。「一直等到謀殺犯自己下到井裏才知道提摩西也在場。」

「咳嗯，是啦。但我另有一種推論，不過算了。史塔伯斯小姐，抱歉，容我直說，妳父親並未落馬。他是被打，狠狠地、殘酷地打到凶嫌誤認為斷氣了，再丟進樹叢的。」

丫頭轉身。「赫伯特幹的？」她問道。

菲爾博士像孩子塗鴉似地用手指在桌上的塵埃裏專心一意地畫來畫去。他喃喃自語：「不可能是個業餘的，手法太完美了。不會是的，可是這一定是業餘人士幹的呀。除非有人能駁倒我的推理。那麼若他不是職業殺手，所冒的險可真大啊。」

藍坡有點急躁不安地問他究竟在說些什麼。

「我在說，」博士回覆，「到倫敦去一趟。」

他賣力地就著兩根枴杖撐著站起來。他站在那兒激動不已，滿臉怒容，眼鏡背後那雙眼睛直眨著，環視房間一周。接著他又朝牆壁揮舞一支手杖，像個小學校長在發飆一樣。

「安東尼，你的秘密曝光了，」他高聲嚷道。「你再也嚇不倒任何人了。」

「還是有個謀殺犯逍遙在外呀。」藍坡說。

「對。啊，史塔伯斯小姐，謀殺犯是妳父親引到這兒來，是妳父親把字條留在金庫內的。誠如前兩天我解釋給妳聽過了。謀殺犯以為他可以高枕無憂。他為了取得控訴他的那份文件，等了快三年，可是他並未脫離危險。」

「你知道這人是誰嗎？」

「來吧，」博士突兀地說。「我們該回家了。我得來杯茶或是一瓶啤酒也好，最好是啤酒啦。我太太也快從沛恩太太那兒回來了……」

「您等等，」藍坡執拗地說；「你曉不曉得謀殺者是誰？」

菲爾博士陷入沉思。

「雨勢還沒減弱的跡象，」他終於回話，神情像在玩一盤苦思良久才出手的西洋棋局。「你們有沒有看到那窗下積了多少水？」

「看到了，看到了，可是——」

「還有你知道嗎，」他指著陽台緊閉的門，「沒人從那門進來過。」

「那是當然的囉。」

「但若那扇門曾打開過，窗子下方的水會多得多，不是嗎？」

如果博士所做所為僅僅為了混淆視聽，藍坡也無從判斷。這位字典編纂家稍呈鬥雞眼狀態，從眼鏡背後望過來，又捏一捏他的小鬍子。藍坡決心朝他的推論跟進。

「毫無疑問。」他說。

「這樣的話，」對方擺出勝利姿態說，「我們為什麼沒看見他的燈光？」

「天啊！」藍坡輕輕呻吟了一聲。

「這就像變魔術。你知不知道，」菲爾博士舉著一支枴杖問，「詩人但尼生怎麼評斷布朗寧的詩《索爾代婁》嗎？」

「不知道。」

「他說這首詩唯有頭尾兩行看得懂——而這兩行全是謊言。好啦，這就是整件事的關鍵。孩子們，來吧，喝茶去囉。」

這幢滿是鞭笞吊刑的屋子也許還殘餘著令人喪膽的氣氛，但藍坡拿著手電筒領頭走出去的當兒，已絲毫不覺害怕了。

返回菲爾博士屋內溫暖的燈光下，他們發覺班潔明・阿諾博士正在書房等著他們。

CARR

CHAPTER 14

第十四章

班潔明爵士情緒很差。他一直在怪這下雨天。良久，他漫天的謾罵仍像喝過威士忌之後的濃濃口氣一樣揮之不去。大家看他目不轉睛地對著書房爐火前已經冰冷的茶具直瞧。

「嗨！」菲爾博士說。「我太太還沒回來呀？你是怎麼進來的哩？」

「我走進來的，」警察局長很有尊嚴地回答。「門沒鎖。有人放著一壺好茶沒喝……嘿，來點喝的如何？」

「我們——啊——喝過茶了。」藍坡說。

警察局長一臉委屈。「我要喝白蘭地加蘇打水。人人都追著我不放，先是主任牧師。他的叔父——是個紐西蘭佬——跟我是老朋友了；因為這緣故，主任牧師在這教區的職務就是我給他介紹的。這叔父十年來頭一遭到英國來玩，主任牧師要我去接他。去他的，我怎麼走得開？主任牧師是紐西蘭人。要去，叫他自己去南漢普頓接啊。再來是沛恩……」

「沛恩怎麼啦？」菲爾博士問。

「他要把典獄長室的門用磚頭永遠封死，說什麼這房間該功成身退了。唉，但願如此。可是現在還不是封門的時候啊。沛恩老愛找碴，真是永無寧日。還有一件事，既然史塔伯斯家族最後一位男性繼承人已死，馬克禮醫師想把那口井給填平。」

菲爾博士鼓起腮幫子吐了一口氣。「萬萬不可，」他也不以為然。「坐。有件事我們得讓你知道。」

博士在酒櫃檯倒烈酒時，把當天下午發生的事一五一十告訴了班潔明爵士。他詳細敘述的同時，藍坡就這麼望著丫頭的臉。自從博士講到他已揭開史塔伯斯家族幕後種種隱情以來，她始終沉默不語。然而她心情似乎還算平和。

班潔明爵士的手在背後啪噠啪噠地拍著。他潮濕的衣服散發出一股濃重的粗呢摻菸草的味道。

「我不是不信，我不是不信，」他發著牢騷。「只是這麼一點事情，你為什麼非要那麼長篇大論的發表才行。浪費好多時間——話雖如此，該面對的還是得面對——赫伯特是唯一有罪的。驗屍法庭陪審團都這麼說了。」

「這個結論教你放心嗎？」

「不放心啊，該死。我想這孩子沒罪，但又有什麼辦法呢？」

「都沒有他的下落嗎？」

「首先，我們可以調查安東尼挖掘的藏寶處。」

「對。這可恨的暗號，不管它是什麼東西……值得一查。史塔伯斯小姐，妳同意吧？」

她淺淺一笑。「當然——現在當然沒關係了。但我還是覺得菲爾博士過於自信了。我的一份手抄本在這裏。」

菲爾博士大字擺開，坐在他最喜歡的高背單人沙發內，煙斗在手，旁邊一瓶啤酒也就位。泛白的頭髮和鬢角使他跟聖誕老公公相比，幾可亂真。他和氣地看著班潔明爵士審視那首詩。藍坡自己的煙斗也順利點燃。他靠後舒服地坐在紅沙發上，可以不太顯眼地輕觸到桃若絲的手，另一手裏舉著一杯飲料。菸、酒和心儀的女孩，他自忖，人生必需的都齊備了。

警察局長馬眼似的雙眸瞇起。大聲朗讀：

林屯居民當如何稱呼？
偉大荷馬的特洛依城故事，
或是午夜日照的國度——
無人倖免的為何物？

他把速度放慢，把這幾行文字又低聲唸了一遍，然後憤憤不平地說，「看，真是無聊的打油詩嘛！」

「啊！」菲爾博士說。語氣就像品嚐美酒難得的香氣那樣。

「這只是一堆瘋瘋癲癲的詩嘛。」

「稱不上是詩，只能算是韻文。」菲爾博士糾正他說。

「唉呀，不管是什麼，這肯定不是什麼暗號。你看過了嗎？」

「沒有。但我敢肯定是暗號沒錯。」

警察局長把紙稿丟給他。「好啊，那你告訴我們它的涵義。『林屯居民當如何稱呼？偉大荷馬的特洛依城故事，』真是廢話連篇……哎，等一等！」班潔明爵士搓著臉頰，喃喃自語。「我在雜誌上看過這類猜字謎遊戲。我記得那些故事——你得每隔一字，或每隔兩字挑出來看，如此類推——對不對？」

「那個沒用，」藍坡訕訕地說。「我把每行首字、第二個字、第三個字都挑出來試過。我也把它當作一個離合詩句來拆，整首都試過一遍了。取每個字的字首字母，得到的是個四不像的字「Hgowatiwiowetgff」，取各個字的字尾得到「Nynyfrdrefstenen」也毫無意義，聽起來倒像中東亞述帝國隨便哪個皇后的名字。」

「噢。」菲爾博士點頭應著。

「那些雜誌裏——」班潔明爵士又開始發表了。

菲爾博士窩進沙發裏坐得更低，又吐了一大口濃煙。

「唉，」他說。「我對雜誌及畫報裏的那些字謎一直頗不以為然。是這樣的，我個人也很愛玩暗號（順便一提，你後頭架上可找到最早談論到撰寫密文暗號的幾本書之一：約翰・巴普提斯・波塔於一五六三年所著的《密文暗號導論》）。好，密文暗號的唯一樂趣在於，謎底背後須藏有一個能夠吸引人的秘密。換句話說，它實在是一份意有所指的機密文件才對。裏面夾帶的訊息至少應該像『失竊的珠寶藏在副主教的褲管裏』或『馮・丁可斯怖這個人將於午夜襲擊烏斯特郡警衛隊』之類的——但當畫報那批人絞盡腦汁要設計一個能夠挑戰讀者智力的密文暗號時，並未顧到內容的深度。他們僅僅捏造一個誰也不稀罕去傳佈的謎底來湊數。你揮汗如雨跟一堆零碎的字母作戰，到頭來只湊成一票堆砌詞藻的解答，譬如『臉皮厚又膽子小的族類絕大多數都延宕生兒育女的特權』哼！真是愚蠢！」博士發起飆來。「你能想像現實生活中，一個德國情報局派的間諜，冒了生命危險混入英軍戰線，就只取得這扮家家酒一樣的訊息嗎？我敢賭辜各多弗將軍若好不容易將攔截下來的敵軍電報破解，卻發現電文謎底是畫報上那種百無聊賴的密文暗號，譬如『懦弱的大象習於延宕生兒育女』之類的，那位名將早就暴跳如雷了……」

「這不是真有其事吧？」班潔明爵士興致勃勃地問。

「不管這個比喻是真是假，」博士忍無可忍地說；「我在談密文暗號。」他深深啜了一口啤酒，語調變得較和緩說：「這是個古老行業了。普魯塔克及捷力烏斯兩人都曾提到斯巴達人秘密書信技巧。但嚴格說來，代換整個字眼、部分字母或符號的那種密文暗號起源於閃族語系。起碼耶利米就用過。同樣簡單的另一種形式，是凱撒所推崇的《第四個字母拆字謎》，它——」

「可是你看看這鬼東西！」班潔明爵士爆發了。他自壁爐那兒拿起藍坡的那一張抄本，沒頭沒腦地彈著紙說，「你看最後一段，簡直毫無道理嘛。『科西嘉人在此灰頭土臉，喔，所有罪孽之母喲！』如果我猜得不錯，那麼他對拿破崙就太苛刻了。」

菲爾博士從嘴裏把煙斗取出來。「真恨不得你能閉上嘴，」他哀求。「我自知我在大發謬論，的確。我從泰鐵密烏斯扯到法蘭西斯・培根，然後又——」

「我不要聽你說教了，」警察局長插嘴道。「求你讀一讀這東西，好不好。又沒要你提供解答。拜託，別訓話了。來看一眼吧。」

菲爾博士嘆口氣，來到屋子中央的桌旁，另外點上一盞燈，把紙稿展開鋪在眼前。齒間叼著煙斗，那煙逐漸變為平順的幾口薄煙。

「嗯。」他說，又是一陣沉默。

「且慢，」博士好像正要開口時，班潔明爵士舉起手敦促。「講話別像個活字典一樣，好不好。你有沒有看出什麼蹊蹺？」

「我正要請你，」對方溫和地回答，「給我再來一瓶啤酒哩。不過既然你提起……早年的密文暗號跟現代的相比，簡直是小巫見大巫。世界大戰時所發展出來的暗碼水準就是最好的證明。而這個呢，應是十八世紀後期或十九世紀初期寫的，不會太難。當時所風靡的是圖畫謎語。這篇並非圖畫謎語，我知道。不過比起愛倫坡所著迷的那種普通的代換字暗號要難解一些。這有點像圖畫謎語，只是……」

大夥聚攏在他椅邊，紛紛繞著那份文件俯下圍觀。大家又把它唸了一遍：

林屯居民當如何稱呼？
偉大荷馬的特洛依城故事，
或是午夜日照的國度——
無人倖免的為何物？
腳老踢到的是什麼：

天使負著長矛一支。
耶穌基督禱告的園內空地
孕育黑暗之星與恐懼的是何物？

白色月神戴安娜冉冉升起，
狄多被剝奪之物：
此地四瓣植物帶來好運
東、西、南——遺落一角為何？

科西嘉人在此灰頭土臉，
喔，所有罪孽之母喲！
公園綠地與郡鎮同名，
找到紐門監獄，就搞定了！

菲爾博士振筆疾書，畫符似地塗著沒人能懂的記號。他喉嚨裏哼哼哈哈地，搖搖頭又回到詩行上。他伸手向身邊一個旋轉式書架，取出一本黑色封皮的書，書名是《福萊斯勒著，密文暗號手冊》，翻到索引瀏覽一回，又皺起眉來。

「喳乎！」他喝斥道，像人家大罵混帳那樣。「這麼一來，答案是『喳乎（drafghk）』，根本不是個字嘛。我敢擔保，這根本不是代換字的那種暗號。我來拿拉丁文跟英文代換進去試試看。一定會有解答的。古典文史哲的根底永遠派得上用場。年輕人，千萬，」他說得興高采烈，「不要忘了……史塔伯斯小姐，有什麼事嗎？」

ㄚ頭雙手撐在桌面上，一頭黑髮在燈下發亮。她輕笑一聲，抬眼看他。

「我只是在想，」她困惑地回答，「你是不是忽略了斷句的問題……」

「什麼？」

「嗄……你看第一行『荷馬的特洛依城故事』，這出自伊里亞德史詩，不是嗎？『午夜日照的國度』，那是挪威嘛。你把每一行拆開來看，分別找出答案——我這是不是一個傻問題啊，」她支支吾吾，「每一行當作一個獨立的小謎題……」

「天啊！」藍坡說，「這是個縱橫條文字遊戲！」

「胡說！」菲爾博士臉漲得好紅喊道。

「可是您看，」藍坡堅持己見，忽地彎下身看紙稿。「老安東尼並不自知他在寫縱橫條文字遊戲；但事實上，這不是別的，就是——」

「這麼說，」菲爾博士扯著嗓門，清清喉嚨說，「這種形式當年就有了——」

「那，你快想啊！」班潔明爵士說。「用你說的方法解解看。『當如何稱呼？』我想意思是：一般人怎麼叫林屯居民的？誰知道答案？」

菲爾博士像個鬧脾氣的孩子一樣，吹鬍子瞪眼地又拿起鉛筆。他很快就列出答案：「沼地人（Fenmen），對呀。好吧，我們來試試看。就照史塔伯斯小姐建議的，我們下面兩個字是伊里亞德（Iliad）和挪威（Norway）。『無人倖免為何物？』我只想得到死亡（Death）。所以就是——FENMEN ILIAD NORWAY DEATH：沼地人、伊里亞德、挪威、死亡。」

鴉雀無聲。

「好像沒什麼意義啊。」班潔明爵士半信半疑地搭腔。

「這是目前為止最有苗頭的解釋了，」藍坡說。「繼續啊。『腳老踢到的是什麼』聽起來好耳熟。有句話說：『以免他腳踢到——』有了！是石頭（stone）。怎麼樣？好。哪位天使是扛著一支長矛的呢？」

「耶沙瑞爾（Ithuriel），」菲爾博士興致又來了，說道。「下一行，耶穌禱告的園地顯然是客西馬尼（Gethsemane）。來看看現在進展如何了——FENMEN ILIAD NORWAY DEATH STONE ITHURIEL GETHSEMANE：沼地人、伊里亞德、挪威、死亡、石頭、耶沙瑞爾、客西馬尼。」

隨後他咧著多層雙下巴露齒而笑。他像一個海盜一樣捲著自己鬍鬚玩。

「都揭曉了，」他宣佈。「有了。現在再把這解答的每個字第一個字母取出……」

「F，I，N，D——『找』的意思，」桃若絲在讀，左看看、右看看，眼睛閃閃發光。

「對了。S，I，G——接下來呢？」

「我們需要來一個字母N。嗯，孕育黑暗之星與恐懼的是何物？」博士唸著。「答案是夜晚（Night）。再來，白色月神戴安娜冉冉升起之處就是——以弗所（Ephesus）。再下一行不容易猜，但狄多被掠奪的是泰爾城（Tyre）這個地方啊。結果我們得到F，I，N，D以及S，I，G，N，E，T——意思是：找出鑲有小印章的戒指。早跟你們說過這不難吧。」

班潔明爵士重覆一遍，「唉呀！」並拿左拳打自己右掌。他靈感乍現，又說：「四瓣植物帶來好運：指的一定是象徵好運的酢漿草，或苜蓿囉，管他們叫啥的那玩意兒。總之，答案是以酢漿草為國花的愛爾蘭（Ireland）嘛。」

「還有，」藍坡加入，「東、西、南——遺落一角為何？只剩北（North）啦。那麼就在句末加一個代表「北方」的字母N。FIND SIGNET IN（找出鑲有小印章的戒指，在）——」

菲爾博士鉛筆一揮，寫上四個大字，又挑出字首四個英文字母W，E，L，L。

「大功告成了，」他說。「詩篇最後一段第一句謎題，科西嘉人拿破崙馬失前蹄的地方肯定是指滑鐵盧（Waterloo）。第二句，所有罪孽之母是夏娃（Eve）。至於公園綠地與郡鎮同名——那不是林肯（Lincoln）嗎。林肯公園綠地哪。最後，紐門監獄地點就在倫敦（London）嘛。四個字的頭一個字母W，E，L，L拼在一起，就是水井（WELL）。」他鉛筆一拋。「狡猾的老頭！他的秘密就這樣守了一百多年。」

班潔明爵士還「天哪，地啊」地唸唸有詞，又茫然坐下。「我們卻不出半小時就把它破解了……」

「容我提醒您一句，」菲爾博士激動地大聲說，「這個暗語每一環細節我都早料到了。今天所做的解答充其量僅是我們那些推論的佐證罷了。若不是我們先知先覺，即使解開密文暗號也是白搭。現在我們終於恍然大悟了，多虧——呃——我們有先知先覺。」他一口乾了啤酒，兩眼炯炯有神。

「是啊，是啊。可是他說的鑲有小印章的戒指是什麼意思啊？」

「也許只不過是他的座右銘『我所擁有的一切，都與我形影不離。』這句話對我們而言，到目前為止都很有幫助。說不定會繼續給我們提示。那口井下頭某處牆上一定刻了……」

警察局長又蹙額撓腮地。

「是啊，但我們不知道是哪兒啊。下去搜尋那地方也很不衛生耶。」

「瞎說！」博士高聲說。「我們當然知道是哪兒啦。」

警察局長一聽，滿臉不高興，倒沒再說什麼。菲爾博士便靠回椅子裏，優哉游哉地點起煙斗來。他以深思熟慮的口吻說：「舉例來說，假使陽台欄杆上果真放一條繩索，沿著老安東尼繩子磨出來的凹槽滑動，繩索末端掉入井裏，正如老安東尼的一樣……喏，我們就算不中，亦不遠矣。井雖不小，若以凹槽位置為準，丟條繩索，誤差就可控制在幾呎之內。找個結實的年輕人——像我們這兒的年輕夥伴藍坡——站在井口握住繩索底端，從繩索垂掛的那個位置攀下井裏去……」

「夠有道理了，」警察局長頗為贊同。「但這樣做又有什麼好處呢？照你所說，謀殺犯老早就把下面藏的東西搬光了。他殺害老提摩西，就因為提摩西驚擾到他了。他再殺馬汀，則因馬汀一旦看到金庫裏保存的指控文件，就會知道他的秘密……你現在還奢望在井裏找得到什麼呢？」

菲爾博士猶豫了一下。「我也不確實知道。可是我們說什麼也得一試啊。」

「說得也是。」班潔明爵士深吸一口氣說。「好吧，明天一早我就派幾位員警——」

「那樣的話，全查特罕的人都會來圍觀了啦，」博士說。「你不覺得這件事最好只有我們自己人知道，而且在夜間行動比較妥當嗎？」

警察局長有點遲疑。「去他的，太冒險了吧，」他嘟囔著。「很容易摔斷脖子耶。藍坡先生，你說呢？」

其實很值得一試。藍坡果然這麼說。

「我還是覺得不妥，」警察局長抱怨道：「可是唯有如此才不會把情勢弄僵。如果雨停了的話，今晚就可以行動。我明天才需要回艾詩禮街去，眼前我一定可以在塔克修士客棧找到落腳處……聽我說。我們去綁繩索時，讓監獄透出燈光的話——唉，不會引人注意嗎？」

「有可能，但我相當確定沒有人會來打擾我們的。鎮上哪一個不是怕得要命啊。」

桃若絲先看看這位再看看那位，逐漸用力瞅著，鼻翼也因怒氣而皺起。

「你們要拖他下水是嗎，」她頭朝藍坡揚一揚，說道，「我也夠瞭解他，知道他一定會答應。你們倒冷靜，又說所有鎮民都懶得理這個碴兒。好啊，你們有沒有忽略了，有一個人倒很可能會到場，就是那謀殺犯。」

藍坡移到她身邊，下意識牽起了她的手。她沒注意，也將手指纏住他的手。然而班潔明爵士注意到了，露出訝異的表情，而且為了掩飾不安連忙「哼嗯」了一聲，腳跟直踮呀踮的。菲爾博士一臉善意地從椅子裏抬頭看。

「那個謀殺犯，」他又說一遍。「我知道，親愛的。我知道。」

談話嘎然而止。大家好像都不知說什麼好。班潔明爵士的眼神說明，此刻若打退堂鼓有愧英國精神。說穿了，他根本就是一副頗過意不去的樣子。

「那我走了，」他終於說。「我得把這事透露給查特罕的鎮長知道喔；我們要準備繩索、長釘、鐵鎚之類的工具。如果雨不再下，今晚我十點左右可以過來。」

他躊躇著。

「可還有一件事我想知道。關於那口井我們聽人家說過很多了。我們聽說過溺死的人、鬼和金塊、珠寶、銀器，還有天曉得什麼。好啦，博士，至於你，想在井裏找到什麼呢？」

「一條手帕。」菲爾博士又啜了一口啤酒，說道。

CARR

CHAPTER 15

第十五章

巴吉先生度過了一個深具啟發性的晚上。每個月有三天晚間是屬於他自己的，其中兩晚，他通常設法到林肯鎮看電影去。眼見劇中人三番兩次被迫隨機應變，終究都能化險為夷，真是大快人心。電影對白又不時地讓他能學到諸如「滾吧！」、「蠢貨！」等等巴吉總覺得身為總管可以在宅邸耍耍威風、派上用場的字眼。第三晚外出，他一律與幾位好朋友共度，包括阮金夫婦、及沛恩在查特罕家中的總管和管家。

在阮金夫婦起居的樓下那幾間溫馨舒適的房間內，阮金夫婦慇懃招待他，熱情從不降溫。巴吉先生總坐最舒服的那張藤編的搖椅，靠背比哪一張座椅都來得高。他們搬出一些飲料來款待巴吉先生，譬如從樓上沛恩先生餐桌上拿來的葡萄酒。遇上下雨天，則來杯熱呼呼的甜酒。煤氣燈絲絲地燃著，大夥也會照例為了哄著寵物貓而講些孩子氣的話。三張搖椅總是各以各的速度搖來晃去——阮金太太的椅子搖得快而有勁，她丈夫的搖得較為拘謹收斂，高背椅內的巴吉先生則威嚴莊重地來回擺動，活像個皇帝端坐在左右懸盪的轎子裏似的。

他們總要把查特罕的人、事、物議論一番來度過這一晚，尤其當九點左右，大戶人家所講究的一切正式禮節約束都解放了之後，更聊得開懷。

一過十點，他們就散了。阮金先生會向巴吉先生推薦一個禮拜以來他家主人提到過的、值得一讀的好書。巴吉先生則鄭重其事地記下，然後像在軍隊裏戴頭盔那樣，動作俐落地戴上帽子，扣好大衣回家。

他往大街朝宅邸方向走時在想，今夜格外宜人。雨氣散了。天空淡雅、清爽、澄澈，還有一輪明月。低地上方籠罩著薄薄一抹雲團，潮濕的空氣中帶著乾草味。每逢這般夜色，巴吉先生便將自己幻想成三劍客之首的達泰安．羅賓漢．菲爾班克斯．巴吉，也就是內心世界中的那位勇士、那位冒險家——那位瘋狂起來甚至還會自許為一代情聖的巴吉。他的一顆心是個巴不得乘風飛去的氣球，雖然這氣球繫著線，隨時得聽命於人，但好歹是個氣球。他喜歡這種長距離徒步旅程，既不必受現實生活中的巴吉每天庸庸碌碌的那個命運擺佈，又可以自由放任地揮舞一把假想的西洋劍，狂野地刺向乾草堆，而不用遭女僕們數說。

當腳步落在堅硬的白色路面上時，他會放慢幻想的情節發展，好奢侈地享受最後一哩路。他回想今晚的一切，尤其是聚會結束前聽到的驚爆消息……

原本只是話些家常。他先聊到邦朵太太犯了腰痛的毛病。對方則提到沛恩先生又要跑一趟倫敦去開法律會議了。阮金先生在這件事上極盡渲染之能事，還把幾個神秘的公事包講得跟法官開庭時戴的假髮一樣令人肅然起敬。

而律師這一行最令大家佩服的就是一個人得要學富五車才能躋身其中。沛恩太太今天脾氣壞得出奇。你又怎奈何得了她呢，她就是這樣啊。

還有鎮上謠傳主任牧師住在奧克蘭的叔父要來看他。他是班潔明．阿諾爵士早年的朋友之一。主任牧師就是靠班潔明爵士牽線，才被任命來此地工作的。這位叔父與班潔明爵士曾和鑽石大亨塞梭．羅德在南非慶伯利的鑽石場共事，大家對此都七嘴八舌地傳聞不斷。外面對史塔伯斯家的謀殺案也有種種揣測，不過都只是輕描淡寫的，不必放在心上。阮金夫婦之所以會這樣講，是為了顧及巴吉先生的感受。巴吉很領情，他幾乎一口咬定這宗謀殺案是赫伯特先生所犯下的，不過他盡量避免這樣想。只要這醜陋的念頭一冒出來，他就會「啪」一聲把它打消，像魔術盒一打開就會跳出的彈簧玩偶一樣。只是玩偶還比較容易壓下去些……

不不，他要想的是有關一樁戀情的謠言。「戀情」二字本當寫得大大地，因為這字一看就引人側目。即使僅在腦海中，也迴盪著不正經的感覺，聽起來又帶著頹廢的法國味兒。這戀情是介於桃若絲小姐與借居菲爾博士家的年輕老美之間的。

起初巴吉很震驚。不是針對戀情，而是對那位年輕老美感到震驚。奇怪——怪得很哩，巴吉回想起這一則小道消息還很吃驚。走在月下這不停颼颼作響的樹下，他知道宅邸已人事全非。大概多虧巴吉行俠仗義的一面吧，好比在劍口下能不屈不撓地辱罵欺壓他的混混一樣，他有本事對別人欠妥的行為一笑置之（無賴一個，不足掛齒）。宅邸生活就像一局紙牌戲一般，過於古板一成不變。巴吉恨不得象徵性地把牌桌掀了，將紙牌全掃到地上去，開始率性地過日子。只不過……哎，他們美國佬好可惡，還有桃若絲小姐，真是的！

天哪！桃若絲小姐！

他又想起早先想說的話，也就是馬汀先生被謀殺那晚，巴吉擱在心裏踟躕著未說的話。他險些說了一篇不留情面的話：桃若絲小姐，邦朵太太那麼跋扈什麼閑事都要管，若給她瞧見妳和老美獨處，話會怎麼傳出去呢？光想到這兒就教他心涼了半截。然而此刻銀幕上的五光十色卻讓巴吉先生心情開朗。

他咯咯地悶笑。

這會兒他行經幾落乾草堆，就是月下那碩大的幾團黑影，他沒想到已經走了那麼遠，他靴子一定沾滿了灰沙。疾走讓全身都暖和了起來。想想，畢竟那美國小伙子看起來還算是個紳士。當然啦，有那麼些片刻巴吉曾懷疑老美就是那謀殺犯。他來自粗野不文明的美國嘛；這本身就足以構成嫌疑了。有那麼自我陶醉的一刻，他甚至懷疑那老美是邦朵太太所形容的那種美國殺手哩。

然而乾草堆轉眼變成濟思公爵備有加農大砲的碉堡，夜色也變得像劍客穿的絲絨料子一樣輕軟。巴吉先生頓時多愁善感起來。他記起詩人但尼生。他一時想不起但尼生寫過哪些東西，但他確定憑但尼生的人生哲學，一定是看好桃若絲小姐和老美之間戀情的。何況，天哪！眼見有人能讓她心靈甦醒，教巴吉私下感到何等欣慰！啊！這一天下午她推說不想喝茶，宅邸上上下下不見她人影。桃若絲小姐從午茶時間一直失蹤，幾乎到巴吉要出門上查特罕時才露面。哈！巴吉可充當過她的監護人喲（她外出過嗎？治安法庭法官問，攸關大局的會議紀錄簿虎視眈眈地攤開在那兒。巴吉處變不驚答說：沒有）。

他無意間朝左手邊的草原望去，頓時止住腳步停在路當中，一邊膝蓋抖了起來。

明朗月照的夜空下，左前方矗立著查特罕監獄。光線如此澄澈，他竟看得清女巫角的樹叢。林間有道黃色光線在那兒游移著。

巴吉在白色的路中央一動也不動地站了良久。他叮嚀自己前方若有危險，只要靜止站著不動就不會受到傷害——就像一隻惡犬不會攻擊一個毫無動靜的人，是一樣的道理。然後他一絲不苟地摘下他的禮帽，再拿一條整潔的手帕擦拭額頭。有個古怪的念頭在他腦海穿梭，念頭強得他無法招架。遠處那小精靈似的光點頻頻閃爍，這對冒險家巴吉是個挑釁。午夜了，他繼續雄糾糾、氣昂昂地往宅邸方向走。再過不久他就可以略帶羞慚地望著那潔白的床鋪，面對現實回過頭來承認，他充其量不過是個總管巴吉罷了……

接下來巴吉所做的，比起日常那個在宅邸作威作福的平凡總管來說，簡直是件壯舉。他攀過柵欄，彎低身子走上了草原斜坡，朝女巫角前進。值得一提的是，能這麼做竟使他心花怒放。

雨剛停不久，地還很泥濘。他偏偏挑了這個月光皎潔的夜晚，明目張膽地爬坡，這才想到早該取另一條較為迂迴隱密的路線上女巫角才對。反正走都走了。他呼呼地喘著氣，喉結上上下下，外表看來像個鋸齒來回鋸著。他汗流浹背，又濕又熱。不一會兒月亮乖巧地躲進雲端，巴吉求之不得，便也像傳統人士一般，不置可否卻欣然接受了。

他來到女巫角邊上。前頭有株山毛櫸。他倚在樹上，感覺帽子越戴越緊，喉頭也跑乾了。現在氣喘如牛。

這太瘋狂了。

姑且不論冒險家不冒險家的了，這根本就是瘋狂。

前方又見那光點。看得出就在水井附近扭曲的樹幹之間，離此還有二三十呎遠。光源閃爍，像在打信號似的。另一盞燈在遠遠的高處眨著，好像在作回應。巴吉引頸張望：毫無疑問，燈號來自典獄長室陽台。有人在那兒放了一盞燈。只見一個十分結實的男人身影，俯身越過欄杆，且在欄杆上動什麼手腳。

一條繩索拋了出來，猛地扭來扭去，嚇得巴吉倒退兩步。繩索垂到井口悶悶地發出「砰」的一響，凌亂地抖開沿著井邊滑了下去。巴吉看得出神，把頭再往前探去。這時井邊的閃光已轉為一道穩定的光束。好像由一個瘦小的人舉著——他忖道，那根本是個女人的身材。有張臉挪到光束中，顯出向上翹頸的姿態，一手朝上面老高的陽台方向揮手。

是那老美。

即使隔這麼遠，也不可能看走眼。是那美國佬沒錯，還有他那張臉，蠻奇怪的、老是咧著嘴笑、一副年輕氣盛的模樣。是藍坡先生，對。藍坡先生似乎在測試繩索。他一腳跨過去，收起兩腿。攀著繩索往上爬了幾呎，他一手懸吊在那兒，另一手去扯繩子。接著他跳回地面，再揮了揮手。又有一道光，像是圓形牛眼燈亮了起來。他把燈拴在腰帶上，此外好像還往皮帶上綁了什麼——小斧頭吧，和一個小型十字鎬之類的工具。

藍坡把身子塞在水井邊兩支鐵叉之間，在井口內緣稍待片刻，手裏還握著繩索。面對舉著另一盞燈的小個子，他再次露齒而笑，旋即縱身入井。燈也轉眼就沒入地下。不待小個子衝到井口，藍坡的燈朝上一照的剎那，巴吉看清楚了，彎身對著井的那張臉竟是桃若絲小姐……

女巫角邊上的這位守望者現在已不是冒險家巴吉，亦非總管巴吉。他頂多是個卑躬屈膝、滿腹狐疑的小角色，對正在發生的事完全摸不著頭緒。蛙鳴之聲鼎沸，蚊蟲拂過他的臉。他悄悄挪步到樹林間，躡手躡腳挨得更近了。桃若絲小姐的燈熄了。一想，他下個月啜飲葡萄酒時，可有精采話題向阮金夫婦吹噓啦。

水井那邊掠過幾幕零零星星的景象，譬如一盞燈遇到水滋滋作響，卻又未全然熄滅。有一刻，山毛櫸尖尖的葉子背著光，映出一線輪廓，也有一回巴吉自認見著了桃若絲小姐的側影。然冷冽的月亮又露臉了，襯著監獄的牆，陰森森的。巴吉唯恐弄出噪音，他胸口緊繃，全身是汗，更往前靠近了些。眾蛙齊鳴，或是蟋蟀呢，天曉得是什麼——巴吉想，這聒噪之劇可以遮蓋他的任何動靜嘛。這兒還真冷。

必須聲明，巴吉從不是個想像力豐富的人，環境不允許。然而當他將視線從水井深處跳動的光影移開，看到一旁月光下另外有個人影一動也不動地站在那兒時，他直覺到，這是個外人。巴吉深知桃若絲小姐和老美在場是光明正大的，就像烤牛肉該配醬汁那樣理所當然。他也警覺到，這個陌生的人影不應在那兒出沒。

巴吉至今還狡辯說，當時看到的那是個小個子的男人。在桃若絲小姐後方隔了一段距離站著，歪歪斜斜的身影映照在月下參差的樹影間，似乎放大得不成比例，而且手裏握著一件不知名的東西。

井裏湧出悶悶的一個聲響，當然還有其他雜音，但這絕對是一聲哀嚎，或呻吟，或嘴被捂住的喊叫……

有好一陣子，巴吉什麼也記不清。事後他企圖估計，那聲嗡嗡的回音與隨後有人升到井口之間倒底過了多久，卻總也說不上來。他唯一能確定的是有一個時刻，桃若絲小姐「啪」地一聲飛快開了燈。她沒往井裏照，只是對著鏽了的兩根鐵叉之間的缺口穩穩地舉著……這時另一盞燈的光線增強，有人從井裏爬了上來……

露出一個頭來，槓在鐵叉空隙間。起初巴吉沒看清楚，因為他正極力瞅著林間暗處，搜尋那個陌生人的身影，也就是那文風不動，像由鐵絲、毛髮和鋼條編成的怪物。既然搜尋不著，巴吉轉過來瞧鐵叉之間的那個人頭，已越升越高。

那臉並非藍坡先生，而是赫伯特．史塔伯斯先生從井裏冒出來，高聳超過鐵叉。這時瞠目結舌的巴吉近到看得見他兩眼之間的彈孔。

只見那人頭在十呎不到的距離內升起，就像赫伯特先生自力爬出井口似的，恐怖極了。滲透的頭髮緊貼在額角，眼皮下垂，下緣露出眼白，而皮膚上的彈孔呈現藍色。巴吉踉蹌兩步，著實站不穩了。他感覺膝蓋朝側邊抽搐了一下，他簡直要吐了。那個頭竟然在動，朝邊上倒了下去，緊接著有隻手搭上井邊。赫伯特先生的確死了。可是他看起來仍像要一路爬出井口似地。

桃若絲小姐尖叫出聲。就在她的燈熄滅之前，巴吉看到另一幕驅除了攫獲胸口的那陣恐懼。這一釋然，也止住了他的噁心感。他看見那年輕老美的頭撐在赫伯特先生肩膀下露出井邊。這也才看出，抓著井邊牆沿的是老美的手。原來他是從水井深處扛著一個僵硬的屍體上來。

銀灰色泛藍的月光像演啞劇所慣常打的朦朧燈光一樣，把樹影勾勒得有如日本窗花。一切行動像齣啞劇般在進行著。巴吉對另外那個人影一無所知，就是先前看到，在水井那一頭站著朝鐵叉瞧的陌生人影。至於此人有沒有看到赫伯特先生屍體下露出的年輕老美的頭，巴吉也不得而知……但他清楚聽見矮樹叢間「啪搭」一聲有人絆倒的聲音，然後一陣慌張，像蝙蝠振翅猛撲牆面忙著逃離斗室一樣。沿著女巫角有人在狂奔，一路口齒不清地喊著些什麼。

啞劇如夢似幻的昏暗光線乍地給擾亂了。上頭典獄長室陽台射下一束強光。光線直通林木間，一個宏亮的聲音從陽台上傳來。

「他在那兒！逮住他呀！」燈光不停地上下掃瞄，在樹海中造成綠綠黑黑的漩渦。小樹苗劈劈啪啪地被擦身而過的人折斷，濕地上腳步雜沓，泥濘四濺。此時此刻巴吉的想法就如動物一樣原始。他腦子裏唯一成型的念頭就是，那樹叢間窸窸窣窣沒命地在跑的，就是不打自招的罪人。一陣混亂中他有個印象，有好幾盞燈的光束追著逃犯，四面八方地掃射。

月光下突然竄出一個人的上半身擋住視線。巴吉只見那人連滾帶爬的跑下一個滑溜的河堤坡道，直向自己衝過來。

巴吉既胖又年過五十，危機當前只覺全身的肉都在發抖。現在既非趾高氣昂的硬漢巴吉，連個總管巴吉都談不上。只不過是個靠在樹上，喪了膽的可憐蟲。待月光如雨柱般灑下的當兒，他看到對方來勢洶洶，手上裏著一隻做粗活兒用的大手套，食指則卡在一把長徑手槍的扳機處。巴吉腦海內閃過自己青春年少的一幅畫面。站在一個寬闊的橄欖球場上，場面瘋狂，看著一個個人影從四面八方朝他奔來。他站在原地，感覺赤裸，對方終於撲向他。

巴吉依舊是既胖且年過半百，但覺胸中一陣劇痛。他並未一股腦兒躲在樹後。他心裏很明白自己該怎麼做。他頭腦冷靜，判斷準確。

CHAPTER 15

「好吧，」他大聲說。「好吧！」話甫畢，便撲向那個人。

他聽見那聲爆破。哪裏迸出了一團黃色物質，像一台蹩腳的瓦斯爐火焰燃燒不完全的顏色。有個東西擊中他胸口，一陣暈眩，他站不住腳順手扯住對方大衣，一路往下拽。他察覺指甲劃穿人家的衣料，接著大腿瞬間一軟慢慢趴了下去，有一種騰雲駕霧的感覺。隨後他臉埋進一堆枯葉中，耳裏隱隱約約傳來「乓」的一聲，他身子撞上地面。

堂堂正正的一條英國魂巴吉就這樣倒下了。

CARR

CHAPTER 16

第十六章

「我想他沒死，」藍坡跪在總管被擺平的軀殼旁說。「拜託，挺著點兒！把燈照過來一點，讓我幫他翻個身。那個誰，哎呀，叫什麼來著——班潔明爵士？」

巴吉側躺著，一隻手還伸得老遠地。帽子在一旁壓得扁扁地，頗有點時髦俏皮的造型效果，而他那端莊體面的黑外套繃掉了一枚鈕釦。藍坡使勁兒拖住那沉甸甸的身體，硬把他扭過來。巴吉的臉像麵團一樣缺乏彈性。他兩眼緊閉，但仍有氣息。傷口位置很高，在左側胸口，血汨汨地浸透衣襟。

「嗨！」藍坡高聲喊說。「嗨！喂！知不知道你在哪裏？」

他抬起頭來看看丫頭，視線一片模糊。丫頭正看著別處，周圍光線並不耀眼。矮樹叢間有枝枒折斷的聲響。班潔明爵士像歹徒似地戴著頂扁帽，撥開樹叢出現了。長過袖口的手臂膀在那兒盪來盪去。蒼白的臉上沾了泥沙，雀斑依稀可見。

「他——讓他給逃走了，」警察局長沙啞地說。「我不曉得他是誰。我甚至根本弄不清發生了什麼事。這又是誰啊？」

「你看他，」藍坡說。「他一定試圖攔住……那個傢伙。你難道沒聽見槍響嗎？看在老天爺的份上，我們趕快把他弄上你的車送去鎮上吧。你抬他的腳，好不好——我抬他頭這邊，小心別顛到他。」

很重。頭腳之間懸空的部分老是鬆垮下去，就像兩個人合力搬一個大床墊那樣。藍坡不覺胸口緊縮，肌肉酸痛。他們跌跌撞撞穿過矮樹叢那些處處會把人刮傷的枝幹，來到長草坡班潔明爵士停放在路上的戴姆樂車廠出的房車旁邊。

「你最好待在這兒看守，」待他們將巴吉安置在車子後座，警察局長這樣說。「史塔伯斯小姐，妳可不可以跟我一起搭車去馬克禮醫師那兒，在後座沿路扶巴吉一把？謝謝。小心囉，我要把車子調個頭。」

藍坡最後一眼看到車子發動時，桃若絲將巴吉的頭穩在她腿上，車燈則在搖晃。當藍坡轉身往回走向監獄時，發覺自己虛弱乏力得倚著籬笆歇腳。他腦袋既累且鈍，像生了鏽的齒輪在瞎轉。他就這樣在清澈的月光下緊抓著圍籬，一手還拿著巴吉被壓扁的帽子不放。

他呆呆地瞄了帽子一眼，隨手把它拋在地上。赫伯特‧史塔伯斯啊——有盞燈移近了。菲爾博士龐大的身軀蹣跚地走在一片灰濛濛的草原上。

「嗨喲！」博士伸長下巴吆喝著。他走上前來，將手搭上藍坡肩膀。「好小子，」他停了一下說。「好啦？怎麼回事啊？誰受傷了？」

博士很想用平靜的語氣說話，但嗓門畢竟吊得老高。他接著說：「我從陽台看到個大概。我看到他在跑就大喝了一聲，然後他好像朝什麼人開了一槍……」

藍坡一手抱頭。「那總管——叫什麼名字來著——巴吉。他在樹林那兒一定已經觀察我們好一會兒了。天曉得為什麼。我才剛把它——哎，剛把那死屍——扛上來——扛到水井邊，聽你大叫，又見那人拔腿就跑。巴吉擋了他的去路，胸口就挨了一槍。」

「他沒——」

「我不知道，」老美洩氣地說。「我們把他挪到車上的時候還沒斷氣。他們把他送到查特罕去了。」

兩個人在那兒靜靜地站了半晌聆聽蟋蟀鳴叫。博士從口袋裏掏出攜帶用扁酒瓶，拿在手裏。櫻桃白蘭地順著藍坡喉嚨而下，蠻衝的。爾後酒精密密地伸向血脈，讓他不禁打了個冷顫。

「你想不透那人是誰嗎？」

藍坡厭煩地說：「喔，管它是誰呢，我瞟都沒瞟到一眼。只聽見他在跑。我滿腦子都是井底看到的……唉，我們最好回到死者那兒去吧。」

「嘿，你渾身上下都在抖。穩著點兒啊——」

「肩膀借我靠一下。嗯，是這樣的——」

藍坡又嚥了一下唾沫。他覺得口鼻之間永遠揮不去水井——及在底下蠕動爬行的敗類——那股氣味了。他彷彿又見繩索從陽台上扭曲著給放下來，也重溫了躍出井口時，井邊石壁貼著他燈芯絨長褲的觸覺……

「是這樣的，」他急切地接著說。「我拉著繩索沒降下多深。底下大約五、六呎處井壁上，有人鑿了幾個石龕，很像石階那樣。我早料到這位置不會太低。若石龕位置再往下挪些，大雨來時水位就會淹過安東尼的這個藏匿所了。在下面得小心，因為那些石龕很滑，但有一塊大石頭刮得相當乾淨。我看得出有『om』及『me』字樣刻在一個殘缺不全的圓形碑文上。其餘的字幾乎銷跡了。起先我以為我絕對挪不動這厚石塊。但我打起精神，把繩索捆在腰際，拿挖戰壕的鋤頭利刃卡入石塊邊上的縫隙內，發現它不過是薄薄的一片石板，費不了太多力氣就可以把它往裏推。如果讓它保持直立，就可以用幾隻手指搭住旁邊的凹洞，把石板再關回來……底下到處都是水蜘蛛和老鼠跑來跑去……」

他打了個哆嗦。

「我並沒有找到密室或什麼匠心獨具的機關。僅僅是井壁原有的石磚，及周邊部分泥土被挖成一塊凹進去的地方。一半索性都浸在水裏。赫伯特的屍首被塞進這個凹處，堆擠在後方。我先碰到他的手，再看到他腦門上的彈孔。等我把他拖到凹洞外，自己也已經溼透了。他個子相當小，你也知道。憑著我腰間繫的繩索，把他扛在肩頭，我還挺得住。他衣服上都是一群吃得過肥的蒼蠅，爬得我滿頭滿臉。其他細節……」

他在自己臉上胡拍了一陣，博士一手攫住他臂膀，加以攔阻。

「別的什麼也沒有，除了——喔，對，我發現一條手帕。已經破破爛爛的了，是老提摩西的。邊上繡了提・史（T.S.）字樣，血跡斑斑地揉成一團丟棄在角落，起碼我看上去像是血。還有幾支點剩的蠟燭，和一些用過的火柴。就是沒有寶藏，連個盒子的影子都沒有。就這樣了。好冷喔，我們回去拿我的大衣好嗎。我領子裏有個東西在……」

博士又給了他一杯白蘭地，然後兩人拖著沉重的雙腿走向女巫角。赫伯特・史塔伯斯的屍體就躺在井邊藍坡先前把它擱下的地點。他們低頭就著博士提著的燈光瞧看它時，藍坡不停地在褲管兩側狠狠摩搓自己的手。屍體既瘦小又攔腰對折，頭彎向一邊，好像正張著大嘴，呆呆注視著草地上的景物似地。冷濕的地下石龕發揮了冰櫃的效用。雖然子彈射入他腦袋該有一個禮拜了，屍體還沒有腐化的跡象。

藍坡的頭彷彿有魔音穿腦，脹痛得緊。指著它問，「謀殺嗎？」

「毫無疑問。他手無寸鐵，而且——唉你也知道。」

老美說了一些在這種恍惚狀態下連自己都覺得多餘的話。「這件事一定要到此為止，下不為例！」他握緊拳頭，氣急敗壞地說。可也沒別的好說了。這句話表達了一切。他又說了一遍：「這事一定要到此為止，我是說真的！對了，總管那個可憐蟲……還是說，你看他是不是在這殺人勾當裏也參了一腳？我倒從來沒想過這一點。」

菲爾博士搖搖頭。

「不會不會。這件事只有一個人牽連在內。我應該知道是誰。」

藍坡倚在牆頭上，往口袋裏摸香菸。他拿髒兮兮、沾了泥的手用火柴點著一根菸。連火柴聞起來都是井底下那股味道。他說：「這事快了結囉——」

「這事快了結了，」菲爾博士說。「就在明天，端賴一通電報。」他不作聲，在想心事，同時把燈轉開去，不再猛照著那具屍體。「我花了好久才想通，」他出其不意地說。「有個人，而且只有一人，有可能幹下這幾票殺人的勾當。他已經殺害三個人了，今晚也許會向第四名無辜的人下手……明天下午有一班火車要從倫敦來。我們去等。那就是這謀殺犯的末日了。」

「那——你所說的謀殺犯並不住在我們當地囉？」

菲爾博士抬起頭來。「小伙子，現在別去想它了。回紫杉居洗個澡，換下這身衣服。你很需要的啦。我可以在這兒守著。」

一隻貓頭鷹在女巫角上方鳴叫。藍坡穿梭於矮樹叢間，沿著他們抬巴吉時踐踏過的小徑往回走。只回頭望了一眼。菲爾博士的燈已關上。菲爾博士站著不動，背對著月亮銀藍色的光澤，變成一個龐大的黑色側寫剪影，還頂著一個蓬鬆的獅子頭，正朝井裏探看。

巴吉只知覺到一串夢境及一陣痛楚。他知道自己正躺在某處的床上，頭下墊了一個厚厚的枕頭。有好半晌，他覺得自己看見一個白色蕾絲窗簾在窗口飄舞。又覺有盞燈映照在玻璃上，還有他旁邊坐了一個人，正看著他。

只是他什麼也不能確定。他瞌睡迷濛，睡睡醒醒，又動彈不得。有些噪音像鑼敲響之後的餘震似的，讓他難以忍受。有人拿來一床毛毛扎扎的毯子，捂在他脖子四周，其實他已經嫌熱了。人手一碰，他便驚懼，手卻怎也舉不起來。鑼的餘音般的噪音，和房間因焦距模糊而分裂成的多重影像加在一起，令他突感一陣劇痛掃遍全身，貫穿筋脈。他聞到藥的味道。他回到橄欖球場上的年少印象，被喧囂的吶喊所襲擊。此刻他又好像在調撥鐘錶，並從玻璃瓶裏酌量斟著葡萄酒。這會兒他看著大廳長廊老安東尼的肖像，彷彿從畫框內要向他直撲過來。老安東尼好像戴著一隻粗活兒用的白手套……

即使他在靜養中都心知肚明，那個開槍者並非老安東尼的鬼魂。那麼會是誰呢？是他在電影上看過，成天槍戰械鬥的一個傢伙嗎？眼前掠過一長串人物面孔，像精靈魔瓶裏逸出的一樣虛無飄渺。這些都不是，而是他認識很久了的一個人。很熟悉的一張臉——

才想著呢，這張臉竟俯身出現在他床鋪上方。

他想尖叫，卻只發得出嘶啞的喉音。

不可置信，這人怎會在此，而且毫髮未損呢？巴吉對此人的記憶好像跟含有劇毒的三碘甲烷有點關聯哩。枕頭套涼涼的，貼著臉頰覺得質感有些粗糙。鐘響了。有個東西——燈下的薄玻璃杯——在晃動，還有人輕手輕腳走過的聲音。他很清晰地聽到一個聲音說：「他不會有大礙。」一

巴吉睡過去了。彷彿潛意識裏苦撐在那兒就在等這句話似的。一旦得到，睡意便襲上來，好比鬆軟暗沉的毛線一樣，把他團團圍住了。

等了好久，他終於醒過來時，先不知自己有多虛弱，止痛的嗎啡藥效也未退盡。但他倒知道日頭已低垂，光芒灑進窗內。他張惶失措又有些驚愕，他試著動一動身體。他終於弄清楚自己竟一覺睡到下午去了，嚇了一大跳。這在宅邸從來沒發生過的……然後他看到班潔明•阿諾爵士的一張長臉正露出笑容，彎身俯向他。巴吉先沒認出他背後的那個人來，是個年輕人……

「感覺好些了嗎？」班潔明爵士問道。

巴吉開口想說話，卻沙啞無聲。他覺得好屈辱。同時有片毛鱗爪的記憶，像條原本糾結的繩索似地，在他意識中鬆綁了……

對啦。他想起來了。色彩鮮明的記憶突然橫掃腦際，他不覺閉上雙眼專心追想。年輕老美，

那雙白色手套，那支手槍。他究竟做了什麼——忽地一個念頭閃過，他是個膽小鬼，他向來就自認為是孬種，這想法就像令人作嘔的藥丸一樣苦澀。

「講話耗神，別講了，」班潔明爵士說。「你人在馬克禮醫師家。他說你不能移動，所以你要躺好。你中彈了，傷口很嚴重，不過你會好起來的。我們現在都要退出去了。」班潔明爵士顯得有點靦腆。他手指一直撥弄床尾的鐵柱。「巴吉，你所做的，」他補上一句，「嗯——我也不吝於告訴你啦——唉，真有種。」

巴吉潤了潤嘴唇，終於講上兩句話。

「噢，」他說。「謝謝您。」

瞅見美國小伙子為此差點忍俊不住的模樣，巴吉半闔的眼睛又驚訝又有氣地睜得老大……

「巴吉，別生氣啊，」藍坡連忙插上一句。「只是你當時向他衝鋒陷陣的樣子，像個蹩腳的愛爾蘭員警一樣。現在又表現得像有人請你喝啤酒似地那麼領情……我想，你沒認出對方吧？」

腦海裏奮力追想，依稀記得半張面孔，卻像水潑在沙上那樣，一圈一圈地散成螺旋。巴吉覺得頭昏，胸口又痛。此刻那張臉就像沙畫一樣，完全被水銷蝕了。

「有，」他吃力地說。「我會記起來的——快了。眼前我沒法思考……」

「當然，」藍坡馬上接他的話。他看到有位身著白衣的人在門口向他招手。「那，巴吉，祝你好運。你好神勇。」

面對眾人的微笑，巴吉感到有義務回他們一個笑臉，於是像神經抽搐似的將嘴角向上撇了一撇。他又昏昏沉沉的了，頭裏嗡嗡地鳴著。不久他又飄飄然地進入夢鄉，再也想不清倒底發生了些什麼。有生以來第一次嚐到滿足感，心頭烘得暖暖的。這故事有多讚哪！要是女僕們方才沒把窗子敞開就好了……

他闔上雙眼。

「謝謝您，」巴吉說。「請告訴桃若絲小姐，我明天就回宅邸報到。」

藍坡把臥房的門帶上，在幽暗走廊上轉頭面對馬克禮醫師。前頭有個護士正在下樓，他看見她白皙皮膚的一角。

「他看到對方的臉了，」警察局長面色凝重地說。「對，他會記起來的。問題是，當時巴吉怎麼會剛好在那兒呢，搞什麼鬼啊？」

「純粹好奇吧，我想。現在怎麼辦呢？」

班潔明爵士打開一個大金懷錶的錶殼，緊張兮兮地瞄上一眼，又把它闔上了。

「就看菲爾的了。我要是曉得怎麼辦就好了。」他發起牢騷來。「他老是越級，直接與我上司打交道，都沒知會我咧。我要說的是，他跟威廉‧拉瑟特爵士交情好得很，就是蘇格蘭場的總督察。菲爾博士好像跟英國各方人士都交情不錯，而且一直在幕後運用他的影響力……我唯一知道的是，我們要去接五點零四分從倫敦來的火車，然後要立即攔截某個到站下車的人。唉，希望其他人都到齊了。走吧。」

馬克禮醫師還在做下午例行的巡房，他們沒再久候。來到大街時，藍坡比警察局長還要緊張得多。從昨晚到今天他都無法從菲爾博士那兒多套出一點訊息。

「問題還不止於此呢，」警察局長持續他那牢騷滿腹的語氣，嘟囔著說，「我不打算去南漢普頓跟主任牧師的叔父會面了。我可不在乎他是不是老朋友咧，到時候反正主任牧師會代替我去。禮拜四我得到曼徹斯特有事，至少要走開一星期。真是的！老有忙不完的事。沛恩也遍尋不著。他手上有一些文件，我非得帶去曼徹斯特不可。真是的！這兒這個案子又耗了我這麼多時間，原本可以輕易移交給適任的人來管的，現在菲爾又把整件事從我手上攬了去……」

藍坡感到他氣急敗壞，滔滔不絕想到什麼就講什麼，似乎這樣才能把腦袋放空，免得想太多。老美也想省省腦筋了。

班潔明爵士的灰色戴姆勒房車停在榆樹成蔭的街上等著。午茶時分外頭人煙稀少。藍坡在想，不知赫伯特死了的消息滲透查特罕了沒有。他的屍體昨天深夜被送到宅邸去了，僕人們相互告誡，在上面准許之前千萬不可把話漏出去。但這也不保險。昨晚桃若絲為了避免面對這樁慘案，跑來菲爾太太那兒睡。天快亮時藍坡聽見她們在隔壁房間說話。他精疲力盡卻無法入睡，於是坐在窗前抽了一堆香菸，盯著漸漸泛白的天色，瞧得眼皮乾澀刺痛。

這會兒灰色戴姆勒房車馳騁於查特罕大街小巷，涼爽的風夾帶一股清香拂上藍坡的臉。天上赤紅的霞光已轉淡。低地上空則讓白色、淡紫與暗灰色相間的雲帶悄悄取而代之。有幾朵烏雲像墊後的羊隻似地落在一旁。他猶記第一次與桃若絲漫步查特罕的那個傍晚，正值這黃金薄暮籠罩的天色，襯托著競相爭鳴的微弱鐘聲。那時一陣風吹上綠色禾穀，而山楂的味道越向晚越濃郁。

想到這些，他不敢相信這只是短短十天前的事。

「明天有一列午班車從倫敦來，」菲爾博士在女巫角說的話言猶在耳。「我們要去會那班車。」

斬釘截鐵的決定……

班潔明爵士不發一語。戴姆勒房車迎著疾風呼嘯而去。想像桃若絲在紐約，想像桃若絲成為他妻子。天哪！但這話聽起來怪怪的。每想到此，他就記起自己去年還坐在課堂上，擔心經濟學會不會被當掉呢（當然，他就像所有具備聰明才智的人一樣厭惡這門刻板的科目）。對他而言，經濟學被當掉就代表世界末日啦。擁有一個妻子，意味著他將從學生身份搖身一變，成為成年的公民，會有自家電話號碼和自家雞尾酒搖搖杯等等。而他母親若知情，準會歇斯底里。他父親，遠在西四十二街一號二十五樓的律師事務所，則會懶洋洋地揚起一邊眉毛說，「好吧，你需要多少錢？」

戴姆勒房車輪胎「唧」地一聲在路邊剎車。他們得靜待這位貴客抵達，也就是靜待謀殺犯自己送上門來。

通往紫杉居、屋影遮蔽的巷弄裏，有幾個人影等著他們。菲爾博士發出低沉的聲音：「他怎麼樣？好些沒有？我就知道。好啦，我們準備好了。」他拿枴杖比劃了一下。「馬汀被謀殺那晚在場的每一個人——任何一位能提出證據來的，現在都要參一腳，一起看這件事如何落幕。史塔伯斯小姐原本不想來的，主任牧師也是。但他們兩位都到了。我看火車站還有其他人會在等我們。」他急躁地說，「好吧，上車，上車！」

主任牧師的碩大身影出現在巷口。他扶桃若絲小姐上車時，自己差點絆跤。

「當然，我很樂意去，」他說。「可是我不懂，你為什麼說我在場很必要——」

此刻他們已走出巷子的陰暗處。菲爾博士的手杖打在沙地上，說：「這就是重點所在。整個案子關鍵就在此了。我要你來指認一個人。你可以提供一些線索。我懷疑，恐怕連你自己都不清楚你知道多少哩。此外除非你完全照我的吩咐去做，否則我們永遠無法解開這個謎。聽到了嗎？」

他炯炯有神地環視大家。班潔明爵士拚命空踩油門發車，面無表情，臉始終朝向另一邊。他語氣冷淡地提議他們該上路了。後座的主任牧師正努力使他臃腫的大臉上保持神態自若狀。桃若絲雙手置於腿上坐著，直視前方……

藍坡感覺恍如隔世，自從十天前抵達，一直沒再來過火車站。這輛戴姆勒直直切過路上彎道，警笛大作以便開路。查特罕監獄遠遠地落在後頭。他們好像一步步在接近真相。一波波禾田麥浪上方露出那磚砌的小小車站，而鐵軌在黃澄澄、西斜的朦朧夕陽下閃閃發光。陰暗月台上的一排燈還未點亮，但車站票口倒有一盞綠色的燈。正如第一次來這兒的那晚，狗在吠。

班潔明爵士一停車，大夥剛好聽到遙遠的鐵路線上火車尖銳的汽笛聲。

藍坡楞了一下。菲爾博士搖搖晃晃地拄著楞杖下了車。他戴了他那頂帽沿低垂的黑色老軟帽，及並排打了厚褶的斗篷，看來像個胖土匪。一陣微風吹動他眼鏡上繫著的黑緞帶。

「現在聽我說，」他說。「大家緊跟在我旁邊。我唯一的指令是針對你的。」他目光犀利地看著班潔明爵士。「我警告你喲，你會情不自禁地參與意見，可是不論你看見什麼或聽到什麼，看在老天爺份上別開口！懂嗎？」此時他眼神已銳不可當。

「身為本郡的警察局長——」班潔明爵士正要不甘示弱地發言就被博士打斷了。

「火車來了。跟我一起走到月台上去。」

他們聽得見車身那單薄、隱約、鏘啷鏘啷的咆嘯聲。這聲響正在藍坡全身神經裏流竄。他自覺像隻雞，跟著整個雞群被菲爾博士趕進雞舍去。火車頭在林間轉過一個彎來，頭燈眨了兩下。鐵軌亮晶晶的，開始喀拉喀拉地震動起來。

站長打開行李保管室，製造出長長的「唧嘎」一聲噪音，再把燈打上月台的看板。藍坡朝那方向瞧了一眼。他看到車站附近有個人影，背對著氣氛詭異的昏黃天空，一動也不動地站著。之後心裏暗暗一震，他看到好幾個類似的人影分佈在月台各角落，手全都插在大衣側邊口袋裏。

他猛地轉身。桃若絲・史塔伯斯在他身旁，望著鐵路線盡頭看。主任牧師瞇起他的藍眼睛，拿了條手帕使勁兒擦拭自己額頭，好像正要開口說話的樣子。班潔明爵士則一臉不高興地看著票口。

小火車輾軋過鐵軌嘎然停下，猛地捲來一片煤灰。引擎長嘆了一聲，吐出一團團蒸汽。一盞白燈在進站處直閃。車上人們忽隱忽現地行經骯髒泛黃的車窗往外走。除了運行李的拖車轆轆的車輪聲之外，唯一的雜音是含蓄的「空隆」一聲。

「在那邊……」菲爾博士說。

有位乘客正在下車。礙於凌亂的光影，加上蒸汽回流，藍坡看不清他的臉。隨後那名乘客走在白色的月台燈下，老美遂瞪著他看。

這人他從未見過。此時他察覺月台周圍文風不動的那些人之中，有一位的手插在口袋裏，正朝這兒靠近。而藍坡則在觀察從火車上下來的這個神秘人物：他個子很高，頭戴一頂老式的方形窄邊禮帽，輪廓粗獷的棕色下巴上灰色鬍子修得很俐落。這陌生人遲疑了一下，把右手裏的皮箱換到左手……

「在那邊，」菲爾博士又說。他緊抓著主任牧師的手臂。「你看到他了沒有？他是誰？」

主任牧師一臉困惑。他說：「你難道瘋了不成！我從來沒有見過這個人。究竟——」

「啊，」菲爾博士說。他的嗓門突然提高，好像洪鐘一樣響徹月台。「你不認識他。可是，桑德士牧師，你該認得的呀。他是你叔叔。」

一片懾人的靜寂中，那批文風不動的人員之一走上前，來到主任牧師背後，一手放在牧師肩膀上。

他說：「湯瑪士・桑德士，我以謀殺馬汀・史塔伯斯之罪名逮捕你。我必須警告你，你所說的任何話都會紀錄下來，作為指控你的證據。」

他從口袋裏伸出另一隻手來，拿著一支左輪手槍。藍坡雖然感到天旋地轉震驚得無以復加，仍未漏看，那些文風不動的人全都從月台四周挨近，靜靜地包圍上來。

CARR

CHAPTER 17

第十七章

主任牧師沒妄動，他連表情都未曾稍作改變。他持續拿手帕擦拭前額，那是他的老把戲了。他頗高大，一身黑，穿著舒適自在，金色的錶鏈晃來晃去。然而他的藍眼珠似乎萎縮了，不是瞇起來而已，是收縮彷彿眼睛真的變小了。他盡量擺出殘餘的一點溫文儒雅的氣質來。藍坡覺得，主任牧師像一個人要下水游泳之前大吸一口氣那樣，在做最後的一搏。

他說：「這太離譜了呀。但，」他很有風度地揮著手帕說，「我們好像——啊——引來好多人圍觀。我看，各位先生們都是偵探吧。就算你們喪失理智到要逮捕我的地步，也用不著出動這麼多人馬呀……有一大群人聚過來了唉！」他壓低聲音，口吻愈加生氣，又說。「假如你非得把手搭在我肩膀上才放心，那讓我們到班潔明爵士的車上再說。」

逮捕他的那個人看來沉默寡言，臉上皺紋滿佈，望著菲爾博士。

「是這個人沒錯嗎？」他問。

「巡官，沒關係，」博士回答。「就是此人。你儘管照他要求的去做——班潔明爵士，你看月台上那個人。你認得他嗎？」

「老天，我認得！」警察局長驚嘆道。「是羅伯特・桑德士。沒錯。他比以前我見過他時衰老了些，可是我怎麼說都認得出他呀……咦，菲爾！」他像燒開的一壺水一樣口沫橫飛。「你不會是說——主任牧師——桑德士！」

「他的名字並非桑德士，」博士鎮定地說。「我也幾乎可以確定他不是個神職人員。反正你認得那位叔父。我就怕你趕在我問話之前脫口而出，說不定冒牌桑德士剛好與正牌主任牧師神似，也不無可能……詹寧斯巡官，我建議你把人犯帶到路邊那輛灰色的車上去。班潔明爵士，你可以先去跟你的老朋友打個招呼。要對他透露多少實情都行，講完了再回來與我們會合。」

桑德士摘下帽子朝自己直搧。

「難道說，這是你一手主使的嗎，博士？」他耐著性子，簡直是和顏悅色地問著。「我——呃——我很感意外。甚至是震驚。菲爾博士，我真看你不順眼。各位先生，走吧。巡官，你不必握著我的手臂膀。我保證沒有要開溜的意思。」

漸暗的光線中，這一撮人朝戴姆勒房車走去。詹寧斯巡官像個老舊的轉軸一樣，遲鈍地扭過頭來。

「我想我該帶幾個人手一起去，」他對菲爾博士說。「您說過他是個殺手。」

這猙獰的字眼如此不動聲色地冒出來，突然教大家啞口無言。過了好一會兒，這靜謐才被重重的踏步聲給打散。藍坡挨在桃若絲身旁走在大夥後方，盯著背脊寬厚的主任牧師，自信地跨著大步走著。桑德士頭上禿了的那塊皮膚，在黃黃細髮環繞下一目了然。藍坡聽見桑德士在笑……

他們讓人犯坐進車子後座。主任牧師舒適地將四肢伸展開來，深吸了一口氣。「殺手」這兩個字仍隱隱在大家耳際迴響。桑德士對此似乎也心裏有數。他的眼光緩緩繞著大家流轉，同時一絲不苟地把手帕攤開再折回去，好像一件一件套上盔甲般慎重。

「好啦，各位，現在呢，」他表示，「拜託讓我們在這房車後座輕鬆地聊聊天……我受到的究竟是什麼具體控訴呢？」

「天哪！」菲爾博士嘆服地拍打車身，「可精采了，桑德士——你聽到巡官說了。你的正式指控只有馬汀‧史塔伯斯的謀殺案。不是嗎？」

「的確，」主任牧師慢條斯理點著頭同意。「我很高興身邊有這麼多證人在場……巡官，在我說任何話之前，這是你最後一次機會了。你確定你要繼續這項逮捕行動嗎？」

「我必須聽命行事。」

對方又得意地點點頭。「這樣下去，我倒認為你會後悔的。因為三位證人——不好意思，是四位——剛好能證明我絕無可能殺害我的年輕朋友馬汀。事實上，或是殺了任何人。」

他在拖延。

「現在我能不能問一個問題？菲爾博士，好像是你促成這個多少有點——不要見怪喔——令人開了眼界的逮捕行動。我的年輕朋友馬汀——呃——死的那天，我在你家，就坐在你旁邊唉，沒有嗎？我幾時抵達的？」菲爾博士，依然像個胖土匪，正倚在車門邊上，好像挺自得其樂的樣子。

「第一步棋，」他說。「你用了卒子，而非騎士。巡官，接招囉。好玩好玩——你是十點半來到我家附近的。十點半左右。就算是十點半吧。」

「我可要提醒你，」——主任牧師的聲音變得有一丁點兒兇，但他立即不落痕跡地改口。「啊，不要緊。史塔伯斯小姐，妳可不可以告訴各位先生們，妳哥哥是幾點離開宅邸的？」

「你也知道，那些鐘所指的時間有些錯亂，」菲爾博士接腔。「大廳的鐘快了十分鐘……」

「的確如此，」桑德士說。「好啦，不管他是幾點離開宅邸的，我都已經在菲爾博士家了。你承認這是個事實吧？」

桃若絲不解地看了他很久，點了點頭。

「嗄……是啊，是啊，沒錯。」

「再來是你，藍坡先生。你很清楚我在博士家一直沒走開過。你看見馬汀拿著燈走向監獄的時候，我在座。你看見他的燈在典獄長室亮起時，我也在座吧？簡單地說，我毫無機會殺他呀，是吧？」

藍坡只能答，「是。」無可否認。事發當晚，那整段時間桑德士都端坐在他眼前，菲爾博士也在場。他很不屑桑德士那副表情。他那張紅光滿面、帶著笑意的大臉背後暗藏太多急於遊說的成份。然而……

「博士，不能不承認這一切吧？」主任牧師問。

「我承認。」

「而且我也沒裝任何機關，不像這次調查中，大家紛紛揣測的那樣呀。也沒有什麼死亡陷阱可以幫助不在現場的我殺死馬汀・史塔伯斯嘛？」

「沒有，」博士回答。他眨來眨去的眼睛也鎮定下來了。「你說你全程與我們為伍的那個時段，的確你沒走開。你跟藍坡先生開始分頭跑向監獄的短短剎那，你也什麼都沒做——因為那時馬汀・史塔伯斯已經死了。你的行為舉止很清白。縱然如此，我斷定你還是親手殺了馬汀・史塔伯斯，再把他的屍體給丟到女巫角去。」

主任牧師又一次攤開手帕擦汗。眼睛機靈地看著，嚴防自己中了什麼圈套。他開始惱羞成怒了。

「巡官，你最好放我走，」他突然說。「你不覺得我們已經胡鬧夠了嗎？這個傢伙要就是在惡作劇，不然就是……」

「班潔明爵士把你號稱是你叔叔的人給帶來了，」菲爾博士表示。「我看你們最好都到我家去，我再告訴你們他是怎麼辦到的。同時呢——巡官！」

「有！」

「搜捕令在你那兒嗎？」

「是。」

「派你的人去搜牧師公館，你呢，跟我們走。」

桑德士略微換了一下姿勢。他眼瞼泛紅，面色就如大理石般死灰，但仍帶著那抹泰然自若的笑容。

「挪過去，」菲爾博士從容不迫地下命令。「我坐你旁邊。喔，還有——我要是你的話，就不會一直把玩那條手帕。你是出了名的手帕不離手。我們在水井裏的藏身處發現一條喔。我猜想上面鏽的姓名縮寫『T.S.』代表的根本不是提摩西・史塔伯斯的『提・史』，而是你呀，湯瑪士・桑德士的『湯・桑』。老提摩西臨死拋下的最後兩個字就是『手帕』。他甚至連那份手稿旁都留下了線索。」

桑德士果真挪過去空出位子來，冷靜地將手帕平鋪在膝上，整個攤開來給人看。菲爾博士偷笑了起來。

「你現在恨不得能否認你名叫湯瑪士・桑德士了，是不是？」他盤問。他手杖揮了揮，示意要班潔明爵士把那位棕色皮膚、手拿大皮箱的可敬叔叔請過來。這位叔父又高又嘮叨的抱怨聲劃過空中而來：「——真該死，這是什麼意思。我有幾個朋友要拜訪，也寫信叫湯瑪士星期四以前不必見面。結果他拍電報到我船上叫我直接來這兒，說事關生死，還指明搭這一班車，又——」

「電報是我發的，」菲爾博士說。「幸好我發了。若是等到禮拜四，我們這位仁兄早就逃之夭夭了。他幾乎已經說服班潔明爵士，讓他今天不必出面。」

個子高高的叔父把帽沿往後一推搶著說。「聽著，」他忍無可忍地說。「是不是大家都瘋啦？先是班潔明語無倫次，現在又——唉，你是誰啊？」

「不不不，你問錯對象了，」菲爾博士糾正他。「你該問，這是誰啊？」他碰一碰桑德士的手臂。「這是你侄子嗎？」

「哦，見鬼喲！」羅伯特・桑德士先生說。

「那，上車。最好坐在駕駛旁邊，他會跟你說明。」

巡官應聲上車，坐在桑德士旁邊。藍坡和桃若絲面對著後座拉下一張椅子擠著坐，羅伯特・桑德士跟班潔明爵士坐在前座。主任牧師只表達了這麼一個意見：「這絕對可以證明是個誤判。

但隨便一個誤判跟控告謀殺可有天壤之別。你無從證明是謀殺喔。」

他臉色發白。藍坡坐在那兒膝蓋差點觸到主任牧師，既反感又加上害怕，不由得打了個寒戰。藍色的圓眼珠仍睜得大大的，嘴也微張。你聽得到他的呼吸聲。車後座一片死寂。暮靄迅速染遍天際，車輪「沙沙」地摩擦路面，彷彿低吟著「殺手」這兩個字。

此時藍坡瞧見巡官不聲不響地將手槍藏到腋下，槍管對準主任牧師腰邊。

車子沿著小巷來到紫杉居，顛得厲害，而前座的班潔明爵士仍講個不停……他們甫在屋前停下，羅伯特・桑德士就跳下車。他的手臂遠遠地伸到後座。

他說：「你這個下流的豬。我姪子他人呢？你把他怎麼樣了？」

巡官揪住他手腕。「慢著，您且慢，不要動粗。」

「他號稱自己是湯瑪士・桑德士？他是個超級大騙子。就憑他——我要把他宰了。我——」

詹寧斯巡官不慌不忙，把他推離敞開著的車門。這會兒大家都圍住主任牧師了。他中間光禿的腦袋，四周圍了一圈毛茸茸的黃髮，使他看來活像個食古不化的聖徒。他竟仍盡量保持笑容。

他們架著他進屋裏去，菲爾博士正在書房點燈。班潔明爵士把主任牧師一把推進一張椅子內。

「好啦——」是他的開場白。

「巡官，」菲爾博士拿燈比了比說。「你最好給他搜搜身。我想他綁了一個放錢的腰包。」

「不要過來！」桑德士聲調提得老高說。「你什麼也證明不了。你最好離我遠一點……」

他杏眼圓睜。菲爾博士把燈放在他旁邊，照著他冷汗直冒的臉。「那就算了，」博士漠不關心地說。「巡官，搜他也沒用……桑德士，你有沒有什麼話要聲明？」

「沒有。你不能證明什麼。」

菲爾博士打開書桌抽屜，好像要找紙筆來讓他寫自白書。藍坡目光隨著他的手在移動。別人都沒注意到，因為大家都看著桑德士。然而主任牧師卻眼巴巴地望著博士的一舉一動。

抽屜裏有紙，還有博士那把老式的迪林格手槍。槍已打開，因此彈匣是敞著的。燈光一照，藍坡看到槍膛裏只有一顆子彈。抽屜隨即給關上了。

是攤牌的時候了。

「各位請坐下，」菲爾博士勸著。桑德士空洞的眼神仍停留在關好的抽屜上。博士往羅伯特・桑德士那兒瞄了一眼，後者正緊緊握拳，一臉傻相站著。「各位，坐吧。如果他自己拒絕據實以報，就得由我來揭發他是如何幹下這些謀殺的勾當。這件事慘絕人寰。史塔伯斯小姐，妳要不要迴避一下……」

「就請避開一下吧，」藍坡輕聲說。「我陪妳一起出去。」

「不要！」她喊道。他曉得她正竭力控制自己即將失控的情緒。「直至目前為止我都承受下來了。我不要出去。你們不能強迫我出去。若是他幹的，我一定要知道真相……」

主任牧師已恢復鎮定，雖然他激動過度，聲音還是啞的。

「史塔伯斯小姐，當然妳可以留在這兒，」他大聲說。「妳最有權利聽這瘋子捏造出來的故事。他沒法自圓其說的——不單是他，任憑誰也說不明白，我如何能夠既跟他同處在這屋裏——

又能把你哥哥從典獄長室陽台上扔下來。」

菲爾博士義正辭嚴地大聲說：「我沒說你把他拋下陽台喔。他壓根兒就沒被丟下陽台。」

屋裏一陣沉默。菲爾博士倚在壁爐台邊，一隻手臂沿著邊擱在上頭，眼睛半閉。他思慮縝密，接著說：「他沒墜下陽台有幾種原因。當你發現他時，他是右側朝下躺在那兒的。而他的右大腿骨也摔斷了。可是他擱在長褲小暗袋內的手錶不但完好無缺，還滴滴答答、分秒不差地走得好好地。五十呎的落差咧——這絕對違反常理了吧？我們待會兒再回頭來談這隻錶。」

「現在講到謀殺發生當晚，雨下得很厲害。更確切地說，雨從快十一點一直下到一點正。第二天我們上典獄長室的時候，發現去陽台的鐵門是敞開的。記得嗎？馬汀・史塔伯斯應該是差十分十二點左右被殺的。那道門也應該從那時就是開著的，而且繼續敞著才對。豪雨下了一個鐘頭，想當然耳，雨水會從那扇門飛濺進房內。雨鐵定也打進窗戶了——窗子這個目標範圍比門小得多，還塞滿長春藤。第二天早晨，窗下地面上尚且有一大灘一大灘積水。但那扇門邊竟連一滴雨水都沒有；周邊地面不但乾得很，而且有些細沙，甚至於灰塵滿佈。換句話說，各位，」博士平靜地說，「門是一點鐘雨停了以後才打開的，而不是被風吹開的，因為那道鐵門重得連用力扭開門把都嫌吃力。是有人事後刻意打開，大半夜跑去現場動手腳的。」

又是一陣靜默。主任牧師僵直地坐著。燈光下看得出他面頰抽搐了一下。

「馬汀・史塔伯斯香菸抽得很凶，」菲爾博士繼續說。「他又緊張又恐懼得難耐。當日整天香菸接連著抽個沒停。這樣恐怖的一個守夜試煉，不難想見他等待的時候菸只會吸得更凶才對……可是他身上尋獲的菸盒和火柴盒都還滿滿的，而典獄長室地板上也連一個香菸頭都沒有。」

博士從容地逑說著。好像說著說著，自己也想來根菸了。他拿出自己的煙斗。

「然而不容置疑的是，有人去過了典獄長室。而謀殺犯的計謀就是在這一點上破功的。如果一切按照原定時間表進行的話，燈熄的那一刻原本不會有人瘋了似地衝過草原去探看。我們本該在這兒安心等候，過了相當時間馬汀還不回來時才會發現他的屍體。可是——注意喔，就是藍坡先生注意到的癥結所在——典獄長室燈光熄滅的時間比午夜早了那麼十分鐘。」

「所幸謀殺犯擊碎馬汀的大腿骨藉以製造他從陽台跌落的假象時，沒想到該順勢砸爛馬汀的懷錶。錶在走，而且走得很準。理論上，且讓我們假設，待在典獄長室裏等的真是馬汀本人。當守夜結束時，他本來應該關上燈回家。十二點差十分的時候，他會知道時間還沒到。可是假使守夜的另有他人代替，而此人的錶恰好快了十分鐘呢？」

班潔明・阿諾爵士像個矇著眼摸索的人一樣從椅子上巍巍顫顫地起身。

「是赫伯特啊——」他說。

「我們已知赫伯特的錶正好快了十分鐘，」博士說。「他曾教女僕調整老爺鐘，但女僕發現這錶不對，因此並未遵囑去調屋裏其他的鐘。等到赫伯特代替嚇得要命的堂哥馬汀去守夜時，他堂哥早已被扭斷脖子，死在女巫角了。」

「可是我還是不懂——」班潔明爵士一頭霧水地楞在那兒。

玄關的電話猛然響起，大夥全都嚇了一跳。

「巡官，你最好去接，」博士建議。「八成是你的手下從牧師公館打來的。」

桑德士這下起身了。他下巴贅肉跟隻癩痢狗差不多。他開口了。「真是荒誕不經嘛！真是太——」講話的音調難聽到極點，就像他刻意在模仿自己正常音調來搞笑一樣。話未說完，他又跌坐到椅子上……

他們聽得到詹寧斯巡官在玄關講電話的聲音。不久他回到書房來，表情更加木然。

「都搜出來了，」他對菲爾博士說。「他們查過地窖。摩托車已經給拆得破破爛爛埋在那兒。他們又搜出一把白朗寧手槍，一副做粗活兒的手套，還有幾個皮箱裝滿了——」

班潔明爵士無法置信地說：「你這隻豬……」

「等一等！」主任牧師大喊。他又站了起來，手的動作像在抓門。「你不知道實情。你對整件事的始末一無所知啊——都是用臆測的——一部分是——」

「我對這件事一無所知，」羅伯特・桑德士吼道，「我一直不作聲，也忍得夠久了。我要知道湯瑪士的下落。他在哪裏？你把他也殺了嗎？你在此地招搖撞騙有多久了？」

「他死了！」對方被逼急了，脫口而出。「跟我可沒關係。他死了。我對天發誓，從未動過他一根汗毛。我要的只是一個平凡、安定、受人尊重的生活，才想到取代他的位置，來這裏就任的……」

他手指在空中笨拙地比劃著。「聽我說。我只求給我一點時間思考。我只想在這兒閉目坐一坐。你們讓我措手不及……聽著。我會把整件事鉅細靡遺地寫給你們，整個來龍去脈。我不寫的話，真相對你們來說永遠是石沉大海。博士，就連你也沒輒的。如果我坐在這兒馬上寫，你們答不答應住嘴了？」

他簡直像個塊頭特大，哭哭咧咧的孩子。菲爾博士仔細端詳他說：「巡官，我看你還是由他去吧。他逃不掉的。如果你要的話，可以在草坪上逛一逛。」詹寧斯巡官表情麻木。「好的。警場的威廉爵士吩咐過我們，一切聽您指揮。」

主任牧師坐直了身子。仍苦苦維繫他那昔日的翩翩風采，卻心有餘而力不足。「還有——啊——一件事。我堅持，有幾個環節菲爾博士得為我解釋清楚。我也可以為你進一步澄清一些地方。看在我們過去的——情誼份上，大家出去之後，你可不可以好心陪我在這兒坐幾分鐘？」

藍坡差點開口反對。他正要說，「抽屜裏有把槍啊！」卻見菲爾博士望著他。這位字典編纂家正輕輕鬆鬆在爐火旁點煙斗，火柴的火焰上方兩眼瞇起，示意他保持沉默……

天幾乎全黑了。羅伯特・桑德士激憤地叫罵著，不得不讓巡官和班潔明爵士給帶出去。藍坡和丫頭也離開，到光線微弱的走廊上待著去了。他們臨走回眸，看到博士還在點他的煙斗，而湯瑪士・桑德士打起精神表情冷漠，朝寫字檯走去……

門給帶上了。

CARR

CHAPTER 18

第十八章

自白書

致詹寧斯巡官，或其他有關人士：我從菲爾博士處已得知案情的整個發展，他也聽我述說了作案過程。我坦然面對。依稀記得，法律文件上應註明「神智清醒」或類似字眼，但我相信這項慣例我若未加以嚴格遵行將受到諒解，因為我對法律文件慣例毫不熟悉。

我還是開誠佈公地招認吧。這不難做到——因為自白書完成之後，我只消舉槍自盡就得解脫了。方才有那麼片刻，我還處心積慮，要在對談中將菲爾博士射殺。可惜槍裏只剩一枚子彈。當我拿出槍對準他時，他用手比了比自己的頸子，暗示此舉將給我帶來處絞刑的後果。經過三思，我不免想留下子彈，好一槍把自己了斷。這遠勝過被人家吊死，我因而放下了武器。我坦承，我恨菲爾博士，打心底痛恨他揭發了我。但我總得把自己的福祉擺第一位，我畢竟不想被吊死。人說那十分痛苦，我卻最沒能耐忍受痛苦。

我要率先蓋棺論定，為自己說句公道話。這世界待我太薄，我不是個罪犯呀。我資質優異，受過良好教育。我敢說，在任何團體我都熠熠發光，對此也頗感欣慰。我拒絕透露自己真實姓名，就讓個人來歷永遠塵封起來，以防大家尋線查出。其實早年我確曾研讀過神學。事不湊巧，我被某神學院開除了——所謂不湊巧，無非只是我這血氣方剛的年輕人，對神的敬拜敵不過一個漂亮女子的吸引力，一時失足罷了。但若說我偷竊金錢，我至今仍要鄭重否認，也鄙斥任何人指控我曾企圖將這事嫁禍於同學。

父母親對我並不瞭解，也未付出同情。被踢出神學院的我，不免感覺懷才不遇。簡言之：我求職無門。我的天賦才幹多好，但凡給我一個機會，都會在短時間內飛黃騰達。可惜苦無機會，甚至不值一顧的工作都沒份。我向一位姑媽借錢（她已不在人世，願她安息！）混日子過，飽嚐了貧困的苦頭——是的，我曾飢寒交迫——對此境遇深惡痛絕。好想安頓下來過舒適的生活，受人尊重，發揮所長，品嚐安逸的樂趣。

三年多以前，我在紐西蘭駛來的客輪上結識年輕的湯瑪士・奧德里・桑德士。他說，他透過叔父的一位老友班潔明・阿諾爵士，運用影響力在英國謀得一份棒呆了的新職務，而他與這位爵士從未謀面。我因熟悉神學，因此在那趟旅程中與年輕的湯瑪士・桑德士結為好友。這些毋須贅述了。那個可憐蟲抵達英國後，不久就死了。這樣一來，我靈機一動想到，藉此良機舊日的我應該消失，搖身一變成為假的湯瑪士・桑德士，頂替他前去查特罕到任。我並不怕事跡會敗露，因為我對他的過去掌握了很多，足以取代他。反正他的叔父從來不離奧克蘭一步。當然啦，我得跟他叔父通信保持聯絡。但許久才需寫一封，又是打字的，不必擔心筆跡不符。此外，我把桑德士護照上親筆簽名模仿得維妙維肖，不擔心他叔父起疑。桑德士在英國雖就讀過伊頓公學，可是他大學及神學課程都是遠在紐西蘭的聖玻那菲斯學院研修的。因此我在此地遇到他同窗舊識的可能性反而不大。

生活縱然寫意，卻也平淡無奇。沒錯，我晉身到了紳士的社會階層。可是——誰能例外——我還想要做個富有而瀟灑的紳士。然而我必須壓抑種種物質慾望，日常講道才能表裡合一以服眾。我可以很自豪地說，我教區的帳目清清楚楚，有史以來只有唯一的一次——郡上一個女侍威脅要將她被我欺負的醜聞張揚出去——我萬不得已才擅用公款好打發她。可我嚮往更優渥的生活。好比說，住遍充滿歐陸情調的大飯店，僕役成列地伺候，並不時地談一場戀愛。

我與菲爾博士的談話中，發現他幾乎什麼都知情了。我從老安東尼‧史塔伯斯的日記——是他的公子提摩西‧史塔伯斯好心給我看的——推敲到跟菲爾博士三年多之後所得相同的結論。我研判女巫角水井下一定藏了財物。如果這財物是可以拿去變賣的——珠寶或金塊什麼的——我就可以立即辭掉工作一走了之。

這也不須詳述了。命運——厄運——又介入了。上帝為何默許這種事發生？那藏寶處竟讓我給找到了。樂的是，果真全都是寶石。早年我在倫敦曾結識一個可靠的人。他能在比利時安特衛普海港搞定黑市，替我賣個好價錢……我厭惡「搞定」這個字，破壞了我被譽為「阿狄生第二」的純正散文風格。但由它去吧……我在說，我找到那些珠寶了。保守估計，它們價值可有五千英鎊上下之鉅。

我記得很清楚，我是十月十八日尋到寶的。正當我跪在藏寶的凹穴內，撬開裝滿珠寶的鐵盒，且遮著燭光以免惹人注意，突然聽到井口有動靜。只見繩索抖動，接著一條細瘦的腿已從井口跨出去。同時我聽見提摩西‧史塔伯斯先生獨一無二的笑聲。無疑地，他發現井裏有人爬下來探究竟。看到我正埋頭努力，於是攀回地面上去笑個夠。我可以說，他向來對教會及一切神聖的人事物都懷著一種說不出的嫌惡。不不，應該說是憎恨。而他輕蔑的態度往往幾近於對神的褻瀆。所有人當中，就屬玩世不恭的他對我的信譽能造成最大傷害。即使他不確定我已找到寶藏

(但我深信他已看在眼裏),光是發現我在井裏這副貪婪猥瑣的景況時,他得意洋洋的那股勁兒,已足以毀了我的前途。

這就得講到我性格中不尋常的一面。有時候我會興起一種完全按捺不住的反射動作,也就是暴力虐待。它對我而言幾近於享受。從小我就曾把小白兔抓來活埋,或把蒼蠅翅膀活生生扯下來。年事稍長這種衝動常演變成一些不堪的行為——我已記不清了,也極力隱藏這些我想了就膽顫心驚的行為……話說,我發覺提摩西・史塔伯斯正站在井口,就等著我上去,他一身騎馬的行頭被雨淋得透透地。他笑彎了腰,樂不可支地直拿馬鞭往自己大腿上拍。珠寶盒塞在我上了鈕釦的大衣衣襟內。我手裏則握著那小鐵撬。

當他笑得七暈八素整個人背了過去時,我出手了。我狠狠鎚了他好幾下,待他倒地後還不住手。原本我並無預謀,但當下心裏就有了譜。我決心藉助於史塔伯斯家族斷頭的傳奇,穿鑿附會地轉為對我有利的說辭。

於是我用鐵撬擰斷他脖子,趁黃昏時分將他棄置在一個小樹叢內,並吹口哨把他的馬引到附近。

稍後我驚魂甫定,聽說他竟然沒死,還想見我。我的恐慌可想而知。菲爾博士最近才告訴我,就是這節骨眼令他懷疑起我來——提摩西・史塔伯斯怎會召個牧師去他臨終的床邊,而且指定要單獨見面呢。那番談話之後,我再也掩飾不了焦慮不安的心情,這一點果然沒逃過博士的眼睛。一言以蔽之,提摩西・史塔伯斯先生跟我說的話,菲爾博士前兩天已猜到七、八分了,也就是將我的罪狀寫下，鎖在典獄長室的金庫內，好教謀殺的控訴日日懸在我心頭，整整達三年之久。當我聽他這麼說時，完全亂了陣腳不知所措。本想伸手掐死他，但那只會招致他一聲慘叫；我則當場會被捉拿。我又想要是有這三年緩衝時間，還怕找不出一個辦法來反制他的詭計嗎？待我走出房門，見到其他人時，我處心積慮地要製造一個伏筆，說那老傢伙已神智不清了——惟恐一不留意，他嚥氣前會臨時起意，即刻把我的事抖出來。在此，對於我如何想出多項偷取那份聲明文件的計謀，也不多著墨了。那些都沒枉費心機。除了辭去職務離開查特罕一途，三年的時間足以讓我逃離林肯郡遠遠的，可惜就有這麼一個要命的理由逃不得：

一旦我失蹤，大家必會放話出去，開始對湯瑪士‧桑德士展開調查。那麼真正的湯瑪士‧桑德士已死的資料就會曝光而真相大白——當然除非我出面冒名回應他們的傳訊，才能停止他們的調查。若我是自由身，不受典獄長室金庫內存的謀殺控訴所脅迫，我當然可以隨傳隨到。我可以單純地扮演從牧師職務退隱的湯瑪士‧桑德士。可是我若因這謀殺案而成為通緝在逃的湯瑪士‧桑德士——而我一輩子難逃此命運——則大夥會發現當年來自奧克蘭的那位正牌神職人員已死，然後矛頭就會指向我。這麼一來，我就會憑空再多出一項殺人又頂替他職位的罪名。所以只要一失蹤，我左右都將面臨謀殺罪的控訴。唯一可行的，就是想盡辦法盜取保險櫃那份文件湮滅證詞。

為此，我在年輕的馬汀‧史塔伯斯先生前往美國之前和他結為知己。不免自吹自擂，但我自認個人魅力足以讓我左右逢源，任誰都能變成莫逆之交。我與馬汀交好，覺得他有點驕矜、頑固，除此之外是個非常有親和力的小伙子。他把金庫鑰匙、進出典獄長室的條件，及他二十五歲生日那天要盡的義務一五一十告訴了我。他遠在兩年前的生日那天就已經混身不自在了。時光推移，我從他自美國寫來的信中看出，他的恐懼感已到了病態的地步（恕我用此字眼）。這一點，加上他堂弟赫伯特對優秀的馬汀眾所週知的敬慕之情，對我而言，頗有機可乘。我的目的當然是在取得那份文件。很不幸，為達目的不得不殺了馬汀。我真的很喜歡這年輕人——也不幸他堂弟赫伯特亦非得陪葬不可，但我的處境實在危急。

我已指出我的妙計端賴馬汀的恐懼和赫伯特對他的英雄崇拜，但此外還靠一個條件，那就是這兩位年輕人無論身材、長相都像呆了。幾步之外，很容易混淆。

我取得他們的信任之後，就為他們獻計。馬汀不需要親自守夜去承受那令他聞之喪膽的試煉。到了那天，晚餐一過他們兩人就該各自回房。然後——就怕有人打擾，使計謀曝光——馬汀要表明不希望任何人打擾。赫伯特該穿上馬汀的衣服，而馬汀則裝扮成赫伯特的模樣。為了節省守夜結束時換回自己身份的時間，我建議赫伯特把兩人的衣物打包，交給馬汀保管。馬汀則將這個小行李綁在赫伯特摩托車後面，且立刻啟程，騎車沿後巷來到牧師公館。時間一到，赫伯特就帶著馬汀的鑰匙出發上典獄長室，然後依照史塔伯斯傳統，按指令行動。

要瞭解，這些是我教他們做的。我自己的步驟又另當別論了。照說赫伯特該在午夜十二點正離開典獄長室。馬汀在牧師公館換回自己的衣著且騎車回到監獄，應在監獄前方路上等赫伯特。此時赫伯特便將鑰匙、燈及守夜所取得的書面證明交給堂哥。此時堂哥馬汀再徒步走回宅邸。堂弟赫伯特拿了摩托車，騎到牧師公館換裝，也回宅邸去——看起來只是堂哥守夜這晚要經過身心嚴酷的試煉，堂弟為了紓解對他操心過度所造成的壓力，遂到鄉間飆車去了。

我的任務，不用說就是：第一，為我自己製造一個無懈可擊的不在場證明；第二，讓馬汀的謀殺看起來像是赫伯特所做的好事。針對這點，我賭注全都押在這堂兄弟兩人的榮譽感上，這本身當然是一種極為可貴的情操。我提議，雖然在形式上這守夜的傳統將不再一板一眼按規定執行，至少他倆絕不可違背祖傳的保密精神。因此赫伯特固然可以權充替身守夜，又逕自打開金庫內的鐵盒，但是從金庫取出的任何文字內容，他千萬不可過目。他只能把所有東西放進口袋，午夜時分在監獄外與馬汀碰頭時一併交給他。返回宅邸後馬汀再抽空展讀。翌晨若是沛恩先生抗議他從金庫鐵盒取出了不該挪動的文件時，馬汀大可以聲稱他是忙中有錯。無傷大雅的錯，因為他的行為在在證明此一考驗的目的已圓滿達成，也就是在典獄長室耽上了一個鐘頭。

我個人的計劃很乾脆。馬汀來到牧師公館的時間不會遲於九點半。我可以就地將他解決掉。很遺憾，我未能讓他毫無痛苦地死去。但鐵撬一擊，他就昏迷過去了。我則扭斷他的脖子，並假造其他內外傷。我可以不引起任何人疑心，早早將他載到女巫角去，丟在牆下。依年曆預測，那天的天氣將又濕又暗，果然不假。安置妥當後，我就赴菲爾博士家去了。是我建議大夥集合守望典獄長室窗戶的。天下還有比這更方便的不在場證明嗎。當午夜典獄長室的燈光一熄，若是分秒不差，那麼守望者跼促不安的心情都會平息。他們會認為馬汀已安然度過難關。稍待片刻我就可以告辭。不論我多晚到，赫伯特都會在監獄前面耐心等候。因為他在等他堂哥，又不能被大夥瞧見自己在場。我越拖延越好。我離開菲爾家時，要下車與赫伯特會合。我打算告訴他，很不巧當我離開牧師公館的那段時間，他堂哥已醉得不省人事——這個說法對認識馬汀的人而言都大可採信——如此一來，赫伯特就有必要跟我一同回牧師公館，幫馬汀打點一下好叫他速返宅邸，免得桃若絲小姐開始擔心。

這下子，鑰匙、燈及鐵盒內的物品都在赫伯特身上，跟我打道回牧師公館了。他的情況不須設計什麼障眼法。一個子彈穿過去就得了。夜深時我可以輕而易舉地回到監獄，檢查赫伯特有沒有遺留任何線索。我原想找個藉口促使他將陽台的門打開，又怕他起疑，便決定親自出馬。

事情實際發生的過程，我不用重述了。然而有一刻（容後再談）我的如意算盤出了差錯。幸虧沉著才未陷入險境。是衰運將我擊潰的。赫伯特將衣物打包時，不巧被總管撞見。這顯示他想逃亡。馬汀——大家以為是赫伯特——騎車從後巷離開時也被人瞧見，又顯示他想逃亡。桃若絲・史塔伯斯小姐剛好從宅邸出來（機率實在太小了），正是赫伯特佯裝馬汀離去之時。幸虧他們之間有段距離，光線暗又是背影。當桃若絲向赫伯特說話時，赫伯特僅口齒不清地胡謅了幾句作醉酒狀才沒被識破。這堂兄弟兩人化身為對方，沒有一次跟別人正面接觸。即使巴吉將車燈送去馬汀房裏，其實是赫伯特在那兒待著，如巴吉所說，他沒將燈直接交給對方，只將它留置在房門口。而巴吉去馬廄取燈時，在微弱光線下見到騎上車揚長而去的則是馬汀。

我對馬汀採取了致命手段。我承認下手時曾遲疑，因為他眼淚汪汪地緊握我的手，感謝我幫助他成功逃避了恐懼已久的守夜試煉。當他彎身去拿酒瓶時，我心血來潮還是出擊了。他好輕。

我體格算是強壯的，搬動他不費吹灰之力。紫杉居後頭一條小巷弄直通監獄附近。我在陽台下、水井邊將屍體現場佈置了一番，才回到菲爾博士家。我曾動過念，想將井邊鐵叉穿透屍體，藉此寫實的細節印證安東尼之死的古老傳說。縱使如此，我還是放棄了這個主意，免得看來有那麼一點太過湊巧、太造作、太刻意迎合那個史塔伯斯詛咒。

這時我唯一擔心的是赫伯特能不能安然溜出來。我不願辱罵死者，但我可以很公允地說，他是個頭腦魯鈍、手腳笨拙的傢伙，遇到危機缺乏機智。他曾遲疑半天，數度與馬汀吵得天翻地覆才接受我這計策……不管怎樣，菲爾博士跟我說，當我們在他花園等鐘敲十一點時，我矯枉過正了。我焦躁不已的樣子，加上等待的關鍵時刻提出一個突兀的問題，問道「赫伯特他人呢？」令博士起了疑竇。我只能說，我當時情緒繃得太緊，露一點馬腳實在是在所難免。

現在來談另一個運氣太背的情況，害我功虧一簣。我當然是指鐘錶的那十分鐘誤差。赫伯特熄燈比預定的早了十分鐘，差點壞了大局。有好一陣子我都想不透，他離開時間既然出錯，為什麼他卻幾乎像時鐘一樣準時，在真正的十一點正抵達典獄長室呢？很遺憾，我的問題被菲爾博士搶先在大廳向女僕給問掉了。赫伯特戴的錶確實走快了。但當他耽在馬汀房裏等的時候，很自然地一直抬頭看著屋裏的鐘，而未看手上的錶。他已吩咐女僕把所有的鐘以他手錶為準調好，也以為女僕已照做了。而菲爾博士發現，馬汀房裏有一面大時鐘，時間是正確的。因此赫伯特是憑正確時間離開宅邸，卻依自己的錶，在錯誤時刻離開了典獄長室。

這時，並非我估計錯誤所致，而是全靠運氣，那個（我十分推崇的）年輕老美緊張的情緒已高漲到崩潰邊緣。他決定衝過草原。我試圖勸阻他，因為赫伯特走出監獄時，若被他撞見就糟了。那會毀了我，所以一見擋不住他，我只好尾隨而去。我這沒戴帽子的神職人員像個鄉間嬉鬧的小男孩一樣，不顧一切冒著暴風雨跑去，這畫面菲爾博士也看在眼裏。我的心思卻在別的事上頭。只見老美依我所希望的，很自然地捨監獄大門不去，逕自跑上了女巫角。

這麼一來，我靈感乍現，但這是個性使然，而非聰明才智之賜。我看出這危機如何能化為轉機。我像個無辜的人一樣，若無其事跑向監獄門口。我曾諄諄警告赫伯特，他走進監獄門口時可以亮出燈光，但走出來時無論如何不能曝光，以免有路人看到他與馬汀為伴而納悶。

經我費心，時機算得恰恰好。又是深夜又是大雨的，那老美竟迷路了。我有充裕的時間去見赫伯特。我確保他拿到文件了，然後站在那風大雨驟的夜色下，簡單地告訴他，他時間算錯了——真是妙計！——他早了十分鐘，而馬汀還沒離開牧師公館呢。我又說那夥守望者已紛紛起疑，統統跑來了。他必須速返牧師公館，徒步去而且得繞道而行。我還真怕他透出燈光，索性把他手裏的燈猛一抽走，打算丟棄在林間。

另一高招閃過我腦際。除了間歇的閃電權充照明之外，老美是伸手不見五指的。我因此用腳踹碎那燈，急著去找他的同時，便將燈隨意丟在牆下。就是要在這種危急情況中，人急中生智才會達到這般登峰造極的水準。此時我已沒什麼好怕的了。赫伯特步行離開了，老美也不可能錯過馬汀的屍體。就算他錯過，我也準備假裝不小心踩到。而我的車是附近唯一的一輛交通工具，理應由我去查特罕找菲爾博士或警察來。這又爭取到充裕時間，可以回到牧師公館，坐等赫伯特。

還用說嗎，事情進展順利。那一夜我所要完成的超越了一般人的能耐，但我冷靜地一一達成。既然殺了馬汀，一種難以形容的刺激感驅使我可以乘勝追擊，再殺它個一打。我已通知警察局長。在聯絡馬克禮醫師之前，我很自然的暫返牧師公館去拿雨衣。

我稍微耽擱了一點時間，跟赫伯特幾乎同時到達。我本該謹慎些，等他走近了才對他開槍，以免噪音過大。但牧師公館是間孤立的屋舍，左輪槍的槍聲不容易被聽到。而當時感覺，若站在一段距離外，瞄準他兩眼中間的位置，好像會比較過癮。

隨後我套上雨衣，跟馬克禮醫師一起開車回到監獄。我們所有的作業都在一點以前結束了。那時離破曉還有幾小時，讓我可以完成各項佈置。我從未感到過這麼想把一切整頓妥當，像有人樂於把房間整理得一塵不染那樣。我本可把赫伯特的屍體妥善藏在地窖的——至少暫時如此——另外還藏了摩托車、打包的小皮箱及一些對付馬汀的工具。但我必須將房子加以清掃美化，才能安心上床睡覺。此外我既想將馬汀的謀殺嫁禍給他堂弟，就得小心翼翼不留任何漏洞。

我的一切做為都在那一夜完成。工作不吃重，因為屍體都很輕。我路太熟了，連盞燈都用不著。好幾次我曾來往於監獄的路，踽踽獨行——站在矮牆上（恐怕也常被人看到）——又走過頗具歷史性的走廊，口裏唸唸有詞，引用一些適切的詩詞——以致於我摸黑都知道路。有史塔伯斯幾把鑰匙在手，我終於可以登堂入室，進入典獄長室了。有老半天，我不能確定去陽台的門是否從來未曾上過鎖。無論如何（我說過）反正是可以打得開的。我打開了那鎖，就大功告成了。

還有一件事。金庫內裝有文件的鐵盒稍後被我丟入水井裏了。這麼做是因為我仍懷疑（不，是害怕）死在我刀下的提摩西那鬼聰明。我怕鐵盒另有什麼夾層藏有文件副本，索性整個拋棄。我可得萬無一失才行。

想到昨晚我差點被抓就覺得莞爾。我對菲爾博士家的那一連串討論起了戒心，也備好輕便武器在一邊旁觀。那天在林中有人擋了我去路，便開了槍。今天得知，受傷的只不過是巴吉總管，我鬆了一口氣。稍早在本自白書中，我曾表明會據實以告。現在我收回這話。縱使幾分鐘後我將用槍抵住太陽穴，扣下扳機自盡，有一件事我仍無法坦白。有時在夜晚我彷彿看見一張張的臉。昨晚我又看到了，一時之間令我心裏發毛。不談它了。這種事會破壞我計劃中天衣無縫的邏輯性。我只能說這麼多。

讀此聲明的諸君，我馬上就完了。我與那鑽石商朋友順利成交——為免惹人疑心，我與他交易並不頻繁——歷經了幾年光景。我已儲備好了。當厄運的壓軸好戲來臨時，我接獲我「叔父」的信，說他十年以來首度要來英格蘭看看。我默默地認了。簡單說——我累了。掙扎太久，我只想離開查特罕，因此我竟大意地將叔父要來的消息讓全鎮知道。我找了個託辭，請班潔明・阿諾爵士去接他，明知他會拒絕而堅持由我去。我早該退隱的。三年來我苦思命運所賞給我的幾番險惡處境而不解。如今我是否能善終，似乎已不重要了。

菲爾博士出於慈悲，將手槍留給我。我還不想用它。這個人在蘇格蘭場真太吃得開了……

現在我希望早把他殺了就好了。當死亡臨頭，我想我能忍受絞刑這個念頭，就算是短短幾週之後的事也罷。燈有些微弱無力了，我也希望拿出紳士風度乾脆自了。手優雅地一抬，唉，至少衣著也該比現在稍微再體面些。

平日寫證道詞的靈感頓時都枯竭了。我算褻瀆了神麼？我告訴自己，一個才華洋溢的人不可能下場至此，因為我的證道——雖然我本人未真的被任命，也永不可能接受任命——都是相當高明的。我完美無暇的計謀究竟在那兒出了毛病？我問菲爾博士。我是為此才想跟他懇談的。他對我的懷疑變成具體指控，關鍵就在我莽撞地為了揮去他們對我的一切疑慮，而謊稱提摩西•史塔伯斯臨死前透露殺他的人是家族中的一員。我的確太躁進了，可我前後所犯的錯倒很一致。若我此生機緣好一點，讓我發光發亮的話——我真的會是個了不起的人物。我不得已擱下筆來，手裏好換上另外一件傢伙。

我恨大家。若有可能，我願掃光全世界。現在我得舉槍自盡了。我褻瀆了神。私下從不信神的我，我祈求，我祈求……上帝幫助我吧。我再也無法往下寫了。我要吐了。

湯瑪士•桑德士

他終究沒能自盡。當大夥兒打開書房的門時，只見他抖個不停——槍正向腦門舉到一半，卻怎也提不起勇氣扣扳機。

國家圖書館出版品預行編目資料

女巫角 / John Dickson Carr 著； 鮑俠鄰譯一初版.
— 臺北市：臉譜出版：城邦文化發行，2003〔民
92〕
面； 公分.- -（密室之王卡爾作品集；1)
譯自：Hag's Nook
ISBN：986-7896-30-0（平裝）

874.57 92000500